場

飴村 行

角川ホラー文庫
15850

目次

第壱章　屍体童子

国民学校初等科の校門の前には黒塗りの巨大な六輪自動車が停まっていた。それは軍関係者が使っているものと全く同じであり、堀川真樹夫は改めて雪麻呂の父親の絶大な権力を思い知った。車の側には雪麻呂の下男である爬虫人の富蔵が立っていた。いつものように茶色い国民服を着、幅広の日の丸の鉢巻を締めた富蔵は、雪麻呂に向かって「ぼっちゃん、お帰りなさいやし」と言って深々とお辞儀をした。

「ぼっちゃん、これからどっかにいかれやすか？」

「いや、今日は疲れた。こいつらと一緒に家に帰る」

真樹夫の隣に立つ月ノ森雪麻呂はだるそうに答えると、全面に赤い薔薇の刺繍をあしらった学生服の第一ボタンを外した。

「分かりやした、ではお車の方にどうぞ」

富蔵が後部座席のドアを開けた。それは普通の車と違って二つあり、観音開きのように中央から左右に開いた。車内は広かった。畳三畳ほどもあった。二人掛けの黒い革張りの椅子が二つ、向かい合わせに設けられていた。

「こりゃ凄ぇっ、車ん中に部屋があるっ」

真樹夫の後ろにいる小太りの中沢大吉が驚きの声を上げた。確かにその通りだった。巨大な車と言うより、動く小さな家に見えた。

「おめぇら何やってんだ、さっさと乗れ」

雪麻呂が真樹夫の肩を押した。真樹夫はランドセルを下ろすと、前方を向いた右側の椅子の奥に座った。それを見ていた大吉もランドセルを下ろして真樹夫の隣に座った。左側の座席の奥に雪麻呂が座り、その隣に富蔵が座ると慣れた手つきで観音開きのドアを閉めた。

「雪麻呂様、出発してよろしいでしょうか？」

運転手が前を向いたまま慇懃な口調で尋ねた。

「ああ、行っていいぞ」

雪麻呂は面倒くさそうに言い、学生服のポケットから象牙製の白いすき櫛を取り出した。

車がゆっくりと走り出した。ガソリン車に初めて乗った真樹夫は、木炭車とは比べものにならぬ静かな発動機の音と滑らかな走行に驚いた。

「ぼっちゃん、今日のお勤めはいかがでしたか？」

富蔵が訊いた。

「いつも通り死ぬほど退屈だ。本当に学校ってとこはつまんねぇな。来月から高等科に進級するけどよ、そこもまた死ぬほどつまんねぇとこなんだろうな」

雪麻呂は丹頂ポマードでオールバックにした髪をすき櫛で丁寧に梳かした。真樹夫は富蔵を間近で見るのが今日で五回目だったが、その爬虫人特有のグロテスクな顔には毎回脅かされた。頭の部分は人間と同じ形をしていたが、額の中程から顔面が前方に二十センチほど突出し、まさに蜥蜴そっくりの相貌をしていた。蜜柑ほどの大きさがある眼球は顔の右側と左側に離れて付いていた。黒目の部分が縦一本の黒線になっており、白目の部分は薄い黄色だった。鼻梁が無く、上唇の中央の上に二つの小さな穴が開いていた。また耳介も無く、鼻同様に左右に小さい穴が開いているだけだった。肌は東南アジア人と同じ褐色で体毛は一本も生えていなかった。

不意に富蔵がこちらを見た。驚いた真樹夫は慌てて目を逸らした。

「いいんでやんすよ、慣れてやすから。あっしの顔が不思議で仕方がねぇんでしょ、好きなだけ見て下さいやし」

富蔵がにっこりと笑った。

＊

この町に病院は一つしか無かった。それが月ノ森総合病院であり、その院長の一人息子が雪麻呂だった。学校に登校することは月に数回しかなく、それも授業を受けずに遊び回り、暇潰しに同級生を自宅に『ご招待』するということを繰り返していた。勿論そんな無茶苦茶な行為は常識では許されなかった。しかし医師であり富豪でもある父親の月ノ森大蔵は、この町で絶対的勢威を振るっていた。莫大な資産を武器に、軍や中央の政治家との間に太いパイプを何本も持っていた。肩書きはただの外科医だったが実質的な地位は町長を遥かに上回り、大蔵の発言は町の行政をも左右する強い影響力を持っていた。そのため雪麻呂の度重なる暴走に対しても教師達は黙認せざるをえなかった。そして今回雪麻呂の『ご招待』に選ばれたのが真樹夫と大吉だった。二人とも雪麻呂の自宅に行くのは初めてだった。真樹夫は今まで殆ど雪麻呂と話したことが無く、なぜ自分が選出されたのか見当がつかなかった。大食漢の大吉は凄い御馳走にありつけると大喜びだったが、真樹夫は全く気が進まなかった。五歳の時両親と死別した真樹夫は、十一歳年の離れた兄の美樹夫と共に叔父の家に引き取られた。叔父夫婦に子供はおらず、それなりに可愛がって育ててはくれたが、それでも彼らを親とは思えなかった。強い恩義は感じてはいたもののやはり親戚は親戚でしかなかった。自分は兄と二人きりで、この世知辛い世の中をひっそりと生きているのだと常に思っていた。そんな境遇の自分が、月ノ森家のような上流階級の人々と関わるのは非常に場違いな気がしたのだ。しかし雪麻呂の強引な誘いをどうしても断りきれず、渋々『ご招待』を承諾していた。

*

六輪自動車は静かな発動機の音と共に軽快に道路を走り続けた。

「おい真樹夫、おめぇの兄様って今戦地に行ってんだってな」

雪麻呂が学生服の胸ポケットから煙草を取り出して咥えた。美樹夫が出征して以来感傷的になっている真樹夫は、無言のまま力無く頷いた。富蔵が銀色のライターを取り出し雪麻呂の煙草に火を点けた。

「やっぱり兄様の事が心配だろ？」

雪麻呂が勢い良く紫煙を吐き出した。

「……毎朝近所の神社に行って、兄ちゃんが無事に帰ってくるよう祈願してる」

真樹夫は低い声で答えた。

「そうか、おめぇも大変だな。ところで兄様はどこの国に行ってんだ？」

「東南アジアのナムールだ」

「何っ、ナムールッ？ そりゃ富蔵が生まれた国じゃねぇかっ」

雪麻呂は叫んで富蔵を見た。

「へい、確かにあっしの生まれた国です」

富蔵が笑みを浮かべて言った。

「おめぇもナムールに帰りてぇだろ？ まだ見ぬおっかさんに会いたくて仕方がねぇに決まってるもんな。真樹夫の兄様が羨ましくてしょうがねぇんじゃねぇのか？」

雪麻呂がからかうように言った。

「いいえ、行きたくねぇです。あっしは日本で育ったので自分は日本人だと思っておりやす。これからも日本に住んでぼっちゃんと御国のためにがんばりてぇです」

富蔵が真顔で言い、頭に巻いた日の丸の鉢巻を両手でぎゅっと締め直した。

「おめぇが日本人？ そりゃ傑作だっ」雪麻呂が大声を上げて笑った。「でも富蔵、爬虫人っていうのは残酷で動物や人間の脳味噌を喰うそうじゃねぇか。それに年取った爬虫人は言葉を使わずに念力で話をすんだろ？　日本人はそんなことしねぇぞ」

「そりゃナムールで生まれ育った奴らだけで、あっしは脳味噌なんぞ喰いてぇと思わねぇです。あっしが喰いてぇのはホカホカの白いご飯と豆腐の味噌汁です。それに年寄りが念力で会話するなんてただの噂話ですよ」

富蔵はそう言うと、キョリキョリキョリキョリと奇妙な声を上げて笑った。磨り硝子を爪で引っ掻くような声だった。

「あの雪麻呂君、ちょっと訊きてぇんだけど、家に行ったら何か旨ぇもん喰わせてもらえんのか？」

真樹夫の隣の大吉が恥ずかしそうに言った。

「あー、おめぇら運が悪ぃな。二ヶ月前にうちに来てたらオムライスが喰えたのに」

雪麻呂がまた勢い良く紫煙を吐き出した。

「オ、オムライスって何だい？」

大吉が目を輝かせた。

「ケチャップで炒めた飯を、薄い卵焼で包んだ死ぬほど旨ぇ喰いもんだ」

雪麻呂の言葉に富蔵がうんうんと頷いた。真樹夫はオムライスなる未知の料理を想像してみたが上手く思い描くことができなかった。

「ケチャップってトマトで作った西洋の汁だろ？　ハイカラな料理じゃねぇか。どうして喰えねぇんだ？」

　大吉が訊いた。

「洋食専門の料理人が一人いたんだが、大陸に渡って一旗上げるとか言って一月に辞めちまってな。今オムライスを作れる奴がいねぇんだ」

　雪麻呂が煙草を指で叩(たた)き灰を床に落とした。

「そうか、がっかりだなぁ」

　大吉が無念そうに呟(つぶや)いた。

「その代わりいいもん見せてやる」

　雪麻呂が学生服の内ポケットから一枚の写真を取り出した。そこにはセーラー服を着た髪の長い少女が写っていた。切れ長の二重の目が印象的な、仔犬(こいぬ)のように愛らしい顔をしていた。

「凄ぇ美人だっ」大吉が驚いたように叫んだ。「この人誰だい？」

「今度俺の許婚(いいなずけ)になるかもしれねぇ従姉(いとこ)だ。名前は魅和子(みわこ)って言うんだ。羨ましいだろ」

　雪麻呂は自慢げに言うと写真をしまった。真樹夫は密(ひそ)かに胸の昂(たか)ぶりを覚えた。許婚は結婚相手の事であり、結婚すれば当然二人は情を交わす事になるからだ。不意に雪麻呂と写真の美少女が裸で抱き合う姿が脳裡(のうり)に浮かんだ。真樹夫は慌ててその映像を掻き消した。自分の顔が微(かす)かに火照るのが分かった。ただでさえ遠い存在の雪麻呂がさらに遠くに感じられた。とても同じ十二歳の少年とは思えなかった。

「お、ジャイロが飛んでるぞ」

雪麻呂が左側の窓を指差した。見るとカーキ色の八〇式ジャイロコプターが、百メートル程の上空をゆっくりと飛行しているのが見えた。町の南西にある陸軍の航空基地から飛来したものだった。カブトムシに似た機体の横腹には大きな日の丸が描かれており、操縦席の硝子越しに飛行帽を被った操縦士の顔がはっきりと見えた。

「八〇式か、かっこいいなぁ。どうせ兵隊にとられんなら航空兵になりてぇなぁ」

上空を見上げた大吉が羨ましそうに言った。

「俺、父様に頼んで今度あのジャイロに乗せてもらえることになったんだ」

雪麻呂がさりげない口調で言った。

「ほ、ほ、本当かっ?」大吉が目を見開いて叫んだ。「凄ぇっ、凄ぇじゃねぇかっ! お、俺も、俺もジャイロに乗せてくれっ、頼むっ、頼むよ雪麻呂君っ!」

大吉はなぜか異様なまでに興奮した。その声は語尾が震え、ふくよかな頰は薄らと紅潮した。

「そうだなぁ、まぁ、おめぇの態度しだいだなぁ」

雪麻呂は咥え煙草で言った。

「な、何でも言う事聞くから、だから、だからお願いだっ」

大吉が顔の前で両手を合わせた。

「じゃあ、俺を腹の底から笑わせてみろ、それができたら乗せてやる」

「ええっ、笑わすだけでいいのかっ？」

「その代わり腹の底からだぞ」

「分かった、やってみる」

大吉は座席の背凭れの方を向くと、学生ズボンを脱いで尻を突き出した。そして褌を右側にずらすと肛門を露出した。

「おちょぼ口っ！」

大吉が恥ずかしそうに叫んだ。真樹夫は思わず吹き出したが雪麻呂は顔をしかめ、咥えていた煙草を大吉の肛門に投げつけた。

「あちぃっ！」大吉は尻に飛び散った火の粉を慌てて払いのけた。「あちぃじゃねぇか雪麻呂君、何すんだっ」

「やかましいわ馬鹿野郎っ、汚ねぇ尻の穴見せやがって。ケツ拭いた時の便所紙が付いてたじゃねぇかっ」

「面白くねぇのか？」

「あたりめぇだっ！　これが江戸時代で俺が殿様だったらおめぇ切腹だぞっ」

「おかしいな、うちの家族は大笑いしてたのに」

「おめぇんとこの家族は全員アホンダラか？　近所じゃさぞかし中沢の馬鹿一家として有名なんだろうな」

雪麻呂は腕を組みながら苦笑した。

「なぁ雪麻呂君、俺はどうしてもジャイロに乗りてぇんだ、空を飛ぶのがずっと昔っからの夢なんだ。頼む、頼むから何とかしてくれ」

大吉は座席の上に正座すると深々と頭を下げた。

「おめぇも本当にしつけぇ野郎だな、分かったよ、何か考えといてやるよ」

雪麻呂が鬱陶しそうに言った。

＊

月ノ森総合病院は町の北方にある丘陵地帯にあった。

野球場一つがすっぽりと収まる程の広大な敷地の四方を、高さ二メートルの煉瓦塀がぐるりと取り囲んでおり、その中心に巨大な鉄筋コンクリートの建物が建っていた。直径五メートルはある巨大な円柱の塔が屹立し、下部に大きな正面玄関があった。その左右に翼を広げるようにして五階建てのビルが建っていた。ビルの長さはそれぞれ五十メートル近くあった。外壁の一面には緋色と灰色の素焼きタイルが斑模様に貼られており、病院というよりも中世ヨーロッパに建てられた古い城壁のように見えた。

病院内の構造は町民の誰もが知っていた。一階が各科の診察室と手術室、二階から四階が病棟で、五階が雪麻呂の自宅となっていた。また病院を正面から見て右側、つまり東側と、左側、つまり西側には大きな庭園を持つ二階建ての屋敷が建っていた。『東の屋敷』には大蔵の長弟で副院長の昭蔵が、『西の屋敷』には大蔵の次弟で同じく副院長の平蔵が、それぞれの家族と住んでいた。

病院に到着した六輪自動車は正面玄関を通り過ぎ、東側にある勝手口の前で停まった。富蔵が素早く観音開きのドアを開け外に出た。

「足元にお気をつけて降りてくだせぇ」

富蔵が右手で地面を指し示した。雪麻呂に続いて大吉と真樹夫が車から降りた。

「ささ、こちらへどうぞ」

富蔵が勝手口の鉄扉を開けた。雪麻呂を先頭に三人は中に入った。そこは廊下だった。赤くて薄い毛氈が敷かれた幅広の廊下が一直線に延びていた。その左側の壁には大きくて光沢のある木製のドアが等間隔で並んでいた。

「俺は着替えてくるから、こいつらをちょっと休ませとけ」

雪麻呂はそう言うと足早に歩いていった。

「わかりやした」

富蔵が一礼した。

「では御学友のみなさま、こちらへどうぞ」

富蔵は入ってすぐ左側にあるドアを開けた。

そこは八畳の応接間だった。畳の上に毛足のしっかりした白い絨毯が敷かれ、長方形の硝子のテーブルが置かれていた。テーブルの左右にはビロード張りの二人掛けの椅子があった。正面の壁には金色の額縁に入った油彩画が掛けられていた。額から角を生やした白い馬が描かれていたが、子供の目で見てもそれが高価な物だということは分かった。真樹夫は上方に目を向けた。天井は高く、幾つもの細長い硝子片が垂れ下がったきらびやかな照明器具が吊るされていた。

「どうぞ、中に入ってお休みくだせぇ」

富蔵が二人の顔を交互に見た。真樹夫と大吉は無数の平たい石が埋め込まれた三和土でズック靴を脱いだ。そろそろと部屋に上がると絨毯の柔らかな感触が足裏に心地よかった。二人は左側の椅子に並んで腰掛けた。

「ではお飲み物を持ってまいりやすので少々お待ち下せぇ」

富蔵は一礼すると静かにドアを閉めた。

「やっぱり雪麻呂君の家は凄ぇなぁ。俺、硝子でできたテーブルなんて初めて見たぞ」大吉が興奮気味に言い、テーブルの表面をコンコンと指先で叩いた。「それに天井から垂れ下がってるあれは何て言うんだ？　西洋のお城にあるやつじゃねぇのか？　雪麻呂君が同じ人間とは思えなくなってきたな」

大吉が天井を見上げて呟いた。それは真樹夫も同じだった。月ノ森家の人々が自分と同じ世界の住人だとは到底思えなかった。あの六輪自動車に乗った瞬間から何か異次元の空間に迷い込んだような気がした。

「俺も将来爬虫人の下男を使えるような大金持ちになりてぇよ。真樹夫君もそうだろ？」

大吉が真樹夫を見た。

「うん、なりてぇ」

真樹夫は笑みを浮かべて答えた。しかし胸中ではそんな事どうでもいいと思った。真樹夫には金に対する執着心が無かった。雪麻呂の父親のような富豪にも憧れてはいなかった。ただ兄の美樹夫と二人で暮らしていけるだけの蓄えがあれば後は何もいらなかった。

「なぁ、雪麻呂君の母ちゃんのこと知ってるか？」

不意に大吉が声を潜めて言った。真樹夫は頭を左右に振った。

「雪麻呂君の母ちゃんな、今家出をしてるみてぇなんだ」

「な、何で大吉君がそんなこと知ってんだ？」

「うちの母ちゃんから聞いたんだ、先月くれぇから町の噂になってんだってよ。それでな、そのことが原因で雪麻呂君の父ちゃんが変になっちまって、書斎に閉じこもったまま出てこねぇらしいんだ」

「雪麻呂君の母ちゃんはどういう理由で家出してんだ？」

「色んな噂が飛び交ってんだけど、まだはっきりとは分かってねぇ」

「でも変だな」

「何がだ？」

「家の中がそんな凄ぇことになってんのに、雪麻呂君いつもとちっとも変わらねぇじゃねぇか」

「当たりめぇだよ、雪麻呂君と俺らとでは器が違うんだ。そんなことぐれぇじゃビクともしねぇさ」

大吉が鼻の穴を膨らませて言った。

真樹夫は一度だけ雪麻呂の母親を見たことがあった。それは一年前の運動会の時で、いつもは学校行事を欠席する雪麻呂がなぜかその日は登校してきた。病院関係者らしい七、八人の大人を引き連れていて、その中に雪麻呂の母親が入っていた。初対面だったが雪麻呂がしきりに「母様、母様」と呼ぶのですぐに分かった。白いワンピースの上に水色のカーディガンを羽織ったモダンな装いで、日除け用の白い洋傘を差していた。少し俯き加減のその顔は子供の目にもハッとするほど美しく、まるで西洋人形のようだと真樹夫は思った。雪麻呂達は大きな白い敷物を敷き、その上に金色の蒔絵が描かれた重箱を五、六個並べ、食事をしながら競技を見物していた。結局雪麻呂は運動会に参加することなく途中で帰っていったが、あの母親の美貌は今でも目に焼きついていた。

「あと、雪麻呂君の父ちゃんがしてる研究のこと知ってるか？」

大吉がまた声を潜めて言った。

「いや、聞いたことねぇよ」

真樹夫も声を潜めて答えた。

「雪麻呂君の父ちゃんはな、毎晩猿の頭から脳味噌を取り出して不老不死の薬を作ってんだぞ」

「それもおめぇの母ちゃんが言ってたのか？」

「そうだ、今は中断してるみてぇだけど今年中に完成するらしいって噂だ」

そんな馬鹿な、と真樹夫が言いかけた時ドアがゆっくりと開いた。二人は慌てて口をつぐんだ。「失礼しやす」と言って富蔵が部屋に入ってきた。手にした盆には大きなグラスが二つ載っていた。

「どうぞ、召し上がってくだせぇ」

富蔵は真樹夫と大吉の前にグラスを置いた。中には黒い液体が入っていた。真樹夫は顔を近づけてグラスの中を見た。まるで墨汁のようなそれは微かにシュワシュワと音を立て、幾つもの微細な雫を飛ばしていた。

「こ、これは何ですか？」

大吉が富蔵に訊いた。

「これは西洋の飲み物でコウカ・コウラというものです。日本のラムネみてぇなもんでぼっちゃんの好物でございやす。美味ですのでどうぞお召し上がりくだせぇ」

富蔵が笑みを浮かべた。大吉が真樹夫を見た。先に飲んでくれと言う意味のようだった。真樹夫はグラスを取ると一口飲んでみた。炭酸が強烈で口内が一瞬痺れた。味は甘かったがどこか薬品のような匂いがした。

「どうだい真樹夫君、どんな感じだ？」

大吉が訊いてきた。

「うーん、不味くはねぇけど、ちょっと甘い薬を飲んでるみてぇだ」

真樹夫は正直に答えた。

「初めはみなさんそう言いやす。でも飲んでいくうちに、どんどんコウカ・コウラの虜（とりこ）になるんでやすよ」

富蔵が悪戯（いたずら）っぽい目で真樹夫を見た。大吉がグラスを取って一口飲んだ。その途端大きく目を見開いた。

「うめぇっ、うめぇじゃねぇか、ラムネよりずっと強烈で甘ぇ味だ。こんなもん飲んだことねぇっ」

大吉はそう叫ぶと音を立てて一気に飲み干した。その姿を見た富蔵は巨大な目を細め、あのキョリキョリキョリと言う奇妙な声を上げて笑った。

「真樹夫君、それ飲まねぇのかっ？」

大吉が真樹夫のグラスを指差した。

「うん、俺はちょっと苦手だから」

「じゃ、貰（もら）うぞ」

大吉は真樹夫のグラスを摑み、また音を立てて一気に飲み干した。

「うめぇっ、コウカ・コウラは本当にうめぇっ。富蔵さん、俺本当にコウカ・コウラの虜になっちまったぞ」

大吉が頬を紅潮させて言った。

「じゃ、お代わりをお持ちしやしょうか？」

「ぜ、是非っ」

「分かりやした」

　富蔵が二つのグラスを盆に載せこちらに背を向けた時、応接室のドアが勢い良く開いた。そこには紺色の将軍服を着た雪麻呂が立っていた。勿論それは本物の将軍服を元に子供用に仕立てた偽物だったが、左右の胸に四つずつ付いている勲章も含めて実に良くできていた。

「か、格好いいじゃねぇか雪麻呂君、本当に将軍みてぇだ」

　大吉が興奮して立ち上がった。

「おめぇら、こっちに来い」

　雪麻呂は手招きした。

「でも、あの、雪麻呂君、俺コウカ・コウラをもう一杯飲みてぇんだけど」

　大吉が遠慮がちに言った。

「そんなもん後で鼻から飛び出るぐれぇ飲ませてやるからさっさと来いっ」

　雪麻呂は語気を強めて言った。真樹夫と大吉は慌てて雪麻呂の前に立った。

「今日は機嫌がいいからおめぇらにお裾分けをやろう。手を出せ」

　雪麻呂が笑みを浮かべた。真樹夫と大吉は顔を見合わせると右手を差し出した。雪麻呂はその上に一枚ずつ硬貨を載せた。真樹夫は思わず目を剝いた。掌の上にはギザと呼ばれる五十銭銀貨があった。

「ギ、ギ、ギザじゃねぇかっ！」

大吉が悲鳴のような声を上げた。それは雪麻呂が自分達に好意でくれたものだと分かったが、嬉しさなどなく逆に恐ろしい気分になった。真樹夫の一日の小遣いは二銭だった。お年玉でも五銭だったが真樹夫はそれで充分満足していた。それがいきなり五十銭という大金を、しかも何の代償もなしに突然手にしたことで罪を犯したような気分になった。

「……雪麻呂君、これ、もらえねぇよ」

真樹夫が勇気を振り絞って言った。

「うるせえっ、それは俺の金だからどう使おうと俺の勝手だ。おめぇがいらねぇなら今すぐ便所に捨てろっ」

雪麻呂が鋭い口調で言った。真樹夫は大吉の顔を見た。思っていることは一緒らしく大吉も怯えたような表情をしていた。真樹夫は二十秒ほど悩んだが、やがて金を受け取ることにした。さすがにこれだけの大金を便所に捨てたら罰が当たる気がしたからだった。いざ自分のものになるとその使い道はすぐに決まった。ナムールにいる美樹夫への慰問袋の送付だった。その中に新しく撮った自分の写真や大好きな剣戟小説をたくさん入れようと思った。真樹夫は学生服の第二ボタンを外し内ポケットに銀貨を入れた。絶対落とさないための用心だった。それを見た大吉も学生ズボンのポケットに銀貨を入れた。

「そう、それでいいんだ。じゃあこれからおめぇらを面白ぇとこに連れてってやる。俺の後について来い」

雪麻呂はそう言うと足早に廊下を歩き出した。真樹夫と大吉は急いでズック靴を履き、慌てて後を追った。

「ゆ、雪麻呂君、面白ぇもんて何だい？」

大吉が訊いた。

「見てのお楽しみだ。おめぇらの想像を遥かに超えたもんだ」

雪麻呂が前を向いたまま答えた。

「雪麻呂君、応接間の天井にぶら下がってたジャラジャラしたのは何て言うんだ？」

真樹夫が訊いた。

「あれはシャンデリアって言うんだ。きらきらして綺麗だろ」

雪麻呂はまた前を向いたまま答えた。真樹夫は叔父の一年分の給料でもあのシャンデリアは買えないような気がした。

三人は赤い毛氈の敷かれた廊下を進んだ。やがて廊下は壁に突き当たり、その右側に地下に延びる短い階段があった。雪麻呂は「こっちだ」と言い階段を下りていった。真樹夫と大吉も階段を下りた。すぐに地下に着いた。辺りは真っ暗で何も見えなかった。パチッと点滅器を押す音がして天井の電球がついた。黄色い光が照らし出したのは床から天井までコンクリートで固められた、十畳ほどの四角い空間だった。正面と右側の壁に錆びついた鉄のドアが付いていた。

「ここは病院とは完全に分離していて月ノ森家の人間しか入れねぇとこだ。一般の病院関係者が来ることは絶対にねぇ」雪麻呂の声が地下の空間に響き増幅された。「で、こっちがライへの保管所だ」雪麻呂は右側の壁にある鉄のドアを拳で叩いた。

「ライヘッて何だい？」

大吉が訊いた。

「おめぇライへも知らねぇのか、ライへとはな、ドイツ語で死体のことだ」

「死体っ？ こん中に死体があんのか？」

大吉が叫んだ。その顔からさっと血の気が引くのが分かった。

「おめぇ死体が怖ぇのか？」

雪麻呂がからかうように言った。

「当たりめぇじゃねぇかっ、そんなもん見たら小便ちびっちまうよっ」

「心配すんな。死体は濁った液の中に沈んでてぼんやりとしか見えねぇし、くせぇ臭いも殆どねぇ」

「で、でも、やっぱり死体はおっかねぇ。俺、絶対に見たくねぇ」

大吉が語尾を震わせて言った。

「おめぇジャイロに乗りてぇんだろ？ 俺の言うことは何でも聞くんだろ？」

笑みを浮かべた雪麻呂が大吉に顔を近づけた。

「し、死体を見たらジャイロに乗せてくれんのか？」

「それだけじゃ乗せる訳にはいかねぇけど、条件の半分は満たしたことになんな」

「……じゃあ、死体を見るよ」

大吉が意を決したように言った。

「おい、おめぇも見んだろ？」

雪麻呂が真樹夫を見た。真樹夫の心臓がどくりと鳴った。そんなこと嫌に決まっていたが、何と言って断ればいいのか分からなかった。真樹夫は無言のまま目を伏せた。

「頼むよ真樹夫君、俺一人じゃおっかな過ぎて耐えらんねぇよ、頼む、頼むから一緒に来てくれっ」

大吉が胸の前で両手を合わせて懇願した。その余りにも真剣な表情を見て、真樹夫は「嫌だ」という言葉を発することができなくなった。

「分かったよ大吉君、一緒に行くよ」

真樹夫は低い声で言った。

「そうか、来てくれるか、ありがとなぁ真樹夫君」

笑顔になった大吉が真樹夫の右手を両手で握りしめた。

「よし、これで決定だ。行くぞっ」

雪麻呂は錆びついた鉄のドアを開けた。中は二十畳近くある大きな部屋だった。壁と床は白いタイル張りになっており、部屋の中央には黄緑色の液体で満たされたコンクリート製の大きなプールがあった。真樹夫は鼻で大きく息を吸った。辺りの空気には魚の腐臭と柑橘（かんきつ）系の果実の香りが入り混じったような奇妙な臭いが漂っていた。しかしそれは微（かす）かなもので全く気にならなかった。

「見ろ、この中に防腐液を入れてライヘを保存してんだ」

雪麻呂がプールを指差した。真樹夫と大吉は手を繋ぐとゆっくりと近づいていき、恐る恐る中を覗き込んだ。水深が一メートルほどの黄緑色の液体の下には確かに十数体の死体が沈んでいた。それらは雪麻呂の言った通り防腐液の色でぼんやりと霞み、男女の区別はつくものの顔の判別はできなかった。予想していたような激しい恐怖を感じることは無く、真樹夫は拍子抜けしたような気分になった。

「本当だ、死体なのに全然おっかなくねぇぞ」

大吉も同じらしく安堵した表情になった。

「だから言ったじゃねぇか。おめぇらは本当に腰抜けポン太郎だな」雪麻呂が呆れたように言った。「ここではな、ルンペンや行き倒れなんかの引き取り手のねぇライへを保管してだな、大学の医学部に解剖実習用として売ってんだ」

「死体って儲かんのかい？」

大吉が訊いた。

「結構いい金になるみてぇだな。一年の売り上げはそのへんの月給取りの年収より多いんじゃねぇか」雪麻呂が事も無げに言った。「おっと、忘れてた。この保存所にはな、住み込みの管理人が一人いんだ。そいつだけが唯一、例外的にここに入ることができんだ。さっそくおめぇらに紹介してやる」

雪麻呂は奥の壁の右隅にある木のドアに歩いていった。

「おい徳一（とくいち）っ、出て来いっ」雪麻呂が叫んだ。しかし返事はなかった。「徳一っ、聞こえねぇのかっ」雪麻呂が叫んでドアを開けた。六畳ほどの古びた部屋には小さな机と粗末なベッドがあり、そこで誰かが毛布を被（かぶ）って寝ていた。

「起きろジジィッ！」

雪麻呂がベッドの足を強く蹴（け）った。低く唸（うな）るような声と共に毛布がゆっくりと盛り上がった。中から七十前後の白髪の男が出てきた。酷（ひど）く痩（や）せた体をしていた。

「こ、これはぼっちゃん、いらっしゃいっ」

徳一は雪麻呂を見ると慌てて起き上がり、ベッドの上に正座した。駱駝（らくだ）色の丸首シャツに腹巻をし、白いステテコを穿（は）いていた。

「何がぼっちゃんだ馬鹿野郎、また仕事さぼってやがったな。ライへみてぇな不吉な顔面しやがって」

雪麻呂はズボンのポケットに両手を入れると、蔑（さげす）むような目で室内を見回した。

「しかしいつ来ても貧乏臭ぇ部屋だな、監獄の独房と変わんねぇじゃねぇか。花の一本でも飾っとけよボケ」

「申し訳ねぇです、さっそく明日花を買ってきます。どんな花がいいでしょうか？」

「そうだな、おめぇは死期の近いジジィだから葬式用の菊なんかいいんじゃねぇか」

「分かりました。さっそく明日菊の花を買ってまいります」

徳一は深々と頭を下げた。その時室内を見回していた雪麻呂の視線が止まった。その目はベッドの下に向けられていた。

「何だこりゃ」

雪麻呂はしゃがむとベッドの下から何かを引きずり出した。それは棺桶のような形をした大きな鉄の箱だった。上部一面が蓋になっており、大きな南京錠で施錠されていた。

「そ、そ、それは何でもありませんっ！」

今まで平身低頭していた徳一が突然目を見開いて叫んだ。

「おい、なんで鍵が掛かってんだ？　蓋を開けろっ」

雪麻呂が鉄の箱を蹴った。中から液体の撥ねる音がした。

「だ、だめです、それだけはできねぇです」

徳一は顔を強張らせて言った。声が露骨に震えていた。

「おめぇ、また女のライへとねんごろになりやがったなっ、これで何回目だっ」

雪麻呂が徳一の頰を平手でぶった。徳一はベッドから下り、床の上に土下座した。

「これは……これは……御察しの通り、行き倒れた若い女のライへで、名前をトメと申します。私はこのトメに一目惚れしまして、自分の嫁としてこの部屋に迎えました。この箱には防腐液が入っておりまして、そこにトメが全裸で浸っております。愛するトメの体は私一人のもんでありまして、他人様には見せたくねぇんです。だから、だから、蓋を開けるのだけは勘弁してくだせぇっ」

徳一は床に額を擦りつけた。

「ライへを嫁にしただとっ？」

雪麻呂が重く凄みのある声で訊いた。

「勘弁してくだせぇっ」

徳一が大きな声で繰り返した。雪麻呂の眉が吊り上がり、見る間に憤怒の表情になった。

「ふざけたことぬかしてんじゃねぇぞこの腐れマラボウッ！　おめぇの脳味噌には精液でも詰まってんのかっ？　変態にも程があるわっ！　とっとと蓋を開けろっ！」

雪麻呂は土下座をする徳一の頭を思い切り蹴り上げた。鈍い音がして大きな呻き声が上がった。徳一のこめかみが切れ血が流れた。

「おい、徳一、これが最後の警告だ。いいか、今すぐ蓋を開けろ。開けなかったらおめぇをぶち殺すからなっ！」

雪麻呂は徳一の頭をまた思い切り蹴り上げた。鈍い音がしてさらに大きな呻き声が上がった。

「わっ、分かりやしたぁっ」

徳一が叫び上体を起こした。額と左のこめかみから出血したその顔は恐怖で引き攣っていた。雪麻呂の凄まじい気迫にさすがの変態老人も降参したようだった。

「開けます、開けますからもう蹴らねぇでくだせぇ」

徳一が両手を顔の前で合わせて懇願した。

「分かりゃいいんだよ、早く開けろっ」

雪麻呂が床に唾を吐いた。徳一は腹巻に手を入れて一本の銀色の鍵を取り出した。それを鉄の箱に付いた南京錠の鍵穴に差し込み右に回した。微かにカチャッと音がした。徳一は南京錠を取り外すと雪麻呂を見た。

「あの、こ、これは、旦那様の許可を頂いたものなので……」

「父様が？　父様がいいと言ったのか？」

「へい、だから、あの、その……」

「何だっ、言いてぇことがあんならちゃんと言えっ」

雪麻呂が鉄の箱を蹴った。

「あ、あの、ぼっちゃん、すいませんっ」

徳一は叫ぶと目をつぶり、両手で蓋を外した。中は黄緑色の防腐液で満たされており、底に裸の人間が沈んでいた。真樹夫は目を凝らした。長い髪の毛が顔に絡みついて人相は判別できなかったが、確かに女の死体だった。細身の体をしており胸には小振りの乳房があった。股間には黒い陰毛が薄らと生えていた。しかし防腐液の色でぼんやり霞んで見えるため生々しさが無く、先程と同様に恐怖は感じなかった。

「これがトメか？」

雪麻呂が訊いた。

「へっ？」

徳一が驚いたような顔をした。

「これがトメかって訊いてんだよ」

「へ、へい、トメでございますっ」

徳一が大声で答えた。

「これがおめぇの嫁か？」

「へい、そうです」

「愛してんのか？」

「へい、心から愛してます」

「そうか、おめぇの愛がどれだけ深いかよく分かったぜ。徳一、立て」

雪麻呂が静かな声で命令した。徳一は「へい」と答えると、よろめきながら立ち上がった。

「徳一、股(また)広げろ」

「ま、股ですか？」

「そうだ、蛙みてぇに広げろ」

徳一はまた「へい」と言うと素直に両足を外側に開いた。雪麻呂は無防備になったその股間を思い切り蹴り上げた。徳一は短い悲鳴を上げ、股間を押さえてうずくまった。よほどの激痛らしく全身を震わせながら大きな呻き声を上げた。

雪麻呂はうずくまって悶絶(もんぜつ)する徳一の頭に唾を吐くと保管所のドアを開けて外に出た。真樹夫と大吉もその後に続いた。

「徳一、結婚祝いだっ、まあせいぜいがんばれやっ」

雪麻呂は鉄のドアを蹴って荒々しく閉めた。

「あんな小汚ぇもん紹介して悪かったな。口直しにおめぇらにはもっと面白ぇもん見せてやるからよ」

雪麻呂は正面の壁にある鉄のドアに歩いていった。

「こっちはな、特別病棟になってんだ。こん中には船で南方に向かう途中、魚雷を喰らって海に投げ出された兵隊が三人入院してる。全員体に怪我はねぇんだが、そん時の恐怖で頭が変になっちまってな。このことが他の患者にバレると噂が町に広がって士気が下がんだろ？　だから陸軍のお偉いさんに頼まれてここに隔離してんだ。こいつらの存在は月ノ森家の人間以外は誰も知らねぇ。食事も毎日富蔵が運んでるから、うちに三十年勤めてる婦長でも知らねぇんだぞ」

雪麻呂はそう言うと将軍服のポケットから鍵の束を出し、そのうちの一本を鍵穴に差し込んで右に回した。ガシャリという音が響きドアが開いた。三人は中に入った。二十メートルほどのコンクリートの廊下が延び、その右側の壁に七つの木製のドアが付いていた。天井に等間隔で設置された三つの裸電球がそれらを黄色い光で照らしていた。

「非常呼集っ！　非常呼集っ！」

突然雪麻呂が叫んだ。次の瞬間三つのドアが次々と開き、三人の兵士が飛び出してきて直立不動の姿勢をとった。

「こいつらが月ノ森総合病院特殊作戦班の面々だ。おめぇらだけに特別に紹介してやる。まずこいつが若本軍医中尉だ」

雪麻呂は一番手前の兵士の肩を叩いた。若本軍医が無言で敬礼した。中肉中背で、歳は三十前後に見えた。軍服の上に白衣を着ていた。

「若本は極めて頭脳明晰でな、毎日様々な毒物の開発に取り組んでいる。そうだな？」

「はっ。自分は雪麻呂閣下と御国のために、連日怨敵必殺毒物兵器を研究しておりますっ」

若本軍医が一礼した。真樹夫は四畳半ほどの病室の中を見た。右の壁際にベッドがあり、左の壁際に木製の机が二台並んでいた。机上には様々な液体が入った幾つもの試験管やビーカー、フラスコなどが置かれていた。

「おい若本、『姫幻視』が少なくなってきたからまた作ってくれ」

雪麻呂が小声で言った。

「はっ、了解いたしましたっ。閣下のために『姫幻視』を製造いたしますっ」

若本が背筋を伸ばして答えた。

「雪麻呂君、ヒメゲンシって何だい？」

大吉が不思議そうな顔で訊いた。

「何、おめぇらには関係のねぇもんだ、忘れてくれ」

雪麻呂はニヤリと笑った。大吉は口をぽかんと開けて首を傾げた。

「そして次が笹谷兵長だ」

雪麻呂が真ん中に立つ兵士の肩を叩いた。笹谷兵長も無言で敬礼した。背が低く痩せていた。二十四、五歳に見えた。防暑用の半袖の軍服を着、戦闘帽を被っていた。

「笹谷は優秀な通信兵でな、毎日六六式二号甲種無線機で大日本軍神様と交信している。おい笹谷、今日は軍神様から何か連絡はあったか？」

「はっ。ございましたので雪麻呂閣下に御報告させていただきますっ」

笹谷兵長が軍服の胸ポケットから一枚の紙片を取り出した。

「イカリグマノタメ　ワラベ　タビダツモ　ニイサマト　ロウジントカゲノオカゲデ　ブジキカンス　以上でありますっ」

笹谷兵長が淀みなくしゃべった。意味不明の内容だったが雪麻呂は「そうか、ご苦労であった」と言って頷いた。同じく四畳半ほどの病室には右の壁際にベッドがあり、左の壁際に木製の机が一台あった。机上には一目で壊れていると分かる、錆だらけの旧式の無線機が載せられていた。無線機の傍らにはモールス符号を受信するための受話器と、モールス符号を送信するための電鍵が置かれていた。

「そして最後が熊田一等兵だ」

雪麻呂は一番奥の兵士の肩を叩いた。熊田一等兵もまた無言で敬礼した。背が高くがっしりとした体格をしていた。歳は四十前後に見えた。白いランニングシャツ一枚だけを着、色褪せた古い軍跨を穿いていた。腕が太く、胸の筋肉が盛り上がっていた。

「熊田は柔道五段の猛者でな、若い頃は全国大会で四位になったこともある本物の実力者だ。ここに入院してから一日も休むことなく肉体を鍛錬している。そうだな熊田？」

「はっ。自分は自分の肉体を極限まで鍛え上げ、究極の肉弾兵器になろうと日々精進しております。いつの日かこの鍛え上げた体軀を駆使して、雪麻呂閣下と御国のために怨敵を粉砕するのが夢でありますっ」

熊田一等兵が胸を張った。病室の中には右の壁際にベッドがあるだけで、あとは大きなバーベルや鉄アレイ、木製のバット、十数本の細い鉄棒などが床に散乱し、天井からは拳闘用の黒い砂袋がぶら下がっていた。

「以上三名が我が特殊作戦班の班員どもだ」

雪麻呂はこちらを向いてそう言うと大吉に近づいていき、その耳元に口を寄せた。

「おい、熊田に照子って言え」

雪麻呂がそっと囁いた。

「何でだ？」

大吉が怪訝な顔で訊いた。

「照子っていうのはな、熊田の元女房なんだが他の男に寝取られてどっかに行っちまったんだ。でも熊田は今でも照子を心から愛してて、その名前を聞いただけで泣き出すんだ。面白ぇだろ」

雪麻呂が笑みを浮かべた。

「でもあの人柔道五段なんだろ？　おっかねぇから言いたくねぇよ」

大吉が不安そうな顔をした。

「じゃあ、こうしよう。もし熊田に照子って言ったらジャイロに乗せてやる」

「本当かっ？　本当にジャイロに乗せてくれんのかっ？」

興奮した大吉が上擦った声で叫んだ。その頬がすっと紅潮した。

「本当だ、俺は嘘は言わねぇ。約束する」

雪麻呂は真顔で大吉の目を見た。

「約束だぞ、絶対に絶対に乗せてくれんだな？」

大吉が念を押すように言った。雪麻呂は大きく頷いた。

「分かったよ」

大吉は低い声で言うと、ゆっくりと歩いていき熊田の前に立った。状況が把握できない熊田が不思議そうな表情をした。

「……て、照子」

俯(うつむ)いた大吉が小声で呟(つぶや)いた。その途端熊田の顔が露骨に歪(ゆが)んだ。左右の頬がひくひくと痙攣(けいれん)し、鼻の穴が大きく開いた。熊田は口を開いて何かを言おうとしたが低い呻(うめ)き声しか出なかった。やがて両眼が急速に潤みだすと、すぐに大粒の涙がこぼれ落ちた。真樹夫はそのあまりにも速い反応に驚いた。熊田の元女房に対する愛が何か異様なものに思えた。

「……照子」

少し慣れたらしい大吉は今度は普通の声で言った。熊田はさらに顔を歪め、両手を握り締めた。涙が次々と流れ落ち頬をしとどに濡らした。熊田の口からくぐもった嗚咽が漏れ、鼻から鼻水が垂れた。それはまるで叱られた幼児が、必死に涙を堪えようとしている様に似ていた。

「照子っ！」

その哀れな姿に安心したのか大吉は大声で叫んだ。熊田は泣きながら両手で頭を抱え何度も何度も左右に振った。

「やめてくれっ！　やめてくれっ！　頭が割れそうだっ！　頭が割れそうだっ！」

熊田は大声で喚き、全身を激しく震わせた。その苦しみようは酷く、真樹夫は本当に熊田の頭蓋が破裂するような気がした。大吉は楽しそうに笑みを浮かべて雪麻呂を見た。雪麻呂もにやにやと笑いながら数回頷いた。いいぞ、もっとやれと言っているように見えた。調子に乗った大吉は両手を口の左右にあてがい「照子っ！　照子っ！　照子っ！」と連呼した。耐え切れなくなったのか熊田が両手を振り上げて絶叫した。強烈な絶望感にのたうち、身悶えするような悲痛な叫び声だった。それを見た大吉の顔が強張った。さすがにまずいと思ったのか慌てて数歩後退った。その時突然熊田が動いた。叫びながら両手を素早く伸ばすと大吉の頭を掴み、後ろの壁に思い切り打ちつけた。ゴツッという鈍い音がし、糸が切れた操り人形のように大吉が床に倒れた。

「さっ、散開っ！　散開っ！」

雪麻呂が慌てて叫んだ。その途端三人の兵士は突然背筋を伸ばして敬礼し、素早く各自の部屋に戻りドアを閉めた。雪麻呂は大吉に駆け寄り、うつ伏せになったその体をゆっくりと仰向けにした。大吉の口はぽかんと開き、目が半開きになっていた。左右の耳の穴からは黒ずんだ血がポタポタと滴り落ちていた。雪麻呂は大吉の右の手首に指を当て脈を取った。十秒ほどの沈黙が続いた。

「やべぇっ、こいつ死んでやがるっ」

不意に雪麻呂が呻くように言った。

「やべぇっ、こりゃやべぇっ」

雪麻呂は立ち上がると両手で激しく頭を掻いた。

「どうするっ？　一体どうするっ？　一体どうしたらいいっ？」

激しく動揺した雪麻呂は廊下を何度も右往左往した。

真樹夫は大吉の傍らに無言で立っていた。膝頭の細かい震えが止まらなかった。死体をはっきりと見るのが初めての真樹夫にとってそれは衝撃的な光景だった。何と言っても一番恐ろしいのは大吉の目だった。左右の眼球が上方を向き、黒目の半分が目蓋に隠れていた。その三白眼になった目に、感情というものは浮かんでいなかった。喜、怒、哀、楽の全てが消失し、一瞬で冷たい硝子玉になってしまったような印象を受けた。その無機物のような双眸で口をぽかんと開けている、まるで呆けたような形相がとてつもなく恐ろしかった。またよく「目の光が消える」というたとえをするが、それが本当だと言うことを知った。黒目の部分の潤みが消え、薄い灰色の膜が掛かっているように見えた。それは大吉の肉体が、生命体からただの肉塊に変わってしまったことを何よりも明確に物語っていた。

「とにかく死体だ、まずこいつの死体を隠さなきゃだめだっ」

廊下を歩き回っていた雪麻呂が自分に言い聞かせるように言った。そして横たわる大吉に近づいてくると荒々しくその右足を両手で持った。

「おい真樹夫っ、左足を持てっ」

雪麻呂が急かすように叫んだ。その言葉に真樹夫は躊躇した。確かに先程までは友人の大吉だったが、死体になった途端急に気味が悪くなり触ることができなかった。

「何してんだおめぇっ！　さっさと持てよ馬鹿野郎！」

雪麻呂が大声で怒鳴った。真樹夫は大吉の死体も怖かったが、雪麻呂はさらに怖かった。慌てて大吉の左足を両手で持った。

「廊下の一番奥の部屋に運ぶんだっ、ぐずぐずすんなっ」

雪麻呂が真樹夫を睨んだ。真樹夫は無言で頷いた。二人は後ろ向きに歩きながら小太りの大吉の死体を引き摺って行った。病室は五番目の部屋までで、六番目の部屋は便所、一番奥の七番目は薬品保管室だった。雪麻呂は大吉の右足を離すとまた将軍服のポケットから鍵の束を出し、そのうちの一本を鍵穴に入れて右に回した。カチャッという音がしてドアが開いた。雪麻呂はそのまま真っ暗な保管室に入った。

「この辺に電気の点滅器があった筈だ」

雪麻呂がドアの左側の壁を手で探った。すぐにパチッと音がし、天井の蛍光灯が灯った。

白く淡い光が辺りを照らした。部屋は学校の教室ぐらいの広さで、古い木製の薬品棚が左右二列になって整然と並んでいた。

「真樹夫、さっさとそいつを中に入れろ」

雪麻呂が命令した。真樹夫は大吉を引き摺りながら後ろ向きで室内に入った。しばらく使用されてない部屋らしく空気が埃っぽかった。

「面倒くせぇからその辺に置いとけ」

雪麻呂がまるでゴミでも扱うように言った。真樹夫は大吉の死体を電気の点滅器があるドアの左側の壁の側に置いた。

「……ゆ、雪麻呂君、これからどうすんだ？」

真樹夫が低い声で訊いた。

「うるせぇな、今考えてんだよっ」

腕組みをした雪麻呂がいらついた口調で答えた。それから暫くの間、雪麻呂は部屋中を歩き回りながら死体の処理について必死で思案した。ぶつぶつと小声で何かを呟いたり、「いや違う」と言って舌打ちをしたりしていたが、やがて顔を上げて「そうかっ」と叫んだ。

「いいこと思いついたぞっ、そうかっ、その手があったかっ。真樹夫っ、おめぇはそこで待ってろっ。いいかっ、絶対に外に出んなよっ」

雪麻呂は早口で捲し立てると部屋から飛び出して行った。足音が遠ざかっていき、すぐに聞こえなくなった。辺りはしんと静まり返った。一人になると恐怖心が急速に増大した。真樹夫は大吉の死体を見ないようドアの右側の壁に向かって立った。泣き叫ぶ熊田一等兵の姿や激しく動揺する雪麻呂の顔、そしてとてつもなく恐ろしい大吉の死に顔が次々と甦(よみがえ)った。真樹夫は下唇を嚙(か)み締めながら、雪麻呂の誘いにのって病院に来たことを激しく後悔した。

雪麻呂は五分ほどで戻ってきた。全速力で走ってきたらしく息が切れ切れになっていた。雪麻呂は薬品保管室のドアに凭(もた)れると、はあはあと苦しそうに呼吸しながら真樹夫に白い布袋を放り投げた。それは床に落ちてカキッと固い音を立てた。真樹夫は袋を拾い上げ中に入っているものを取り出した。それは刃渡り二十センチほどの牛刀だった。雪麻呂がなぜ自分にこんなものを与えるのか全く理解できなかった。

「これ、一体どうすんだ？」

真樹夫が訊いた。

「……そ、それで、大吉を、バラせ」

雪麻呂が途切れ途切れに言った。

「バラすって、どういう意味だ？」

「その牛刀で、大吉の体を、バラバラに切断しろ」

その言葉に真樹夫の腹の奥がひやりと冷たくなった。この状況下で雪麻呂が冗談を言う筈が無かった。真剣そのものの至上命令だった。牛刀を持つ右手が震え出した。

「まず、腕と足と首を胴体から切り離せ、そしてさらに関節ごとに切り分けろ。それを山ん中に埋める」

「できねぇよっ、できる訳ねぇだろっ」

真樹夫が堪らず叫んだ。雪麻呂が不意に右手を腰に回し何かを引き抜いた。それを見た真樹夫は仰天した。その手に握られていたのは銀色の自動拳銃だった。雪麻呂は銃口を下に向けると無造作に引き金を引いた。凄まじい銃声が響き、同時に真樹夫の足元のコンクリートが勢い良く飛び散った。真樹夫は悲鳴を上げて後退った。床には直径三センチほどの窪みができた。

「俺は明日の朝五時にここに来るっ！　だからそれまでにやっておけっ！　もしできてなかったらおめぇを撃ち殺すからなっ！　分かったかっ！」

雪麻呂は語尾を荒らげて怒鳴るとドアを勢い良く閉めた。すぐに素早く施錠する音がした。雪麻呂の足音は瞬く間に遠ざかっていった。

真樹夫は腰が抜けたようにへなへなと床に座り込み、牛刀から手を離した。それはまたカキッと音を立てて床に落ちた。真樹夫は途方に暮れた。大吉の死体を解体することなど絶対にできる訳が無かった。しかしこのまま何もしなかった場合、今の雪麻呂であれば本当に自分を撃ち殺すような気がした。真樹夫は虚ろな目で白い壁を見つめながら大きく息を吐いた。強い緊張状態にあるため胃に針で突かれるような痛みがあり、吐き気が繰り返し込み上げてきた。一体どうすればこの厄災から逃れられるのか全く見当がつかなかった。

「……雪麻呂君、俺には無理だよ」

真樹夫は低い声で呟いた。

＊

室内に時計が無いため、それからどれぐらいの時間が経過したのか分からなかった。三十分のようにも二時間のようにも感じられた。そして時間が経てば経つほど、雪麻呂に射殺される恐怖が増していった。真樹夫は自分が被弾した時のことを想像してみた。コンクリートを砕くあの鉛の弾が自分の貧弱な肉体に命中すれば、まず助からないだろうと思った。腕に当たれば腕がちぎれ、腹に当たれば内臓が飛び出し、頭に当たれば脳味噌が吹き飛ばされるはずだった。そして無残に破壊された自分の死体は解体され、大吉の死体と共にどこかの山に埋められるのだ。雪麻呂に命じられ、円匙で山中に穴を掘る富蔵の姿が鮮明に浮かび上がった。同時に背中一面に冷たい寒気を覚え、左右の手の指先が微かに震え出した。

死にたくないっ、と真樹夫は胸中で叫んだ。

御国のための名誉ある戦死ならまだしも、このような余りに理不尽な死に方は納得できなかった。

真樹夫の目が自然と床に転がる牛刀に向いた。普通の包丁より切っ先が鋭く刀身が長いその刃物が、異様に禍々しいものに見えた。真樹夫は息を殺して二分間ほど牛刀を見つめていたが、やがてゆっくりと右手を伸ばしてその木製の柄を握った。「やれっ」、と頭の中で声がした。「バラせっ」「死体をバラせっ」「バラバラにしろっ」「バラバラにして生き残れっ」声は次々に叫んだ。

真樹夫は大きく二回深呼吸をするとおもむろに立ち上がった。そして牛刀の柄を握り締め、意を決して後ろを振り向いた。仰向けになった大吉の死体が目の前にあった。いつの間にか顔面の皮膚が血色を失い、薄らと青白くなっていた。それは極めて緩慢ではあるが、すでに肉体の腐敗が始まっていることを示していた。真樹夫は改めて大吉が死んだことを思い知らされた。心臓がどくどくと音を立てて脈打っていた。脳の中が熱を帯びたように熱くなるのが分かった。真樹夫は床に両膝をつくと、大吉の左腕を摑み学生服の袖を捲り上げた。冷たいその前腕の皮膚も薄らと青白くなっていた。真樹夫は左腕を床に置き、その手首に牛刀の刃を押し当てた。脳の中がさらに熱を帯び、強い息苦しさを感じた。真樹夫は思い切って牛刀を引いた。皮膚が裂け、瞳の形にぱっくりと開いた。黄色い脂肪が露出したが死体のためか血は一滴も出なかった。真樹夫は黄色い脂肪に刃を押し当てて引いた。脂肪は一センチほどの厚みがあり、その下から赤茶色の筋肉が露出した。油を塗ったように表面がぬめっていた。それをさらに引き切ると、二本の前腕骨が見えた。小指側は細かったが親指側はとても太かった。真樹夫は二本の骨に牛刀の刃を押し当て切断しようとした。しかしありったけの力を込め、何度も何度も牛刀を前後させたが全く損傷を与えることができなかった。苛立った真樹夫は牛刀の柄の部分で前腕骨を殴打した。十数回で小指側の細い骨は折れたが、親指側の太い骨は百回以上の殴打でもびくともしなかった。

真樹夫は強い疲労感を覚え床にしゃがみ込んだ。全身が火照り、堪らなく熱かった。右手の牛刀を置いて学生服のボタンを全部外すと、大きく息を吐いた。頭の中が真っ白で何も考えることができなかった。脳の奥が感電しているように痺れ、酷くだるかった。真樹夫は額の汗を手の甲で拭った。顔中が汗で濡れていた。真樹夫は学生服のポケットからハンカチを取り出した。一緒に一枚の写真が飛び出し床に落ちた。出征する五日前に美樹夫を写したものだった。宝物として常に肌身離さず持ち歩いていた。真樹夫は写真を拾い上げた。軍服を着た美樹夫が白い歯を見せて笑っていた。その顔をぼんやりと眺めていると、全身を包んでいたむせ返るような熱気がゆっくりと消えていった。続いて脳の奥の痺れが治まり、麻痺していた意識が元に戻った。

真樹夫は我に返った。

急に視界が明るくなったような気がした。

同時に自分は先程まで死体を解体していたという思いが胸を過った。

強い恐怖心がどっと湧き上がり背中一面に鳥肌が立った。

真樹夫は恐る恐る顔を上げ、目前に横たわる大吉の死体を見た。左手首が切り裂かれ、二本の前腕骨が剝き出しになっていた。殺されたくない一心で夢中で作業を行なったが、冷静になってみるとそれはとてつもなくおぞましい行為だった。真樹夫は吐き気を覚えた。同時に胃の内容物が込み上げてきてそのまま吐き出した。それは微かに昼の弁当で食べた鰯の佃煮の味がした。真樹夫は大きく呻いた。全身から一気に力が抜けた。手足が激しく震え立つことができなかった。真樹夫は四つん這いになり、死体とは反対方向の右側の薬品棚に向かって這っていった。そして壁際までくるとそこに突っ伏した。

「……兄ちゃん、助けてくれ」

真樹夫が低く呟いた。途端に涙が込み上げてきた。真樹夫は堪えきれなくなり泣いた。体を丸め、両手で顔を覆いながら声を上げて泣いた。泣いても泣いても涙が溢れ続け、嗚咽が漏れ続けた。

小一時間ほどしてやっと涙が止まった。

それでも真樹夫は立つことができず突っ伏したままだった。大量に流れ出た鼻水を弱々しく啜りながら、ぼんやりと虚空を見つめていた。やがてその虚空に、出征するために町の通りを行進した美樹夫の姿が浮かび上がった。

あれは二週間前の、よく晴れた昼下がりのことだった。連隊の敷地内から勇ましいラッパの音が響き、続いて営門から完全武装をした百人ほどの兵士が二列縦隊で出てきた。兵士達は無言で軍靴を鳴らしながら駅に続く道を行進していった。沿道に連なった人達が手にした日章旗を激しく振った。「万歳っ」と言う叫び声が次々と上がった。真樹夫は歩道を走りながら行進する兵士達の顔を注意深く見ていった。やがて戦闘帽を深く被り自動小銃を肩に掛けた美樹夫を発見した。真樹夫は人込みをかき分けて駆け寄り、その手を強く握った。美樹夫は驚いて目を見開いたがすぐに真顔になった。そして「いいか、これからどんな困難にあっても絶対に逃げるな。逃げずに闘え。たとえ一人ぼっちになったとしても闘え。死に物狂いで闘えば必ず道は開けるはずだ。分かったな？」と強い口調で言った。そこで真樹夫は突然肩を摑まれた。振り向くと警備中の憲兵が立っていた。行進中の兵士と家族との接触は禁止されており、真樹夫はすぐに沿道に引き戻された。通りに目を向けるとすでに美樹夫の姿は無く、兵士達の列も駅に向かって足早に過ぎ去っていった。

真樹夫は家路を辿りながら美樹夫の言葉を何度も反芻した。それは出征する兄が遺書代わりに残したものだと子供心にも理解できた。同時に縁起でもないことを言うものだと酷く腹が立った。しかし究極の困難に直面している今、思い起こした兄の言葉は怯えて萎縮した真樹夫の心をほんの僅かだが奮い立たせた。

真樹夫は手の甲で鼻水を拭うとゆっくりと顔を上げた。そして両手を床について上体を起こし、そのまま正座した。

闘おう、と真樹夫は思った。

この究極の困難に打ち克てるかどうか分からなかったが、とにかく自分の力が尽きるまで闘ってみようと思った。真樹夫は両手を太腿の上に置き、背筋をピンと伸ばして目をつぶった。問題はただ一つ、大吉の死体だった。あの死体を解体せずにうまく隠す方法を思いつけば、雪麻呂に射殺されずにすむのだ。真樹夫は（死体を隠す……死体を隠す……）と胸中で呟きながら必死で知恵を絞った。しかし根を詰めて考えれば考えるほど気ばかりが焦り、良い考えは全く浮かばなかった。

真樹夫は目を開けると大きく深呼吸をした。「落ち着け」と声に出して自分に言った。

焦りは、閃き(ひらめ)を得る時の最大の障害物だった。

そこで一度冷静になるため、今日一日どんなことがあったかを正確に思い出していくことにした。

真樹夫は再び目をつぶると、今朝目覚めた時まで記憶を辿った。

いつものように午前七時に起床……叔父(おじ)夫婦との朝食……通学路を通り学校へ……二時限目の授業中に雪麻呂が久しぶりの登校、強引に三人の級友を集め兵隊双六(すごろく)を開始、双六は四時限目まで続きその後昼食……雪麻呂は運転手が運んできたうな重を完食し、昼休みは教室で煙草を吸いながら漫画『冒険ダン吉』を熟読……五時限目から三人の級友と兵隊双六を再開……午後二時半双六終了、同時になぜか大吉と自分を今日の『ご招待』の生徒に指名……六輪自動車で病院到着……大吉コウカコウラに感激……雪麻呂に連れられて地下の死体保管所へ……

そこで真樹夫の心臓が小さく鳴った。

脳裡(のうり)にあの黄緑色の防腐液で満たされたコンクリートのプールが浮かんだ。

「あっ」と真樹夫は叫んだ。

大吉の死体を裸にしてあのプールに沈めれば問題は解決するような気がした。死体の管理はあの徳一という老人が一人で行なっていた。徳一は雪麻呂には絶対に頭が上がらないので、雪麻呂が「誰にも言うな」と命ずれば秘密は厳守されるはずだった。後はどこかの大学が大吉の死体を買い取っていき、その時点で証拠は完全に消えることになる。また大吉の家族には雪麻呂が「大吉は夕方一人で帰った、その後のことは知らねぇ」と言えば済む話だった。月ノ森大蔵の息子をそれ以上追及する町民など存在しなかった。

多少強引な所もあるが、この作戦で必ず何とかなると真樹夫は確信した。雪麻呂も二つ返事で了承するに違いなかった。途端に強い緊張が解け、張り詰めていた全身の筋肉が一斉に緩んだ。頭の中の熱が消え、呼吸が楽になった。真樹夫は大きく息を吐いた。

緊張が解けると思い出したように喉が渇いてきた。真樹夫は薬品保管室の中を隈なく探し回ったがどこにも水道は無かった。しかし喉の渇きはさらに強まった。真樹夫は諦めきれず、左右に五台ずつ並ぶ薬品棚を一番前から順番に見ていった。ラベルに難しい漢字やローマ字が書かれた薬瓶が所狭しと並んでいたが、どれも飲料水にはならないものだった。

四列目の左側の薬品棚を覗いた時、上から二段目の棚の右隅に見覚えのあるものを見つけた。その茶色い硝子瓶のラベルには「生理的食塩水」と書かれてあった。それは学校の理科の実験で何度か使用したことのあるもので、水と同じように飲めることを知っていた。真樹夫は硝子の引き戸を開け、その瓶を取り出した。蓋を開け匂いを嗅いだが無臭だった。どの位前に製造されたものか分からなかったが真樹夫は構わず食塩水を飲んだ。生ぬるいその液体は渇いた喉を充分に潤してくれた。真樹夫は瓶一本を瞬く間に空にした。

喉の渇きが治まると強い眠気に襲われた。窓も時計も無いので今が夜なのかどうか分からなかったが、もうそんなことはどうでもよかった。真樹夫は死体を見ないよう部屋の中ほどにある薬品棚の下にうずくまり、額を膝の上に乗せて目を閉じた。

視界が闇に覆われた。

疲れ果てた心身に睡魔はすぐにやってきた。真樹夫は深い眠りに落ちた。

そこで真樹夫は夢を見た。

闇の中、ナムールに出征中の美樹夫と、赤い布を被った老いたメスの爬虫人が立っていた。

「真樹夫っ」

美樹夫が笑みを浮かべて叫んだ。真樹夫は嬉しくなって駆け寄った。

「兄ちゃん、帰ってきたのかっ」

真樹夫が美樹夫の右手を両手で握った。

「元気にしてるか心配で会いに来たんだ。どうだ、楽しくやってるか？」

その美樹夫の言葉に真樹夫は大吉の死体を思い出し、暗澹とした気分になった。

「何か悩みでもあるのか？」

美樹夫が心配そうな顔をして尋ねてきた。

「実は……」

真樹夫は雪麻呂の家に来てから起きた出来事を一つ一つ説明し、友人の死体の処理を命じられていることを告げた。驚いた美樹夫が隣の老いた爬虫人を見た。爬虫人は二十秒ほど無言でいたが、やがて笑みを浮かべた。

「良かったな真樹夫、大吉は生き返るぞ」

美樹夫が明るい声で言った。

「本当かっ？　本当に大吉が生き返んのかっ？」

真樹夫が目を見開いて叫んだ。

「この爬虫人の言うことに間違いは無い。安心しろ」

美樹夫は真樹夫の頭を撫でながらにっこりと笑った。

「起きろっ！」

突然の大声で真樹夫は目を覚ました。顔を上げると傍らに雪麻呂が立っていた。将軍服を着、右手には銀色の自動拳銃を握っていた。いつの間にか朝の五時になったようだった。

「立てっ！」

雪麻呂はしゃがみ込んでいる真樹夫の髪の毛を鷲摑みにし、思い切り引っ張った。真樹夫は強い痛みに顔を歪めながら立ち上がった。

「こっちに来いっ」

雪麻呂は髪を摑んだまま歩き出した。真樹夫はよろめきながらその後に続いた。雪麻呂はドアの左側の壁の側に倒れている大吉の死体の前で止まり、髪から手を離した。

「おめぇ大吉の手首切っただけで全然バラしてねぇじゃねぇかっ！　どうなるか分かってんだろうなっ！」

雪麻呂が怒号を上げた。血走った目がこちらを睨んでいた。突き刺さるような鋭い視線だった。

「ま、ま、待ってくれ雪麻呂君っ、昨日あれから物凄ぇいい作戦を思いついたんだっ」

真樹夫が慌てて叫んだ。

「俺は大吉の死体をバラバラにしろと言ったんだっ！　作戦を立てろなんて一言も言ってねぇぞっ！」

雪麻呂は右手の自動拳銃を真樹夫に向けた。

「待ってくれっ、話を聞いてくれっ、話さえ聞いてくれれば雪麻呂君も納得するっ、絶対に納得するっ、頼むっ、お願いだっ、撃つ前に話を聞いてくれっ」

真樹夫は顔の前で両手を合わせて懇願した。雪麻呂は拳銃を構えたまま、暫くの間無言で真樹夫の顔を凝視していた。

「……本当だな、本当に俺が納得する話なんだな？」

雪麻呂が低い声で訊いた。

「本当だ、嘘は吐かねぇ」

真樹夫が声を上擦らせて答えた。

「もし納得できなかったら、おめぇを撃ち殺すからな」

真樹夫はその言葉に力無く頷いた。

「じゃあ話してみろ」

雪麻呂は拳銃を下ろした。

真樹夫は昨日考えた通り、大吉の死体を裸にして地下の死体保管所に隠し、雪麻呂が徳に口止めをするという作戦を詳しく説明した。雪麻呂は黙って聞いていたが、真樹夫の話が終わると大きく二回頷いた。

「なるほどなるほど、そういうことか。確かにその方法だったら大吉の死体を完全に闇に葬れるな。おめぇ中々頭がいいじゃねぇか、見直したぞ」

雪麻呂が嬉しそうに言った。その顔からは険しさが消え、表情が柔和になった。血走っていた目にも穏やかな光が浮かび上がった。それを見た真樹夫は深い安堵を覚え、大きなため息を吐いた。

「だ、だから言ったじゃねぇか、物凄ぇいい作戦を思いついたって。俺、本当に雪麻呂君に殺されちまうかと思ったぞ」

真樹夫は口元を緩めた。

「はぁ？　何言ってんだ？　おめぇを殺さねぇとは一言も言ってねぇぞ」

雪麻呂は柔和な表情のまま再び銃口を真樹夫に向けた。

「何すんだっ？」驚いた真樹夫が叫んだ。「冗談だろっ、おっかねぇからやめてくれっ」

「冗談じゃねぇ。おめぇを殺す」

雪麻呂が落ち着いた声で言った。

「だって死体は完全に処分できるじゃねぇかっ、もう俺を殺す必要はねぇだろうっ？」

真樹夫は声を震わせた。

「おめぇはたった一人の目撃者だ、このまま家に帰したら必ず大吉のことを人にバラす」

「言わねぇっ、絶対に言わねぇよっ、約束するっ、命賭けてもいいっ」真樹夫はまた顔の前で両手を合わせた。「頼むっ、信じてくれっ、俺が雪麻呂君を裏切る訳ねぇじゃねぇかっ、頼むっ、頼むっ、頼むから殺さねぇでくれっ」

「ダメだ。俺は月ノ森一族の人間以外は絶対に信用しねぇ」

雪麻呂は指を引き金に掛けた。

「おめぇから実にいい死体の処理方法を教えてもらった。これから大吉と一緒にプールに沈んでもらう。解剖用のライヘになって医学の進歩に貢献しろ」

雪麻呂がそう言った瞬間、凄まじい火薬の破裂音と共に銃口が黄色く光った。同時に真樹夫はバットで強打されたような衝撃を胸部に受け、仰け反って後方に転倒した。眩暈がするような強烈な痛みが左胸に走った。固くて小さなものが体にめり込み肋骨を折ったのが分かった。真樹夫は堪らず呻いたが、声を出すと痛みはさらに増大した。

「とどめだ、成仏しろ」

雪麻呂は床に横たわる真樹夫の頭に銃口を向けた。

終わりだっ、と真樹夫は思った。脳裡を美樹夫の笑顔が過った。真樹夫はぎゅっと目を瞑った。

「ぎゃあああああっ！」

突然すぐ後ろで甲高い悲鳴が上がった。驚いた真樹夫が振り返った。確かに死んでいたはずの大吉がいつの間にか上体を起こしていた。右手で押さえた左手首からは鮮血が噴き出していた。

「痛ぇよっ！　痛ぇよっ！　助けてくれっ！」

　大吉は顔を左右に振りながら大声で泣き叫んだ。血飛沫が周囲に飛び散り、真樹夫の頬にも生温かい血液が付着した。前を向くと雪麻呂が銃口をこちらに向けたまま、唖然とした顔で大吉を見ていた。

「雪麻呂君っ、血だっ、血を止めねぇとっ」

　真樹夫が叫んだ。大声を出したため左胸にさらなる激痛が走った。その声に雪麻呂が我に返った。

「そ、そうかっ、医者かっ、ちょっと待ってろっ」

　雪麻呂は慌てて廊下に飛び出すと「若本軍医っ！　非常呼集っ！　若本軍医っ！　非常呼集っ！」と大声で叫んだ。すぐにドアが開く音がし、廊下を走る足音が近づいてきた。

「若本軍医、参りましたっ」

　軍服の上に白衣を着た若本が入り口の前で止まり敬礼した。しかし手首から血を噴き出して泣き叫ぶ大吉を見て目を見開いた。

「若本っ、非常事態だっ、病院内に侵入した敵の密偵が破壊工作を行ない、俺の部下が負傷したっ、すぐに止血しろっ」

　雪麻呂が叫んだ。その瞬間若本の顔が引き締まり精悍なものになった。医者の本能が甦り、彼の精神を一時的に正常に戻したようだった。若本はすぐに踵を返すと「止血準備っ！　止血準備っ！」と叫びながら自分の病室に走っていった。

「痛ぇっ！　痛ぇっ！　かあちゃんっ！　かあちゃんっ！」

大吉が涙と鼻水を流しながら尚も震える声で叫んだ。激しい出血のため辺りの床は至る所が赤く染まっていた。

「やかましいっ！　ぎゃあぎゃあ喚くなっ！」

雪麻呂は将軍服のズボンから革のバンドを引き抜き大吉の側に片膝をついた。そして出血している左腕を掴むと、その肘の付け根にバンドを巻きつけて強く引き絞った。途端に手首からの出血が弱まり、大吉の叫び声も低くなった。真樹夫は左胸の激痛に耐えながら静かに息をしていた。眼前で繰り広げられている、この想像を絶する光景に頭がおかしくなりそうだった。その時不意に先程見た兄の夢を思い出した。美樹夫は確かに「良かったな真樹夫、大吉は生き返るぞ」と言っていた。大吉を死者の国から引き戻したのは、美樹夫とあの年老いた爬虫人のような気がしてならなかった。しかし今、美樹夫がナムールでどんな状態にあるのか、どこで誰と何をしているのか全く想像がつかなかった。

廊下から大きな足音がし、黒い革の鞄を持った若本が保管室に飛び込んできた。

「閣下っ、準備ができましたっ！」

若本は大声で叫ぶと鞄の中から銀色の止血鉗子を取り出した。

＊

大吉は若本軍医の応急処置を受け何とか一命を取り留めた。その後すぐに月ノ森総合病院の手術室に運ばれ、正常な医師による正式な手術を受けた。大量出血のため、かなりの量の輸血が行なわれた。また頭を強打したせいか昨日の記憶はコウカコウラを飲んだ所で止まっており、そこから先に起きた出来事を全て忘れていた。

真樹夫の左胸に撃ち込まれた銃弾は肉を突き破り、二本の肋骨を折っていたがこれも命に別状は無かった。真樹夫を救ったのは雪麻呂が気まぐれでくれた五十銭銀貨だった。あれを学生服の左の内ポケットに入れていたため、銃弾が銀貨に当たり殺傷能力を大幅に低下させていた。内ポケットは左右に一つずつあり、もしあの時右のポケットに銀貨を入れていたら間違いなく即死した筈だった。

雪麻呂は手術をした医師達に嘘の報告した。大吉の怪我については「包丁でチャンバラごっこをしていたら手元が狂った」と言い、真樹夫の怪我については「バットで素振りをしていたら偶然当たった」と言った。

また病院側が大吉の家族と真樹夫の叔父夫婦に充分な見舞金を払ったことで、二つの『事故』は無事に解決した。

真樹夫は全治二週間、大吉は全治一ヶ月と診断され月ノ森総合病院に入院した。勿論入院費用は無料だった。雪麻呂は富蔵を連れて一日おきに病室にやってきた。そして何事も無かったかのように、どうでもいい雑談を小一時間ほどして帰っていった。殺害目的のために銃を発砲し、負傷させたことへの謝罪の言葉は皆無だった。しかしなぜか腹は立たず、それどころか雪麻呂に対し仄かな親しみを感じるようになっていた。真樹夫は我ながら不思議だと思い、その訳を真剣に考えてみた。そして出た結論が雪麻呂の持つ『純粋さ』だった。極めて凶暴で、無謀で、独善的ではあったが、その行動や発言に邪念や欲念は含まれていなかった。まるで幼児のように、本能の赴くまま物事に反応し、本能の赴くまま行為に及んでいた。それは月ノ森家という隔絶された特殊世界で育ったが故の結果だったが、その混じり気の無い透明な精神を持っているからこそ、雪麻呂がどんなに暴走しても憎むことができないような気がした。

真樹夫は退屈な入院生活の中、密かに長い手紙を認めた。あの二つの『事故』が起きた、恐ろしくも奇妙な一日の事の顛末を詳細に便箋に書き綴った。手紙は真樹夫の新しい写真や大量の剣戟小説と共に、慰問袋の中に入れてナムールにいる美樹夫に送った。

真樹夫は今、国民学校高等科に通いながら返事が来るのを楽しみに待っている。その手紙にはあの不思議な夢の答えがきっと書いてあるはずだからだ。

第弐章　蜥蜴（とかげ）地獄

　命令通り師団司令部の建物の裏手に行くと、小さな椰子（やし）林の前に丸刈りの男が正座していた。両手を後ろ手に縛られたそのナムール人の背後には、三十人近くの将校が遠巻きに立っていた。南方用の迷彩服を着た彼等の顔はみなにやついていた。新任の新米少尉の胆力を見定めるために集まっているのが分かった。

　堀川美樹夫は前方を見据えたまま足早に歩いていき、正座する男の前で立ち止まった。男は若かった。二十歳前後に見えた。上半身裸で綿でできた灰色のズボンを穿（は）いていた。よく鍛えられた逞（たくま）しい肉体をしており、左胸には赤い蠍（さそり）の刺青（いれずみ）が彫られていた。男の眼前には四角い穴があった。大きな葛（つづら）が一つ入る程の大きさだった。その向こう側には掘った土が山盛りの状態で積まれており、そこに一本のスコップが突き立てられていた。

「待ちかねたぞっ」

　大声が響いた。見ると将校達の列の真ん中から一人の大佐が前に出た。太っており、立派な口髭（くちひげ）を生やしていた。

「おい少尉、其奴（そいつ）はルミン・シルタだ。そいつらのお陰で我々がどれだけ損害を被っているか貴様も知っとるだろう。殺されて当然の奴だから遠慮などいらん。とっとと叩き斬れっ」

大佐はそう叫ぶと音を立てて痰を吐き出した。美樹夫は無言で大佐に一礼した。ルミン・シルタは日本軍にとって害虫以外の何物でも無かった。言われるまでもなく速やかに任務を遂行するつもりだった。列の右端から二人の下士官が走り出てきた。一人は曹長だった。一振りの軍刀を持っていた。もう一人は伍長だった。柄杓の入った手桶を持っていた。二人は素早く歩み寄ると美樹夫の傍らに立って敬礼した。曹長は「坂井」と名乗った。三十代前半に見えた。背丈は低かったが恰幅が良く、温厚そうな顔をしていた。伍長は「野田」と名乗った。二十代半ばに見えた。背丈は標準だが痩せており、どこか陰気な顔をしていた。

「少尉殿、準備はよろしいでしょうか？」

坂井曹長が低い声で訊いた。みなにやにやと笑う中、彼らだけは真剣な表情をしていた。美樹夫は戦闘帽を深く被りなおすと無言で頷いた。坂井は持っていた軍刀を横にし、左右の掌に載せて遠慮がちに差し出した。美樹夫は左手で荒々しく鞘を掴むと、右手で勢い良く抜刀した。照りつける強い日射しを受けて刀身がきらりと光った。美樹夫は鞘を坂井に渡し、軍刀を中段に構えた。いつも慣れ親しんでいる刀が、今日に限って妙に重たく感じられた。不意に正座する男がこちらを向いた。まだ少年のあどけなさが残るその顔は笑っていた。褐色の肌をした全身にびっしょりと汗をかきながら、左右の口角を吊り上げてふてぶてしい笑みを浮かべていた。その目には強い憎しみが露骨に浮かんでいた。燃えたぎるような憎悪の念が油膜のようになり、黒い瞳孔の中で激しくぎらついていた。

(虫けらが……)

美樹夫は胸中で毒づいた。彼らのテロリズムで百人以上の兵士や軍属が死んだと思うと怒りで顔の皮膚が薄らと熱くなった。

男がナムール語で何かを叫んだ。時間にして十秒程だった。意味は分からなかったがその激しい口調から、罵詈雑言の類を美樹夫に浴びせたようだった。

美樹夫は斬首の姿勢をとるため両脚を左右に開き、軍刀の柄を両手で握り締めた。その時ふと、正座する男の両腿の間に小さな水溜りがあるのに気づいた。よく見ると灰色のズボンの股間がしとどに濡れており、そこから黄色い小便がぼたぼたと滴り落ちていた。美樹夫は男の顔をまじまじと見た。男はふてぶてしい笑みを浮かべたままだったが、その目の奥には微かに怯えを感じさせるような弱々しい光があった。やはり筋金入りの抗日ゲリラといえども人の子だった。迫り来る死の恐怖に耐え切れず不覚にも失禁したようだった。

それにしても、と美樹夫は思った。

この極限状態の中、最後の最後まで笑い続けるこの男の胆力は凄いとしか言いようがなかった。もし立場が逆だった場合、自分が処刑直前まで笑顔でいる事など到底不可能と思えた。士官学校でもルミン・シルタは世界最悪の抗日集団だと教わったが、それが事実だという事を改めて思い知らされた。

「少尉殿、そろそろお願いします」
坂井曹長がまた低い声で言い、隣の野田伍長を見た。野田は手桶を足元に置くと正座する男の腰に両手を当て、自分の体重を乗せて強く押した。男の上体が大きく前傾して首筋が長く伸びた。いよいよだと思った時、美樹夫は不意に緊張を覚えた。今まで理性で抑えていた失敗に対する怯えが、一気に溢れ出したためだった。美樹夫は慌てて押し止めようとしたが無理だった。一度溢れた危惧の想念は瞬く間にその勢いを増し、美樹夫の心を満たした。急に将校達から注がれる無数の視線が怖くなった。もしここで失敗したらという思いが頭の中を駆け巡った。同時に胸の鼓動が急速に速まり全身の筋肉が強張った。美樹夫は斬首の重圧に苦しむ自分に驚いた。平常心のまま任務を遂行できるという確固たる自信があったからだった。

　手足が小刻みに震え出し、どくどくと脈うつ心音が耳の奥に響いた。美樹夫の脳裡に死別した母親の顔が浮かんだ。自分が幼児に戻ったような堪らない心細さを覚えた。美樹夫は母親の映像を掻き消し、代わりに風になびく巨大な日章旗を思い浮かべた。

(できるっ！　俺はできるっ！　俺は本物の帝国軍人だから絶対にできるっ！)

　美樹夫は胸中で叫んだ。陸軍士官学校の卒業生という矜持が、失敗への恐怖に何とか打ち克ったようだった。美樹夫は唾を飲み込み大きく息を吸った。熱を帯びた辺りの空気には南国特有の熟れた果実のような匂いが混じっていた。

　美樹夫はゆっくりと軍刀を振り上げた。

これが初めての殺人だった。

その途端思いもよらぬ事が起きた。一瞬で顔から血の気が引くのが分かった。「貧血」という言葉が頭の中で響いた。美樹夫は激しく動揺した。視界に黒い靄のようなものが広がり足元がふらついた。正座する男の姿がぼやけて見えた。美樹夫は頭を左右に振ったが何も変わらなかった。体が前後に揺れて倒れそうになった。慌てて両足に力を込めて踏ん張った。美樹夫は小さく「畜生っ」と呟いた。

「何をしてるっ、早くやれっ！」

どこかから怒声が上がった。その一言で美樹夫は激しく狼狽した。腰抜けにはなりたくなかった。無能な新米少尉にだけはなりたくなかった。美樹夫はまた小さく「畜生っ」と呟くと、ふらついたまま思い切り軍刀を縦に振った。刀身が丸く硬いものに当たり跳ね返った。男が低く呻いた。黒く霞んだ視界の中、その丸刈りの後頭部の皮膚が裂け、血が溢れ出るのが見えた。

「そこは首では無いぞっ！」

また声が上がった。どっと笑い声が起きた。強烈な羞恥と焦燥が混じった感情が突き上げてきた。脳内の血液がたちまち煮えたぎり、波濤のように大きくうねった。鼻の奥がカッと熱くなり、その途端僅かに残っていた平常心が弾け飛んだ。

美樹夫は低い唸り声を上げながらまた軍刀を縦に振った。二度目も目標を外した。刀身は左肩の皮膚を深く裂いた。男が身を捩らせて大声を上げた。それは悲鳴のようにも怒声のようにも聞こえた。溢れ出した血が褐色の背中を赤く染めた。美樹夫は急に男に苛立ちを覚えた。上手く斬首できないのはこいつが動くからだと思った。

「畜生っ」

美樹夫は吐き捨てるように叫び、今度は斧で薪を割るように軍刀を振り下ろした。両手に古木を打つような衝撃が伝わった。三度目でやっと首筋に当たった。しかし刃が頸椎に喰い込み刀身が途中で止まっていた。美樹夫は足を踏ん張り力を込めて軍刀を引き抜いた。皮膚の裂け目から血飛沫が上がった。後頭部、左肩、そして首筋からの出血で血塗れになった男の体は、まるで寒さを堪えるようにガタガタと震えていた。しかしその姿を見ても慈悲の念など微塵も湧いてこなかった。美樹夫の心を占めているのは斬首できない自分への怒りだけだった。

「貴様、いつまで遊んどるんだっ！」

苛立った声が上がった。

「陸士出の面汚しがっ！」

違う声が叫んだ。

美樹夫は大きく息を吸い、歯を食い縛った。そして柄を両手で握り直すと、再び斧で薪を割るように軍刀を振り下ろした。今度は太い枝を断ち切るような確かな手応えがし、切っ先がそのまま地面を打った。同時に男の頭部が四角い穴の中に鈍い音を立てて落ちた。

首の切断面から噴き出した鮮血がその上に降り注いだ。男の腰を押さえていた野田伍長が中腰になり、首の無い胴体を前方に押し倒して穴の中に落とした。

美樹夫は軍刀を握り締めたまま立ち尽くした。激しい胸の鼓動を聞きながら、荒々しい呼吸をただ繰り返した。いつの間にか貧血は治まっており、脳内に充満していた焼け付くような熱気も憑き物が落ちたように霧消していた。

「四回目でやっとかよっ、情けねぇなっ」

近くで誰かが叫んだ。その声で美樹夫は我に返った。左手に顔を向けると五メートルほどの距離に中年男が立っていた。パナマ帽を被り、白い麻の背広を着た地方人だった。その顔には人を小馬鹿にしたような嫌らしい笑みが浮かんでいた。美樹夫は無言で視線を逸らした。神経を逆撫でする侮辱の言葉だったが憤怒は感じなかった。ただ体の芯にまで染み入るような、自己への強い嫌悪感が湧いてくるだけだった。

「内地の常識はナムールじゃ通用しねぇぞ、よく覚えとけ」

男は楽しそうな口調で言うと、師団司令部の建物に向かって歩いていった。処刑を見物していた三十人ほどの将校達も、その男の後を追うように同じ方向に歩き始めた。まるで滑稽な見世物でも見たかのように、どの顔にも笑みが浮かんでいた。

「少尉殿、ご苦労様でした。刀をお預かりします」

野田伍長が美樹夫に一礼した。美樹夫は無言のまま軍刀を差し出した。野田は両手で受け取るとまた一礼し、側にある手桶の前にしゃがみこんだ。そして柄杓で汲み取った水を何度も掛けて刀身に付着した血液を洗い流した。

「おい、煙草あるか？」

美樹夫が傍らに立つ坂井曹長に訊いた。

「はっ」

坂井は迷彩服の胸ポケットから『興亜』の箱を取り出した。美樹夫は一本貰い、口に咥えた。一年前から禁煙していたが吸わずにはいられない気分だった。坂井がマッチを擦って美樹夫の煙草に火を点けた。煙を勢い良く吸い込んだ。味は全く感じなかったが、ほんの僅かだけ頭の中がすっきりした。

「……曹長、見てたろ？　俺は醜態を晒した」

美樹夫は煙を吐きながら呟いた。改めて気が滅入った。

「貧血の事ですか？」

坂井曹長が静かに言った。美樹夫は驚いて顔を上げた。

「なぜ知ってるっ？」

「少尉殿が何回かよろめいたので分かりました。初めて首を斬る時というのは、意外と貧血を起こしやすいんです」

「そうなのかっ？」

「はい、自分も一番最初にゲリラの首を刎ねた時、貧血を起こして倒れそうになりました。

自分の同年兵の一人は刀を構えた途端、ゲリラの体がとても大きく見えてどこを斬っていいか分からなくなったと言っていました。中には全く動じない剛の者もいますがそれは少数です。自分は医者ではないので詳しい事は分かりませんが、やはり初めての人殺しなので、強い緊張状態に陥ってみんな頭の中がおかしくなるんです」

坂井曹長は照れ臭そうに笑った。

「それに少尉殿は四回で首を落としましたが、自分は五回もかかりました。そんなに恥じる必要は無いですよ」

坂井曹長は自分も煙草を咥えるとマッチを擦って火を点けた。美樹夫は少しだけ救われた気分になった。しかしそれでも陸軍士官学校を出た青年将校としての矜持は傷ついたままだった。

美樹夫は煙草を吸いながら野田伍長に目を向けた。野田は山盛りになった土をスコップで掬(すく)い、男の死体が横たわる穴の中に放り込んでいた。手入れが済んだ軍刀は鞘(さや)に入れられて手桶の上に置かれていた。

「俺が殺したゲリラの罪状は何だったんだ?」

美樹夫が野田伍長を見たまま訊いた。

「軍事物資の強奪、軍施設の爆破、及び日本軍兵士二名の殺害です」

坂井曹長が淀(よど)みなく答えた。

＊

米英との関係悪化により南方での作戦基地を確保する必要に迫られた日本が、フランスのフランス領ナムールに対する日本軍の進駐についてだった。

ポーランドに侵攻して以来不気味な沈黙を守っていたドイツ軍が再び動き出したのはその一ヶ月前の一月五日だった。航空機と機甲部隊の一挙投入というい わゆる電撃戦で、フランスとベルギー領内に突如として侵攻を始めたのだ。フランス軍が誇る対ドイツ要塞線のマジノ線を急降下爆撃部隊が爆破、精鋭の装甲師団が一気に雪崩れ込みアルデンヌの森林地帯を強行突破した。直ちに英仏混成の防衛部隊が反撃に出たが、僅か二日間の戦闘でその大半が撃破され終結。装甲師団は爆撃部隊と共にフランス北西部のイギリス海峡に向けて進撃し、ブーローニュやカレーなどの港湾都市を次々と制圧していった。無論ドイツ軍の目指す終着点は首都パリであり、目的はその陥落と占領にあった。一月二十二日ベルギーが降伏するとフランス軍はパリを放棄、政府をフランス南部の都市バージェスに移し、そこで新たにポートン元帥を国家主席としたバージェス政権を打ち立てた。

ドイツと同盟関係にある日本に対し、バージェス政権は初めから弱腰だった。それを見抜いた日本政府はポートン元帥に、日本軍のナムール進駐と日仏による植民地共同統治を強圧的な態度で要請した。無理難題をふっかけられたポートン元帥は困惑した。フランスの国益は何よりも大事だったが、対ドイツ戦で国家存亡の危機に瀕する今、日本と衝突して更なる軍事的脅威にさらされる事だけは避けねばならなかった。決断をためらうポートン元帥に対し日本政府は強大な軍事力を示威し、日仏開戦の危機をちらつかせながら強引に話を推し進めた。

そして六日後の二月八日、日本軍のナムール進駐及び植民地の共同統治を承認する議定書にポートン元帥が調印した。フランスの被害をこれ以上拡大させないための苦渋の決断だった。それにより三月十八日、陸軍の一個師団約一万二千名がナムール北部のバレンガに上陸した。形式上はあくまでも平和進駐という形をとったため、住民はいたって平静だった。

翌日、現地の植民地総督と日本軍司令官が軍事協定を取り交わすため一堂に会した。しかし日本軍司令官は開口一番「ナムールにおける統治権、及び全権益を放棄せよ」という途方も無い要求を突きつけた。それは議定書に掲げた共同統治という言葉を無視した、事実上の軍事侵略だった。驚愕した総督が強く反発すると、司令官は「それは日本に対する宣戦布告とみなしていいのか」と恫喝した。

総督はフランスのポートン元帥と電信で協議を重ねた結果、その二日後に日本政府の要求を受諾した。ドイツ軍に国内を蹂躙され、降伏も時間の問題となった死に体のフランスに、軍事大国日本を押し止める力は残されていなかった。その結果現地の統治権は日本軍が掌握し、ナムールで産出される天然資源も日本軍が管理する事になった。フランスは事実上、東南アジアにおける植民地を失った。

日本陸軍は米、英、蘭との開戦と同時に三つの大作戦を開始する計画を立てていた。

それはイギリスが統治していたアジアの三つの地域、つまり「マレー・シンガポール」「香港」「ビルマ」に対する電撃的攻略だった。そしてこれらの地域を占領後、最後に蘭領インドネシアを攻略占領し、膨大な石油資源を確保するのがその最大の目的だった。

このいわゆる『南方作戦』を遂行するにあたり、最も脅威となるのがシンガポールに駐屯するイギリス軍だった。地上には最新鋭の兵器を装備した精鋭部隊約一万、海上には戦艦「ストーンウォール」、巡洋戦艦「プリンスII」を中核とする英国東洋艦隊が配備されていた。通常ならば海軍に支援を要請するところだが、開戦当日連合艦隊の主力はハワイ方面に集結しており対抗できる艦船が無かった。それゆえ陸軍のみで英軍掃討作戦を遂行する事となったが、そこには大きな問題が二つあった。一つはシンガポール湾に装備された大口径要塞砲だった。三十八センチ砲五門、二十三センチ砲六門、十五センチ砲十六門が海上からの侵入に備えており、将兵を満載した輸送船の接近を完全に阻んでいた。もう一つは空母を持たぬ陸軍が作戦に航空機を投入できない事だった。上空からの爆撃以外、東洋艦隊への有効な攻撃方法は無かった。陸軍参謀本部では早速作戦会議が開かれ、作戦参謀達が長時間にわたり評議を交わした。その結果陸路で英領マレー連邦に侵攻し、そのまま一気に南下、ジョホール水道を渡河して防備の手薄な後方からシンガポールに攻め入るという作戦が立案された。

そこでにわかに注目されたのがフランス領ナムールだった。マレー半島の中部に位置し、九州とほぼ同じ面積を持つこの国の南部一帯はマレー連邦と隣接していた。ナムールを拠点にできれば、大規模な上陸部隊を速やかにシンガポールに向けて進撃させる事ができた。また南部の国境付近に航空基地を設営すれば空母に頼る事無く、陸軍の戦闘機と爆撃機を直接攻撃地点に投入する事が可能だった。そしてそれらの航空兵力によって英国東洋艦隊を殲滅し、突入した上陸部隊がシンガポール全土を制圧すれば蘭領インドネシア攻略に王手をかける状態となるのだ。

つまりナムールは『南方作戦』を展開する上での橋頭堡であり、絶対に確保せねばならぬ地点だった。

またそれに次いで重要なのがこの国の天然資源だった。石油の産出量は東南アジアにおいて第二位であり、ゴム、スズ、鉄なども豊富にあった。またチークなどの森林資源もほぼ手付かずで残されていた。迫り来る開戦日に備え、これらの潤沢な資源を確保するのは進駐軍にとって目下の急務だった。そのため政府の対応は迅速だった。植民地総督が要求を受諾した二日後には全国の油田や採掘所に日本人技術者を派遣して運営を任せ、全ての天然資源の年間産出量を三割増加させるよう命令した。また最も重要な石油に対しては全国の製油所を二十四時間稼動させ、次々と製造される重油を油送管によってタンカーの停泊する港へ間断無く送り続けた。

統治国がフランスから日本に変わってもナムール国民に動揺は見受けられなかった。むしろ同じアジアの一員である日本を歓迎する雰囲気すらあるように感じられた。

しかし二ヶ月が経過した頃、ある問題が持ち上がった。原因は油田や様々な採掘場で働く労働者の給料にあった。日本統治後もナムールではフランスの貨幣が通貨として引き続き使用されていた。しかし日本軍が管理する施設の労働者には、全て軍部が発行する軍用手票で給料が支払われていた。これに現地の知識層が噛みついた。もし日本が戦争に負ければ軍票はただの紙切れになる、つまり労働者は日本人のためにタダ働きをする羽目になる、と言うのが彼等の主張だった。それは現地の新聞に大きく掲載され、たちまち国民の論争の的となった。世論は日本が勝つと予想する親日派と、負けると予想する反日派に二分された。反日派は全国の主要都市で様々な集会を行ない、やがて数百人単位の大規模なデモが頻繁に行なわれるようになった。

そんなある日事件は起きた。ナムールの首都カノアで日本軍撤退を叫んでいたデモ隊が、警備にあたっていた十五人の憲兵に投石を始めたのだ。初めは空に向けて威嚇発砲を繰返していた憲兵達だったが、やがて数百人の暴徒に取り囲まれるという非常事態に陥った。そこで一人の憲兵伍長が錯乱した。迫り来る群衆の恐怖に耐えられなくなり、自動拳銃を水平にして乱射したのだ。発射された銃弾は最前列にいた者達を次々となぎ倒した。驚いたデモ隊は慌てて散開したが、路上には射殺された五人の死体が残された。犠牲者はみな二十歳前後の青年だった。

これを機に世論は大きく反日に傾き、抗議運動は急速に過激さを増していった。デモの回数も、それに参加する人数も倍以上に増え、憲兵隊に対する攻撃も石から火炎瓶に変わった。それを制圧すべく軍が装甲車を投入すると、さらに攻撃方法が激化して火炎瓶が爆薬の類に変わっていった。そして若者五人の射殺事件から一ヶ月後、デモを警備中の憲兵三人が投擲された手榴弾の炸裂によって死亡するに至り、事態は後戻りのできない深刻なものとなった。

現地の日本軍司令部は新聞やラジオを通して全てのデモや集会を禁じ、もし違反すれば女子供でも容赦なく処罰すると警告した。しかしそれは全くの逆効果となった。表面的な抗議ができなくなった反日分子は地下に潜り、より過激な抗日ゲリラとなって本格的な破壊活動を開始した。軍事物資を運ぶトラックの襲撃に始まり、全国の燃料貯蔵所や軍関連施設、軍属達が生活する住宅などが次々と標的にされた。攻撃方法は拳銃や小銃による銃撃、重油、ガソリン等の散布による放火、手榴弾、ダイナマイト等での爆破など様々だった。勿論日本軍も黙ってはいなかった。ゲリラの拠点と見られる場所が判明するたびに軍が急行し、圧倒的な軍事力を行使して徹底的に殲滅した。しかし殺戮は殺戮しか生まなかった。何度壊滅させても次から次へと新しい抗日組織が結成され、絶える事無く過激なテロリズムが繰り返された。人々は破壊活動を続けるゲリラ達のことを、敬意と畏怖の念を込めてルミン・シルタと呼んだ。ルミンとはナムール語で「情熱」を意味し、シルタは「蠍」を意味した。

＊

日本軍は首都カノアの郊外にあるフランス人学校を接収し、師団司令部として使用していた。見晴らしのよい草原に建つその校舎は西洋風だった。木造三階建てでコの字形をしており、純白の壁に深紅の屋根が映える瀟洒な佇まいの建物だった。

北側の通用口から司令部内に戻った美樹夫は、校舎一階の東側にある将校用の休憩所に行った。任務遂行後はそこで待機せよとの命令を受けていたからだった。美樹夫が木製の長椅子に腰を下ろそうとした時、壁の上部に設置された拡声器から低い咳払いが聞こえた。続いて「堀川少尉、堀川少尉、至急作戦会議室まで来られよ」という抑揚の無い声が流れた。美樹夫は慌てて休憩所から出ると駆け足で階段を上がった。東側の校舎の三階には司令部の中枢があった。廊下の一番奥に司令官室があり、そこから順に参謀長室、副参謀長室、作戦会議室と続いていた。

美樹夫は部屋の前に来ると戦闘帽を脱ぎ、ドアを二回ノックした。

「堀川少尉、入りますっ」

美樹夫は大声で叫んだ。すぐに「よし、入れっ」と声がした。美樹夫は素早くドアを開けて入室し、素早く静かに閉めた。そして直立不動の姿勢をとり、右手の指先をピンと伸ばして敬礼した。

室内はがらんとしていた。机や本棚は撤去されて無く、木製の椅子が十五脚ほど横に並んでいるだけだった。正面の壁には教室の名残の黒板があり、巨大なナムール国の地図が貼られていた。その前に参謀長と副参謀長、そしてあの背広姿の男が立っていた。

「こっちへ来い」

参謀長が低い声で言った。美樹夫は足早に歩いていき三人の前で止まった。

「任務はちゃんと遂行できたか？」

金縁の眼鏡を掛けた参謀長が腕組みをした。捕虜の斬首の事だった。

「はっ、無事遂行できましたっ」

美樹夫は声を張って明瞭に答えた。

「あの任務はな、参謀長自らが命じたのだ」その左隣に立つ長身痩軀の副参謀長が美樹夫を見た。「実戦経験の無い陸士出に一日も早く一人前になってもらいたいという親心だ。感謝するのだぞ」

「お気遣い、ありがとうございます」

美樹夫は驚きながらも、平静を装って参謀長に一礼した。あの斬首がこんな上層部から直接下命されたものとは夢にも思わなかったからだ。

「少尉、捕虜を殺害する時恐怖を感じたか？」

参謀長が腕組みをしたまま言った。

「感じませんでしたっ」

美樹夫は即答した。嘘ではなかった。斬首の失敗に対する恐れはあったが、殺人に対する恐れは無かった。両の掌に首を切断した時の感触が甦った。額に汗が滲み出た。

「いいか少尉、戦争で人を殺してもそれは殺人ではないのだぞ。戦争で人を殺すという事は、駆除であり、処理であり、消去だ。蝿や蚊を叩き潰したり、邪魔な枝葉を切り取ったり、間違えた文字を消しゴムで消す行為と全く同じなのだ」参謀長は金縁の眼鏡を指で押し上げた。「初めての処刑でうまくいかんのは当たり前だ。それを恥じる事は無い。いいか、人間というものはどんな環境にも必ず順応するものだ。少尉もすぐにナムールに順応して敵を『駆除』できるようになる。心配するな」

参謀長の言葉に副参謀長が大きく頷いた。美樹夫は「はっ」と答え、再び一礼した。捕虜の斬首でさらした自分の醜態を彼らが知っていると分かり動揺した。あまりの恥ずかしさに顔がカッと熱くなった。側にいる背広の男が吹聴したに違いなかった。この野郎、と美樹夫は胸中で呻いた。

「参謀長、時間も無いのでそろそろ本題の方に」

副参謀長が小声で言った。

「おう、そうだったな。少尉、紹介する。ナムールで貿易会社を経営している間宮勝一さんだ」

参謀長が右隣に立つ、背広姿の男に顔を向けた。

「よろしくな、勇敢なる少尉殿」

間宮は揶揄するように言うと、パナマ帽を取ってわざとらしくお辞儀をした。美樹夫も無言で一礼した。間宮は五十代前半に見えた。額がM字形に禿げ上がり皮膚が浅黒かった。獅子鼻で左右のえらが張っており顎に短い鬚を生やしていた。薄くて血色の悪い唇はだらしなく緩んでいたが、一重の細長い目は気味が悪いほど据わっていた。その表面には狡猾そうな鋭い光が浮かんでいた。典型的な『山師』の面構えだった。

「少尉のようなツワモノと一緒だったら、どんな敵が来てもすぐに首を刎ねてくれるから安心だ」

間宮はそう言うと吹き出し、また人を小馬鹿にするような嫌らしい笑みを浮かべた。美樹夫は無言のまま目を逸らした。不快な気分だったが怒りは湧いてこなかった。こんな下衆な人間をまともに相手にするほど美樹夫は馬鹿ではなかった。

「カノアから西へおよそ五十キロの地点にチャランという村落がある。そこまで間宮さんを護衛してもらう」

参謀長が静かに言った。

「出発は本日の一二〇〇、他に二名の下士官が同行し、途中までは軍の四輪起動車で行く。詳細はその下士官に訊け。いいか、間宮さんは我が軍にとって極めて重要な人物だ。何があっても絶対に守り抜け」

副参謀長が強い口調で言った。

「はっ」

美樹夫は背筋を伸ばし、素早く敬礼した。軍人は上官の命令に対して絶対服従だった。命ぜられれば腐った豚の死骸でも護衛しなければならなかった。間宮を無事目的地まで送り届けよう、と美樹夫は心に誓った。

「楽しい旅になりそうだな、よろしく頼むぞ」

間宮が右手を差し出した。美樹夫は一呼吸分躊躇した後、その手を力無く握った。冷たくて、それでいて汗ばんでいる、嫌な感触のする掌だった。

＊

作戦会議室を後にした美樹夫は、西側の校舎の一階にある私室に戻った。今朝、司令部に着任してすぐに与えられたものだった。といっても一つの教室を真ん中から左右に分け、そこを薄い板で四つずつに区切っただけのものだった。広さは三畳ほどで簡素なベッドと机、古びたロッカーだけが置かれていた。出入り口にドアは無く、代わりに針金に掛けられた白い布のカーテンが垂れ下がっていた。

美樹夫はカーテンを捲り部屋に入った。ベッドの上には着任時に受領した南方用の装備品が置かれていた。美樹夫は内地から着てきた冬用の軍服を脱ぎ、防暑衣の迷彩服に着替えた。赤茶色の上にこげ茶色と緑色の斑点がついたそれは、確かに密林の中に上手く溶け込めるようにできていた。美樹夫は将校長靴も南方用に替えた。内地のものは革製だがこちらはゴム製だった。革の靴で湿地帯や密林内を行軍すると短期間で腐食するためだった。また膝下まであった長靴の長さも半分になっていた。

着替えを終えた美樹夫は迷彩服の腰に帯革を締め、そこに自動拳銃の入った革嚢と銃剣、空の雑嚢を吊り下げた。そして新品の迷彩模様の戦闘帽を深く被ると部屋を出た。腕時計を見ると針は午前十一時四十分を指していた。日本とナムールの時差は三時間あった。しかし腕時計の時間は修正しておらず内地にいる時のままだった。それはナムールの日本軍が大本営のある東京の時刻を現地の標準時間にしていたからだった。そうする事で常に大本営と密接に連動でき、命令、通達、報告等が迅速かつ正確になるためだった。

(内地はもうすぐ昼か)

美樹夫は胸中でぽつりと呟いた。同時に弟の真樹夫を思い出した。そろそろ四時限目の授業が終わり昼食を取る頃だった。叔母の作る弁当には必ず鰯の佃煮が入っていた。美樹夫と真樹夫はそれが大嫌いでいつも我慢して食べていた。今日もまた嫌々ながら鰯の佃煮を口にせねばならぬ真樹夫を思うと可笑しくなり、美樹夫は微かに口元を緩めた。

＊

司令部正面玄関の左側にある駐車場にはすでに四輪起動車が停まっていた。

車の前には処刑の時に世話をしてくれた坂井曹長と野田伍長が立っていた。二人は美樹夫を見ると直立不動の姿勢をとり敬礼した。美樹夫も歩きながら敬礼した。敬礼しながら自然と笑みがこぼれた。短時間ではあったが、それでも二人が誠実で精勤な軍人だという事を把握していた。その信頼できる坂井と野田が自分の初めての部下となったのがとても嬉しかった。

「また世話になるな」美樹夫は二人の前で止まり交互に顔を見た。「ナムールには分からん事が山ほどあるから教えてくれ」

「こちらこそよろしくお願いしますっ」

坂井が言い、野田と揃って一礼した。

「早速ですが携行武器の確認をお願いします」

坂井が起動車の後部に付いた、幅一メートルほどの小さな荷台に向かった。中を覗くと八二式自動小銃が三丁と、三十発入りの弾倉が二つ入った弾薬嚢が三個置かれていた。その隣には新品の木箱があり七七式手榴弾が六個、そしてアルミニウム製の水筒が四個入っていた。

「チャラン村までの行程にゲリラの拠点はありませんし、今まで何回も往復してますので、特に危険は無いと判断して軽装備にしました。あの、少尉殿は八二式を試した事はありますか？」

坂井が申し訳なさそうに言った。

「ああ、内地で一度試射したから大丈夫だ」

美樹夫は笑みを浮かべた。八二式は陸軍技術本部が開発した最新型の自動小銃で、今月の初めから各部隊に配備されていた。これまでの五二式は銃床が銃身よりも下の位置にある『曲銃床』だった。『曲銃床』は射撃時の射手への反動を軽減できる反面、銃身が跳ね上がるという悪癖を持っていた。そのため連射すると照準器で標的を捉えにくく、命中率が悪いと兵士達の顰蹙を買っていた。それを改良したのが八二式自動小銃だった。八二式は銃床と銃身が水平の位置にある『直銃床』だった。そのため射撃時の反動が肩に対して真っ直ぐになり、銃身の跳ね上がりが完全に解消されていた。その代わり『直銃床』は口径の大きな弾薬には不向きであり、五二式では七・七ミリだった口径が八二式では五・五ミリになっていた。陸軍の参謀達は銃の破壊力よりもその命中精度を重視したようだった。また銃床と銃身が水平にあるので、引き金の後部には拳銃のように銃把が付けられていた。

「ところで、ちょっと訊きたい事があるんだが」

美樹夫が低い声で言った。

「何でも遠慮なくおっしゃって下さい」

坂井が笑顔で答えた。

「あの間宮って男は一体何者なんだ？」

「……やはり気になりますよね」

坂井は視線を落として口をつぐみ、また美樹夫を見た。

「これは司令部の者全員が知ってる事なので別に秘密ではないのですが、私から聞いたとは言わないで下さい」

坂井がまた申し訳なさそうに言った。その表情にはほんの微かだが怯（おび）えの色があった。

「言わんよ、約束する」

美樹夫は真顔で言った。

「……間宮さんは阿片（あへん）の商売をしてるんです」

坂井が呟くように言った。

「阿片だと？　じゃあ密売してるのか？」

美樹夫は驚いて訊いた。

「そうです。ナムール国内に広大なケシ畑を幾つも持っていて、それを原料に大量の阿片を製造して世界中に密輸してます」

「なぜ我が軍にとって奴が重要な人物なんだ？」

「阿片の製造を依頼しているのはナムールの日本陸軍だからです」

「さ、参謀長もグルなのか？」

「はい。師団長はじめ、軍首脳部全員がグルです」

美樹夫は絶句した。天皇陛下の股肱の臣たる高級将校達の、想像を絶するような悪行だった。あまりの事に怒りを通り越し、何か薄ら寒いものを感じた。

「じゃあ、間宮は首脳部の金ヅルなのか？」

「そうです。首脳部の面々は毎月莫大な収入を得て内地に送金しています。でもそのお陰で間宮さんには特権が与えられています。ナムールで間宮さんが出来ない事はありません。極端な話、現地人を千人殺しても全て軍が後始末をするのでお咎め無しです」

「……間宮にとってここは天国だな」

美樹夫は低く呟いた。急に辺りの空気が血腥く感じられた。

「これから行くチャラン村も実は間宮さんのケシ畑があるんです。村の近くにはヘルビノの棲家もあるので一石二鳥なんです」

ヘルビノとは現地の言葉で爬虫人という意味だった。美樹夫はナムールへの出征が決定してからナムール語の研修を受けていたので、簡単な単語は理解できた。

「何で一石二鳥なんだ？」

「間宮さんは最近ヘルビノの密輪も始めたので……」

「間宮の野郎は人間の屑だな」

美樹夫は吐き捨てるように言った。その途端坂井と野田は顔を見合わせ、慌てて周囲を見回した。

「どうした？」

訳の分からぬ美樹夫が訊いた。

「あの、ここではそういう発言は絶対にやめていただきたいのですが」坂井が戸惑った表情で言った。「どこで誰が聞いているか分からないので……申し訳ありませんが、とにかくお願いします」

坂井が頭を下げた。後ろの野田も頭を下げた。

「分かったよ、もう絶対に言わんから安心してくれ」

美樹夫は低く呟くと大きな溜め息を吐いた。どれだけ義憤に駆られても、一介の新米少尉に過ぎぬ自分にはどうする事もできなかった。士官学校で学んだ、あの帝国軍人教育とは一体何だったんだろうと美樹夫は思った。「清廉潔白」「質実剛健」と言う教官の鋭い声が頭の中で虚しく響いた。

「待たせたな」

後ろで声がした。振り向くと司令部の正面玄関から間宮が出てきた。先ほどと同じ白い麻の背広姿でパナマ帽を被り、白い革靴を履いていた。美樹夫は腕時計を見た。午後十二時五分だった。いつの間にか命じられた出発時刻を過ぎていた。野田伍長もそれに気づいたらしく慌てて運転席に駆け込み発動機を始動させた。坂井曹長が後部座席のドアを開け「どうぞ」と言った。まず間宮が中に乗り込み後部座席の右奥に座った。すぐに美樹夫も乗り込んでその隣に座った。坂井は後部座席のドアを閉め、素早く助手席に座った。野田は後方を一瞥すると無言でアクセルを踏んだ。

師団司令部の営門を出た四輪起動車は二車線の舗装道路を西に進んだ。辺りには草原が広がっており、その奥には鬱蒼とした叢林が見えた。沿道に家は無く、代わりに巨大な椰子の木が至る所に生えていた。上空には澄み切った青空が広がり幾つもの綿雲が浮かんでいた。

「いい天気だな」間宮が空を見上げて言った。「ナムールは五月の末から雨季に入る。そうなると毎日灰色の雲が空を覆って馬鹿みたいに雨を降らせやがる。日本の梅雨なんかまるで比べものにならねぇ凄まじい土砂降りだ。それが二ヶ月近く続くんだ。考えただけでも気が滅入ってうんざりするだろ？　だから今のうちたっぷりお天道様を拝んどけよ」

間宮は美樹夫の肩を軽くポンと叩いた。美樹夫は前を向いたまま「はい」と低く答えた。

「ところで少尉は結婚しとるのか？」

間宮がにやつきながら訊いてきた。

「いえ、独身です」

美樹夫が簡潔に答えた。

「何人家族だ？」

「……弟が一人いるだけです」

美樹夫は五秒ほど考えて答えた。やはりどうしても叔父夫婦を家族だとは思えなかった。感謝しているだけに罪悪感を覚えた。

「そうか、二人っきりか」

「そうです」

「何で親がいないか訊いていいか？」

「大した事ではないです。二人とも私が十六歳の時に肺病で死にました。よくある話です」

美樹夫は淡々と話した。事実、両親に対する未練はもう無かった。

「そうか、肺病か。結核は国民病だから仕方がねぇな。で、弟は何歳だ？」

「十二です。来月から国民学校の高等科に進学します」

「弟一人を内地に残してきて心配だろう」

「いえ、自分は軍人ですのでそういった感傷はありません」

美樹夫はまた淡々と答えた。

「さすが陸士出は気合が入っとるな。大したもんだ」

間宮は感心したように言い、大きく何度も頷いた。

しかしそれは嘘だった。唯一の肉親である真樹夫の事を思わない日は無かった。美樹夫は毎朝毎晩手を合わせ、死んだ両親に「真樹夫をお守り下さい」と祈っていた。

四輪起動車は舗装道路を軽快に走った。

十分ほどでカノアの市街地に入った。

街は活気に溢(あふ)れていた。道の両側には高床式の家がずらりと並び、沿道を子供達が歓声を上げて走り回っていた。野田は道路を往来する自転車やリヤカー、水牛などを巧みにかわしながら市街地の中を進んだ。やがて車は街の中心にある中央市場に来た。道路の両側に学校の校庭ほどの大きな空き地があり、そこに畳一枚ほどの屋台の店が何列にも連なってびっしりと並んでいた。市場の中は無数の人間で埋め尽くされ、むせ返るような熱気を放っていた。売られている物は食べ物が多かった。バナナや西瓜(すいか)、タロ芋、干し魚、唐辛子などが各店頭に山積みになっており、売り子のけたたましい呼び声があちこちで響き渡っていた。

市場を過ぎ、大通りの交差点に差し掛かった所で野田が車を停めた。道路の前方に短機関銃を持った二人の日本兵が立っていた。その後ろの十字路では右から左に向かって、幌を付けた日本軍の四トントラックが列を成して通過していた。前方に立つ兵士の一人がこちらに駆け寄ってきた。野田が運転席の窓から顔を出した。

「通行証をお願いします」

兵士が一礼して言った。野田が迷彩服の胸ポケットから紙片を取り出して提示した。

「司令部の方ですね、失礼しました」兵士は背筋を伸ばして敬礼した。「只今軍事物資を積載したトラックの一団が通過中でして、今しばらくお待ち下さい」

兵士はまた一礼すると駆け足で元の位置に戻っていった。

「最近は昼間でもルミン・シルタの馬鹿どもが堂々と破壊工作をやるから、ああやって兵隊が警備してんだ。全くナムールって国は最高だよな、俺は世界で一番ここが好きだ」

間宮は楽しそうに言うとパナマ帽を取り、ハンカチで額の汗を拭いた。

近くで甲高い声がした。見るといつの間にか十数人の子供達が起動車の周りを取り囲んでいた。全員が上半身裸で裸足だった。子供達は「カネッ、カネッ」と叫びながら車窓に手を伸ばしてきた。

「うるせぇガキどもだな」

間宮はズボンのポケットから一握りの硬貨を取り出すと、後部座席の窓を開けて外に放り投げた。子供達は歓声を上げて路上に散乱した硬貨を拾い始めた。

不意に一人の男児が立ち上がり起動車に近づいてきた。真樹夫と同じ位の歳に見えた。男児は後部の車窓に手を突き入れると、間宮の右肩を掴んで「カネッ、カネッ」と叫んだ。

「馬鹿野郎っ！」

間宮は叫び、その顔面を拳で殴った。男児は大きく仰け反って路上に倒れた。硬貨を拾っていた子供達が一斉にこちらを見た。

「触るなっ！　ドイツ製だぞっ！　幾らすると思ってんだっ！」

間宮はハンカチで背広の右肩を何度も強く拭いた。

殴られた男児がよろめきながら立ち上がった。右手で押さえた鼻からは大量の鼻血が流れ出し、足元にぼたぼたと落ちた。しかし男児は泣かなかった。鼻を押さえたまま無言で間宮を凝視した。その目には美樹夫が斬首したゲリラと同じ光があった。燃えたぎるような憎悪の念が、黒い瞳孔の中でぎらついていた。

「何見てんだテメェッ！　文句でもあんのかっ！」

間宮は背広の内ポケットから黒い物を引き抜いた。美樹夫は息を飲んだ。回転式拳銃だった。思わず「やめろっ」と叫んだ。しかし間宮は素早く男児に銃口を向けた。美樹夫は反射的に間宮の右腕を掴んだ。同時に乾いた発射音が響いた。弾は右に逸れ沿道に生えた椰子の木に当たった。硬貨を拾っていた女児が悲鳴を上げた。子供達が一斉に逃げ出した。それでも男児は微動だにせず、間宮から目を逸らさなかった。

「馬鹿野郎っ！　邪魔すんじゃねぇっ！」

間宮が怒鳴った。

「あんた気は確かかっ？　相手は子供だぞっ！」

美樹夫も怒鳴り返した。

「うるせえっ、ああいうのが将来ゲリラになって日本人を殺すんだっ、その前に殺っちまって何が悪いっ」

「だったらゲリラになってから殺してくれっ！　今はただの子供だっ！」

美樹夫は怒気の籠った声で叫んだ。

間宮は一瞬何かを言いかけたが、そのまま言葉を飲み込んで沈黙した。そして拳銃を背広の内ポケットに戻すと、忌ま忌ましそうに大きく舌打ちをした。

「……あの、大丈夫ですか？」

低い声がした。見ると助手席の坂井と運転席の野田がこちらを向いていた。どちらの顔も露骨に引き攣っていた。

「ああ、大丈夫だ。何も問題は無い。心配せんでくれ」

美樹夫は数回頷いた。二人は戸惑ったように顔を見合わせると、無言で前を向き元の姿勢に戻った。

「どうぞ、お通り下さいっ」

交差点に立つ先程の兵士が叫び、こちらに手を振った。トラックの一団は全て通過したらしくどこにも見当たらなかった。野田が兵士に手を振り返し、アクセルを踏んだ。起動車が走り出した。

「死ねっ、クソガキッ」

間宮は叫び、窓から顔を突き出して唾を飛ばした。それは勢い良く額に当たったが男児は無反応だった。黙って立ったまま、憎悪の光が宿る目で最後まで間宮を凝視し続けた。

美樹夫は大きく息を吐いた。なぜ抗日ゲリラを根絶できないのか、その原因の一端を垣間見たような気がした。

起動車は交差点を直進して市街地の中心から遠ざかった。

しんと静まり返った車内には気まずい空気が流れていた。車の発動機の腹に響くような重厚な音だけが聞こえていた。

「……おい少尉、俺をおかしな奴だと思っとるだろ」

数分間の沈黙の後、座席に深く腰掛けた間宮が低く呟いた。美樹夫は答えなかった。間宮のような人間とは口も利きたくなかった。

「……確かに俺はおかしい。それは認める。でもな、ナムールって国は俺以上におかしいんだ。内地の常識でものを考えてたら、たちまち神経衰弱になっちまう。ナムールにはナムールの常識があり流儀があるんだ。あんたもここに三ヶ月ばかし住んだら分かるようになる。でも、まあ、さっきは悪かった。ついカッとなって破目を外しちまった。本当にすまん。謝るから仲直りしてくれんか？」

間宮はこちらを向き、美樹夫の右膝に手を乗せた。目には縋るような光が浮かんでいた。美樹夫の中ではまだ怒りが燻っていた。しかし子供のようにいつまでもゴネているのも嫌だった。ここは間宮の謝罪を受け入れ、帝国軍人らしくきっぱりと水に流そう、と美樹夫は思った。

「私の方こそ、無礼な事を言ってすみませんでした。ちゃんと自分の立場を理解して、言動には注意するようにします」

美樹夫は頭を下げた。

「よし、これで仲直りだ。楽しくやろうじゃないか」

間宮は笑みを浮かべ、美樹夫の右膝を軽くポンと叩いた。

＊

市街地を抜けた四輪起動車は西に向かって走り続けた。

五キロも進まぬうちに舗装道路が途切れ、大小の水溜りが点在する砂利道に変わった。沿道に建つ住宅も見る間に数が減り、代わりにバナナ畑や椰子林を散見するようになった。やがて車は広大な田園地帯に入った。右も左も見渡すかぎりの水田だった。田には三月なのに青々とした稲が密生していた。美樹夫はナムールが二毛作の国だった事を思い出した。

「どうだ、壮大な眺めだろう。内地じゃ絶対にお目にかかれねぇ風景だ」間宮が自慢げに言った。「こっちは二月に田植えで六月に収穫、そして七月にまた田植えで十二月に収穫だ。米だけは食い放題だぞ」間宮は笑みを浮かべた。「収穫の時期になると農民どもは大忙しでな、一家総出でも手が足りんから臨時に人をやとって朝から晩まで稲刈りだ。山奥の村落じゃヘルビノを雇って稲刈りさせる家もあるぐらいだからな」間宮はそう言うと、何かに気づいたように美樹夫を見た。「少尉、ヘルビノって何の事か知っとるか？」

「知ってます。爬虫人でしょう？」

美樹夫は間宮を一瞥して言った。

「ほう、知ってたか。内地じゃ使わん言葉だからな。じゃあヘルビノを見た事はあるか？」

「あります。地元の町の病院に一匹いますので」

美樹夫の脳裡に『富蔵』と言う名の爬虫人の顔が浮かんだ。月ノ森総合病院の院長宅で、真樹夫の同級生でもある長男の雪麻呂の下男をしていた。

「そのヘルビノはオスか？　メスか？」

間宮が美樹夫の顔を覗き込むようにして言った。

「オスです」

「そうか、オスか。じゃあ、だいぶ前に買ったんじゃないのか？」

「町に来たのは十年位前だと記憶しています」

「やっぱりそうか」間宮は納得したように数回頷いた。「なぁ少尉、ヘルビノがどうやって日本に入ってきたか知っとるか？」

「いえ、知りません」

「二十年ほど前にな、ある高名な大物政治家がナムールへ旅行に行ったんだ。そこで色んな所を見て回るうちに、ある山間の村でヘルビノを見たんだ。そのセンセイはとにかく珍獣の類が大好きでな、一目見て偉く気に入っちまったんだ。で、裏から手を回して、ヘルビノの赤ん坊を一匹入手して日本に持ち帰った。さっそく育ててみると成長すると共にちゃんと日本語を話すようになり、厳しく躾けたら礼儀作法も覚えてとても従順になった。つまり姿形は蜥蜴だが中身は人間と変わらんと言う事に気づいたんだ。それで下男として使ってみたら来客に殊の外評判が良くてな、そこからどんどん政治家連中に愛好家が増えていって、それが一般の上流階級にも広まっていったという訳だ」間宮はパナマ帽を取るとハンカチで額の汗を拭いた。「昔は赤ん坊のオスのヘルビノが一番人気だったんだが、昨今は需要の傾向がガラッと変わっちまった。今一番人気があるのは大人のメスのヘルビノだ。それも歳が十代後半から二十代前半の奴だ。理由は言わんでも分かるだろ?、政治家ってのは性的に倒錯しとるのが多いからな」

間宮はそう言ってパナマ帽を被るとヒヒヒヒヒと気色の悪い声を上げて笑った。

「もしメスのヘルビノとやれるなら少尉はやるか?」

「勘弁して下さい」

美樹夫は低い声で答えた。

「そうか、少尉は真面目だな。俺はまだやった事はないんだが、もし機会があったら一度試そうと思っとる。やはり売り手として商品の性能をよく知っとかんとな。じゃないとどんな具合に気持ちいいのか客に説明できんじゃないか、そうだろ?」

間宮はそう言って美樹夫の肩をぽんと軽く叩いた。顔は笑っていたが、その口調に冗談めかした所は無かった。機会があればと言っていたが、間宮の性格上すでに性交したことがあるような気がしてならなかった。美樹夫は寝転がって股を開き、性器を晒すメスのヘルビノを想像した。しかしそれはただひたすらおぞましいだけであり、性的な興味や興奮は微塵も湧いてこなかった。美樹夫は改めて、この世には変態と呼ばれる特殊な人間が存在する事を知った。

「これから行くチャラン村の近くに、ヘルビノの棲家(すみか)があるそうですね」

美樹夫は話題を変えるため自分から質問した。変態の話はもうたくさんだった。

「ああ、そうだ。村の北側に竹林があるんだが、その奥にわんさか棲んどる。藁(わら)で円錐(えんすい)形の小屋を作って、その中で生活しとるんだ。ヘルビノの世界にもちゃんと『掟(おきて)』というものがある。みんなその『掟』にのっとって秩序正しく生きとる。詳しいことはよく知らんが、人間の世界と同じで一番の重罪がヘルビノを殺すことらしい。そしてその『掟』を取り仕切ってるのが『長老』だ。九十近いメスの婆さんでな、『掟』を破った罪人にどんな罰を与えるかを決めるんだ。そしてその下には決められた罰を罪人に対して執行する、恐怖の『執行人』までいる。凄(すげ)ぇだろ？」間宮が前を見たまま言った。「でもな、ここ一週間位チャランの奴らとヘルビノの間でちょっとした揉(も)め事が起きてんだ。五月の雨季に入る前にケシ畑を拡張する計画を立てたんだが、その予定地の中に奴らが棲んでる竹林の一部が含まれててな。色々と条件を出して交渉してんだが何しろ相手は蜥蜴人間だろ？　話が全く進まなくて難儀してんだ。村の奴らは皆殺しにしちまえって言ってるが、そうなるとメスのヘルビノをさらえなくなっちまう。どうしたもんかと悩んでたところ、二日前から村と無線の交信ができなくなっちまった。まあ、前から頻繁に故障してた無線機だから今回も同じ理由だとは思うんだが、万が一の事を想定してあんたらに護衛を頼んだって訳だ」

間宮はそう言うと口を大きく開けて欠伸(あくび)をした。

「そうでしたか」

美樹夫は小さく呟くと車窓に目を向けた。広大な水田の風景がどこまでも続いていた。美樹夫はそれを眺めながら「万が一の事」という間宮の言葉を反芻した。同時に悪寒のような、何かひやりとするものを背筋に感じた。それは間宮と握手をした時の、あの『嫌な感触』にとてもよく似ていた。

*

カノアの司令部から三十キロを過ぎた地点で道が途絶えた。

野田伍長は起動車を停車させると発動機を止めて鍵を抜いた。四人は一斉に下車した。外に出ると鋭い日射しが照りつけてきた。車で走行してる時は窓から風が吹き込みそれほど暑さを感じなかったが、直接地面に立ってみるとムッとする熱気が全身を包み込んだ。

美樹夫は迷彩服のボタンを上から二つ外した。

「少尉殿、ここからは徒歩移動となります」

坂井曹長が快活に言った。

眼前一帯には平原が広がっていた。樹木が青々と茂る叢林と、雑草が繁茂する草原が交互に入り混じっていた。平原の向こうには標高が二百メートルほどの小山があった。五キロほどの距離だった。人間の臀部に良く似た滑稽な形をしていた。

「では行程を説明します」坂井曹長が前方を指差した。「まずこの平原を突っ切ります。そしてあそこに見えるタンパ山まで行きまして、その裾伝いに左側に進んで裏側に回り込みます。山の裏側には密林が広がっているので、それを大きく迂回してさらに進むと間宮さんのケシ畑があります。その中の小道を二キロほど進むとチャラン村に着きます」

「時間はどの位かかるんだ？」

美樹夫が訊いた。

「大体二時間ちょっとです。十六時までには着きます」

坂井が腕時計を見た。

「こうやって歩いてチャランに行くのもこれが最後だ。四月からついに我が司令部にもジャイロが配備されるからな。少尉、この行軍もナムールのいい思い出になるぞ」

間宮が笑みを浮かべて言った。

美樹夫達は携行した武器を装備した。八二式自動小銃を肩に掛け、その弾倉が二つ入った弾薬嚢を帯革に吊るし、雑嚢に七七式手榴弾を二つずつ入れた。間宮は私物の回転式拳銃を背広の内ポケットから取り出し、ズボンの腰に差し込んだ。

四人はアルミニウムの水筒をそれぞれ肩から襷掛けにして出発した。

先頭を坂井が歩き、続いて間宮、美樹夫で最後尾が野田だった。

雑草が茂る草原を二百メートルほど歩いて叢林に入った。中は薄暗く、湿度が高かった。カシやクヌギの大木が至る所に聳え、その周囲に名も知らぬ丈の低い雑木が疎らに生えていた。朽ちた落ち葉が堆積している地面は柔らかかった。一歩進むたびにゴム製の将校長靴が二センチほど沈んだ。まるで古びた掛け布団の上を歩いているような感触だった。一面の落ち葉には枝葉の隙間から差し込んだ無数の光が斑模様となって映り、風の動きに合わせて僅かに揺れ動いていた。百メートルも歩かぬうちに美樹夫の額から汗が噴き出た。じめじめとした澱んだ空気が肌にべたりとまとわりつき離れなかった。美樹夫は手拭いを取り出すと戦闘帽の下に敷いて汗が流れるのを防いだ。前を歩く間宮もしきりにパナマ帽を脱いでは額の汗をハンカチで拭いていた。

辺りは静まり返っていた。聞こえてくるのは微かな葉擦れの音と、時折響く名も知らぬ鳥のコホゥコホゥという奇妙な鳴き声だけだった。四人は黙々と歩いた。なぜか誰も声を上げなかった。みな物思いに耽るようにぼんやりと前を見ながら前進した。

「おい、ちょっといいか」

十五分ほど経過した時、不意に間宮が立ち止まった。

「何ですか？」

後ろの美樹夫が訊いた。

「急にションベンがしたくなった。ちょっとその辺でしてくる」

間宮は腰を引き、股間を両手で押さえると左側の茂みに向かって歩き出した。美樹夫達もその後に続いた。

「おい、何でついてくんだよっ？」

間宮が振り向いて叫んだ。

「我々は間宮さんの警護のために随行していますので」

美樹夫が静かに答えた。

「馬鹿野郎っ、ガキじゃあるまいしションベンぐれぇ一人でできるわっ。俺を誰だと思ってんだっ。いいからここで待ってろっ」

間宮は美樹夫を睨みつけると茂みの中に入っていった。

「少尉殿、いいんでしょうか？」

坂井が不安そうに言った。

「ああ言われたら仕方あるまい。立場的には我々の方が圧倒的に下だからな。それに小便にまで同行するのは確かに大袈裟なのかもしれん。まあ、ゴリッパな大センセイ様の事だから心配はいらんだろう」

美樹夫は皮肉を込めて言ったが、坂井も野田も笑わなかった。

＊

三人は煙草を吸いながら間宮を待った。

しかし当の本人は中々戻らなかった。

五分が経ち、十分が経ったが辺りはしんと静まり返ったままだった。

「少尉殿、どうしますか？」

三本目の煙草を足で踏みつけた坂井がまた不安そうに言った。美樹夫は十五分間待ってみるつもりだったが、微かに青ざめた坂井の顔を見て何か嫌な予感がした。

「よし、行こう」

美樹夫は咥えていた煙草を投げ捨て足早に歩き出した。坂井と野田がその後を追った。左側の茂みに入り、中を通り抜けて反対側の叢林に出た。周囲を見回したが木々の間に間宮の姿は見当たらなかった。

「間宮さんっ、いますかっ、間宮さんっ」

坂井が大声を上げたが返事は無かった。美樹夫の嫌な予感がさらに強まった。

「少尉殿」

坂井がこちらを見た。その目は美樹夫の判断を強く求めていた。美樹夫は無言で自動小銃を肩から下ろし、機関部の右側にある装塡柄を引いて銃弾を薬室に装塡した。それを見た二人も自動小銃を肩から下ろして装塡柄を引いた。

「周囲の警戒を怠るな」

美樹夫は低く言うと銃を腰だめに構え、上体を低くして足早に前進した。後ろから坂井と野田の微かな足音が聞こえた。百五十メートルほど進むと急に地面が二十度ほどの角度で傾斜していた。美樹夫は立ち止まり、雑木が繁茂する前方を注視した。その時、鶏の甲高い鳴き声が小さく聞こえてきた。

「この先に民家はあるのか？」

美樹夫が坂井を見た。

「いえ、自分の知る限りではありません」

坂井が首を傾げた。

「接近するから音を立てるな」

美樹夫はまた上体を低くして斜面を下りた。五十メートル近く進むと眼前に平地が現れた。そこは雑木が二十平方メートルほどの広さに伐採され、高床式の小屋が建てられていた。美樹夫は傍らのブナの木の陰に身を寄せ様子を窺った。小屋は孟宗竹を雑に組み、ニッパ椰子の葉で屋根を葺いた粗末なものだった。床は地上一・五メートルの高さにあり、床下の地面はさらに一メートル近く掘り下げられていた。そこは雑品庫として使用しているらしく、幾つもの木箱やドラム缶が乱雑に置かれていた。黒い布が下がった入り口の前には二十段の長い階段が付いており、その周囲を六羽の黒い鶏が忙しなく動き回っていた。窓は西側に一つあるのが確認できた。

「中に誰かいますか？」

すぐ後ろで坂井の囁く声がした。

「分からん。取り敢えずもう少し接近して探ってみよう」

美樹夫が前を向いたまま答えた時、不意に入り口の布が内側からめくられた。小屋から出てきたのは間宮だった。

「間宮さんっ」

美樹夫は思わず声を上げた。それに気づいた間宮がこちらを見て笑みを浮かべた。

「おう少尉。やっと来たか」

間宮は楽しそうに右手を振った。左手には椰子の実を半分に割って作った器を持っており、中は白い液体で満たされていた。美樹夫は叢林から飛び出して駆け寄った。坂井と野田も後に続いた。

「こんな所で何してるんですかっ」

美樹夫は階段の前で立ち止まり、間宮を見上げた。

「いや、鶏の声が聞こえてな。興味が湧いてちょっと寄ってみたんだ。住人が留守だったんでお邪魔して、椰子酒を馳走になっとるとこだ」

間宮は器に満たされた白い液体を旨そうに啜った。

美樹夫は振り向き、坂井を見た。

「おい、どう思う？」

「この小屋は最近建てられたものですね。三週間前にここを通った時はありませんでしたから」坂井が声を潜めて答えた。「一応この辺りはゲリラの行動半径には入ってないんですが、奴らが新たな拠点を作るために建てた索敵用の小屋という可能性もあります。とにかく用心したほうがいいです」

「よし、小屋を調べよう。俺は室内を調べる、坂井と野田は床下の木箱を見てくれ」

美樹夫は早口で叫んだ。二人は声を揃えて「はっ」と答えた。美樹夫は長い階段を駆け上がると入り口の布をめくり中に入った。室内は八畳ほどの広さだった。正面の壁にはナムールの国旗が貼り付けてあり、その下には竹を編んで作った小さな箪笥のようなものがあった。四つある棚には鍋やフライパン、ブリキの食器、塩や胡椒など調味料の小瓶、蠟燭、煙草、マッチの箱など日用品が入っていた。右の壁際にはベッドがあった。木製の粗末なものだったが大人二人が寝られるほどの大きさがあった。枕は無く、古い灰色の毛布が掛けられていた。左の壁際には陶製の甕が四つ置かれていた。一抱えもある大きさで、ずんぐりした形をしていた。美樹夫は右から順に木の蓋を取っていった。一つ目には水が入っていた。二つ目には米が入っていた。三つ目には間宮が飲んでいた白い椰子酒が入っていた。四つ目には唐辛子で煮詰めた魚が入っていた。どろりとした臙脂色の汁の中にフナに似た小魚が幾つも浮かんでいた。

　それらは泥と小便が混じり合ったような悪臭を発しており、美樹夫は慌てて蓋を閉めた。

「どうだ少尉、何か不審なものは見つかったか？」

　入り口から顔を覗かせた間宮がにやつきながら言った。すでに酔っているらしく舌の動きが微妙におかしかった。

「只今捜索中です」

　美樹夫は目を合わさずに抑揚の無い声で答えた。

（ゴロツキ阿片王は気楽でいいな）

　美樹夫は胸中で毒づきながら、再びベッドに目を向けた。と、そこである事に気づいた。ベッドに掛けられた灰色の毛布が僅かに盛り上がっていた。それも全長一メートルほどで細長い形をしていた。美樹夫は足早に近づいて行くと素早く毛布を剝ぎ取った。美樹夫の胸がどくりと鳴った。そこには日本軍の五二式自動小銃が二丁、並んで横たわっていた。

美樹夫は慌てて小屋から飛び出した。

「おいっ、大変だぞっ！」

美樹夫が叫んだ。同時に坂井と野田が床下から這い出てきた。

「少尉殿、木箱の中にこれがっ！」

坂井と野田が両手に一つずつ持った水筒と飯盒を差し出した。どちらも日本軍の装備品だった。

「他の木箱の中にも沢山ありますっ！」

坂井が上擦った声を上げた。

「何だっ？　一体どうしたんだっ？」

間宮が戸惑った顔で美樹夫を見た。

「ここはゲリラの小屋です、危険ですからすぐに退避して下さいっ」

美樹夫が叫んだ。

「何でそんな事が分かる？」

「日本軍の銃や装備品が隠されていました。全てトラックなどを襲撃して強奪したものです」

「でも、ゲリラは今いないんだろ？　もう少し酒が飲みたいからちょっと待っとれ」

間宮は酒臭い息で言い、また器に入った椰子酒を啜った。

「間宮さん、悠長な事言ってる場合じゃないですよっ、あなたの命を危険に晒す訳にはいかないんだっ。お願いだから……」

「やかましいっ！」間宮が怒鳴り美樹夫の胸倉を摑んだ。「そんなに危険だったらお前らが体を張って俺を守れっ！　そのために新型の鉄砲を持ってきたんじゃねぇのかっ！　俺はここで酒を吞むっ！　気が済むまで酒を吞むっ！　いちいち指図するなっ！」

間宮は美樹夫の胸倉から手を離すと小屋の中に入っていった。

「……馬鹿野郎」

美樹夫は小さく呟き、舌打ちをした。酒に酔ってるとはいえ余りにも無謀な行為だった。

美樹夫は入り口の長い階段を下りると坂井と野田の前に立った。

「室内には五二式が二丁あった。ちゃんと探せば手榴弾や軽機関銃なんかもでてくるだろうな」

「少尉殿、ここは危険すぎます」坂井が真顔で言った。「我々はたった三人で軽装備です。しかもゲリラと鉢合わせした場合、奴らと戦いながら間宮さんを死守せねばならぬのです。どう見ても我々の方が不利です。とにかく一秒でも早くここから退避する事です。へたすると全員死亡という最悪の結果になりますよ」

「分かった。俺が間宮さんを連れてくる」

美樹夫が傍らの小屋を見上げた。

「でも、どうやって……」

坂井が言い淀み、不安げな表情をした。

「こうなったら仕方あるまい。手足を縛ってでも絶対に連れてくる」

美樹夫は坂井と野田の顔を交互に見た。本気だった。どんな処罰も覚悟の上だった。勿論間宮の身を案じてではなく、軍人として命令を遂行するためだった。

美樹夫は笑みを浮かべた。「大丈夫だ」と言おうとした。

不意に耳をつんざく銃声が響いた。同時に野田が仰け反って倒れた。美樹夫は反射的に地面に伏せた。伏せた瞬間目の前で何かが弾けた。左の顔面が燃えるように熱くなった。

美樹夫は這いずって小屋に向かった。銃声は激しさを増した。頭上を無数の銃弾が掠め過ぎた。美樹夫は小屋の床下に頭から潜り込んだ。一メートルほど掘り下げられているため格好の退避場所となった。美樹夫は銃を持ったまま木箱と木箱の間に伏せた。銃声は近かった。かなりの至近距離から撃たれていた。ヒュオンッ、ヒュオンッという銃弾の空気を切り裂く音が響き渡った。小屋の壁や入り口の階段が次々と細かく弾け飛んだ。

突然真上で「あぎゃっ」と言う間宮の悲鳴が聞こえた。続いて甕が割れる大きな音が響き、悪臭のする臙脂色の汁が音を立てて降ってきた。

「少尉っ、少尉っ、撃たれたっ、撃たれたぞっ、痛ぇっ、血が出てるっ、凄ぇ血が出てるっ、腕が動かねぇっ、全然動かねぇっ、死ぬかもしれんっ、ここで死ぬかもしれんっ、助けてくれっ、何とかしてくれっ」

完全に取り乱した間宮が大声で喚いた。

「間宮さんっ、床に伏せろっ、絶対に頭を上げるなっ」

美樹夫は叫んだ。それ以外なす術が無かった。美樹夫は自分の怪我の程度が知りたかった。左頬から左耳にかけて焼け付くような痛みがあった。下ろし金で皮膚を裂かれたような感覚だった。美樹夫は手で頬に触れてみた。掌にはべったりと血が付着した。少なくとも掠り傷でない事は分かった。そしてそれ以上に野田伍長の容態が知りたかった。野田は銃声と同時に倒れていた。撃たれたのは間違いなかった。

「畜生っ」

美樹夫は吐き捨てた。ゲリラに強い怒りが湧き上がった。

「少尉殿っ」

床下の東側で声がした。見るといつの間に退避したのか、三メートルほど離れた場所に坂井と野田が伏せていた。野田の迷彩服の背中が血で赤く染まっていた。

「少尉殿、撃たれたのですかっ」

坂井が美樹夫の顔を見て目を剝いた。

「俺のことはどうでもいいっ。野田は大丈夫なのかっ？」

美樹夫が叫んだ。

「はい、右肩をやられましたが、急所から外れているので大丈夫だと思います」

坂井が落ち着いた口調で言った。

「少尉殿、こんな時に申し訳ございません。油断した自分の責任です」

野田が喘ぐように言った。顔が汗でびっしょりと濡れていた。

「もういい、しゃべるな。どうなることかと心配しておったがそれなら安心だ。ところで敵の発火点はどこだ？」

「十一時の方向の草叢です。銃は三丁で全て五二式です」

坂井が前方を指さした。

美樹夫は四つん這いになると、慎重に上体を起こして鼻から上を地上に出した。依然として激しい銃撃が続き、無数の銃弾が頭上を飛び交っていた。美樹夫は十一時の方向を見た。二十メートルほど先に草叢があった。目を凝らすと激しく明滅する三つの黄色い火焔が見えた。聞こえてくる銃声は確かに五二式のものだった。この状況下で冷静に敵の居場所、銃の数、その種類を把握する坂井はさすがだった。ある程度の実戦経験がなければできないことだった。美樹夫はまた地面に伏せた。

「俺はあいつらの横に回りこむ。その間撃ちまくって引きつけておいてくれ」

美樹夫は自分の自動小銃と弾倉が入った弾薬嚢を地面に置いた。

「坂井、発煙弾を持っているか？」

「はい、あります」坂井は腰の雑嚢から茶筒ほどの大きさの黒い円筒を取り出した。「少尉殿、自分が投げます。そろそろ奴らが弾倉を換える頃なのでそこを狙います」

「よし、頼むぞ」

美樹夫は体を起こすと中腰になり、そのまま木箱の間を擦り抜けて床下の西側の端まで移動した。すぐ目の前には先ほど下りてきた叢林の斜面が広がっていた。

不意に銃声が弱まった。銃撃する自動小銃が三丁から一丁になった。美樹夫は振り向いて坂井を見た。坂井もこちらを見て小さく頷くと、上体を起こして勢い良く発煙弾を投擲した。黒い円筒はくるくると回転しながら小屋と草叢の中間に落下し、くぐもった音を立てて破裂した。すぐに大量の白煙が噴き出し前方の視界を真っ白に染めた。

「少尉殿っ、今ですっ」

坂井が叫んだ。美樹夫は急いで立ち上がると、床下から這い出して叢林の中に飛び込んだ。斜面を五メートルほど駆け上がった時、弾倉の交換が終わったらしくまた三丁の銃による銃撃が始まった。しかし今度はそこに八二式の銃声も加わった。坂井の援護射撃だった。美樹夫は五十メートルの斜面を駆け上がると南に向かって疾走した。地面の落ち葉を蹴散らし、雑木の間をすり抜け、朽ち果てた倒木を飛び越えて猛進した。三十秒も経たぬうちにゲリラ達が潜む草叢の上に着いた。美樹夫は足音を忍ばせてそっと斜面を下りると平地との境目で立ち止まった。傍らのブナの木の陰に身を隠し、注意深く前方を見た。ゲリラの潜む地点はすぐに分かった。十メートル前方に水牛ほどもある苔むした巨石があり、その左側の地面が大きく落ち窪んでいた。その中に黒い農耕服を着た三人のゲリラがいた。農民に変装しているようだった。横並びに立った三人は窪地の縁に左肘を突き、前方に茂る草叢越しに五二式を撃ちまくっていた。全員頭に編笠を被っているため顔の判別はできず、年齢や性別は分からなかった。

美樹夫は腰の雑嚢から七七式手榴弾を取り出した。全長八センチ、重量三百グラムの黒い鉄の塊は木漏れ日を受けて鈍く光った。美樹夫は撃針頭部に付いた真鍮（しんちゅう）製の安全被帽を取り、安全栓を引き抜いた。そして手榴弾を逆さに持つと大きく息を吐いた。実戦でこれを使用するのは初めてだった。美樹夫は頭の中で七七式の曳火（えいか）時限が六秒だということを改めて確認した。十メートル先では激しい銃声が続いていた。こちらに体の左側を向け、左前方を向いている三人のゲリラは美樹夫の存在に全く気づいていなかった。美樹夫はもう一度大きく息を吐くと、身を隠すブナの幹に撃針頭部を強く打ちつけた。先端からシューッという鋭い呼気のような音が噴き出した。美樹夫は小声で「一、二」と数え、「三」で木陰から飛び出して手榴弾を投擲した。その瞬間左端に立つゲリラがこちらを向いた。若い女だった。二十歳前後に見えた。女は美樹夫を見て驚いたように目を剥いた。その側に手榴弾が落ちた。美樹夫は素早く地面に伏せた。両手で頭を抱えたと同時に全身を圧する凄（すさ）まじい爆裂音が鳴り響いた。地面が震え、爆風で吹き飛ばされた土砂がバラバラと音を立てて落ちてきた。

　美樹夫は地面に伏せたまま動かなかった。今の爆発で全員死亡したという確証は無かった。もし生存者がいた場合反撃される可能性があった。美樹夫は右手で腰の革嚢から自動拳銃（けんじゅう）を引き抜き、安全装置を外した。そして銃口を前方に向け、ゆっくりと顔を上げた。窪地からは薄（うっす）らと白煙が上がっていた。美樹夫は耳を澄ました。静かだった。呻（うめ）き声も叫び声もしなかった。名も知らぬ鳥のコホゥコホゥと言う奇妙な鳴き声だけが微（かす）かに聞こえてくるだけだった。

美樹夫は立ち上がり、拳銃を両手で構えてゆっくりと近づいていった。十メートルはあっという間だった。ほんの十数歩で到着した。美樹夫は引き金に指を掛け、注意深く窪地の中を覗き込んだ。無数の薬莢が散乱する地面にゲリラの死体が横たわっていた。一体は男だった。うつ伏せに倒れていて顔は見えなかった。右足が太腿の付け根から吹き飛ばされ、引きちぎれた股の裂け目から桃色の腸が二十センチほど飛び出していた。左足は膝の部分で直角に外側に折れ曲がり、膝蓋骨が皮膚を突き破って露出していた。もう一体は先ほど目が合った女だった。仰向けに倒れていた。下顎を吹き飛ばされ、拳大にえぐり取られた喉の穴から赤黒い血が噴き出していた。鼻梁は潰れて陥没し、右の眼球が半分以上突出していた。二体とも体中に無数の鉄の破片が突き刺さり、農耕服の至る所が破れていた。美樹夫は両手で拳銃を構えたまま二坪ほどの窪地の奥を見た。そこには肘先から断裂した右腕が転がっていた。皮膚がずたずたに裂け、赤い肉塊となった腕の後端からは二本の前腕骨が五センチほど突き出しており、辺りには夥しい量の血が飛び散っていた。美樹夫はもう一度窪地の中を見回した。二体の死体には左右の腕が付いており、残された自動小銃は二丁だった。美樹夫は舌打ちした。三人目のゲリラは右腕を失ったが何とか生き延びたようだった。爆発が起きてから美樹夫が顔を上げるまで十数秒ほどの間があった。その僅かな時間に銃を持って窪地から這い出たとしか考えられなかった。撃ってこないため、すでに逃走したようだった。怪我の度合いがかなり酷く、攻撃するだけの余力がないように思えた。美樹夫は生存者を追撃すべきかどうか素早く考えた。その結果傷口からの大量出血に加え、他の二人と同様に全身に鉄の破片を浴びているため、まず助からないだろうと判断し追撃を中止した。

美樹夫は拳銃を腰の革嚢に戻し、額の汗を手の甲で拭った。

＊

小屋に戻ると、入り口の長い階段の下で間宮が胡坐をかいていた。麻の白い背広を脱ぎ、半袖のワイシャツ姿で椰子酒を飲んでいた。被弾したらしい右の上腕部には包帯がしっかりと巻かれていた。

間宮の傍らに立つ坂井曹長が美樹夫を見て一礼した。

「無事制圧したようですね」

「ああ、二人は確実に倒した。もう一人は逃げたが深手を負っているから長くはもつまい。心配せんでいい。ところで怪我の具合はどうだ？」

美樹夫は傍らの間宮を見下ろした。

「思っていたよりも軽症です。心配ありません」

坂井は抑揚の無い声で言った。

「弾はどうなった？」

「残ってます。右上腕部盲管銃創です。骨に異常が無いので弾はそのままにしました。傷口にはヨードチンキを塗ってリバノールガーゼを当ててました」

「本当に弾を抜かなくて大丈夫なんだろうな？」間宮が不安げな表情で坂井を見上げた。

「もしガス壊疽にでもなったら腕を切り落とすことになるんだぞ」

「盲管銃創の場合、銃弾と空気の摩擦熱で傷口が滅菌されるので、摘出するよりも放置した方が治癒が早いと軍医殿が言っていました。大丈夫です、心配ありません」

坂井が淀みなく答えた。

「ちくしょう、それにしても傷が痛くて仕方がねぇ。おい曹長、モヒだ。モヒを打ってくれ」

「衛生兵でないとモルヒネは持てないんです。辛いとは思いますが村に着くまでしばらく我慢して下さい。向こうにはモルヒネがありますから」

坂井が申し訳なさそうに言った。間宮は舌打ちすると傍らに置いた椰子の実の器を取り、白い椰子酒を一気に飲み干した。

「ところで野田の容態はどうだ？」

美樹夫が訊いた。

不意に坂井は口をつぐみ、目を伏せた。

「どうした？」

「……だめでした」

坂井が呟いた。美樹夫は眩暈を覚えた。みぞおちの奥がひやりと冷たくなった。

「し、死んだのか？」

美樹夫は呻くように言った。坂井は小さく頷いた。

「どこにいる？」

「床下です」

美樹夫は慌てて膝立ちになり傍らの小屋の床下を覗き込んだ。先ほど伏せていた場所に野田は仰向けで横たわっていた。上半身裸で右肩にリバノールガーゼが二枚貼られていたが、血で赤く染まっていた。顔には手拭いが掛けてあり、その脇には血の滲んだ白い布が畳んで置かれていた。それは千人針が施された布だった。街角で千人の女が縫い付けた千個の赤い縫玉が、三本の長い線となって並んでいた。ほぼ全ての兵士が所持している武運長久のお守りであり、みな縁起を担いで腹巻として使っていた。

美樹夫はそれを見ているうちに自分の出征の日を思い出した。二列縦隊で連隊の営門を出ると、沿道に集まった人々が日の丸の旗を振り「万歳っ！　万歳っ！」と大声で叫んでいた。美樹夫はそれを聞きながら身の引き締まる思いがした。何があっても御国のために戦い抜こう、必ず仇敵を粉砕撃滅しようと改めて決意した。行進が町の大通りに差し掛かった時、不意に真樹夫が駆け寄ってきて手を握った。その顔を見た途端あれほど昂ぶっていた戦意が消え、代わりに熱い涙がじわりと込み上げてきた。美樹夫は己の心の激変に戸惑いながらも、人間にとって最も大切なのは掛け替えの無い家族なのだと初めて実感した。美樹夫は真樹夫を抱きしめたい衝動に駆られた。その華奢な体を強く抱きしめて、絶対に生きて帰ってくるぞと叫びたかった。しかし士官学校で叩き込まれた軍人精神がすんでの所でその感情を押し止めた。美樹夫は平静を装い、敢えて強い口調で弟を叱咤激励した。

もし真樹夫が一人ぼっちになった時、その言葉を励みに悲しみを乗り越えて欲しいと思ったからだった。勿論死にたくは無かったが、死ぬ覚悟はできていた。

それと同じように野田にも愛する親兄弟がいるはずだった。すでに結婚して妻子がいるかもしれなかった。戦地からの生還を願って街角で『千人針』を募った野田の家族の、そして何よりも野田伍長本人の無念を思うと心が締め付けられた。

「少尉殿の手榴弾が爆発した時、野田はまだ生きていたんです」

後ろで坂井の声がした。美樹夫は前を見たまま振り向かなかった。

「ガーゼを当てて止血してから間宮さんの手当てをして、また戻ってきたら死亡していました……右肩でしたので、大丈夫だと思っていたのですが……。詳しい死因については分かりません……以前、体の血液の二十パーセント以上が短時間で失われると、出血性ショックを起こして死に至る場合があると聞いたことがあるので、もしかしたらそれかもと思ったんですが、野田の場合そこまでの出血では無かったので、そうなると……。すいません、やっぱり私のような素人には判断がつきません……。野田とは内地の部隊にいた時から三年間一緒にやってきました……とにかく、残念です」

坂井の声はほんの僅かだが震えていた。

「野田は結婚してたのか？」

美樹夫が振り向いて訊いた。

「はい。五歳を頭に三人の子供もいます」

坂井はそう言って遠くを見るような目をした。

美樹夫の脳内が不意に熱を帯びたように感じた。熱は背筋を伝い、急速な速さで全身を駆け巡った。美樹夫は微かに震え出した両手を力一杯握り締め、奥歯をグッと嚙みしめた。それは怒りだった。間宮に対する強烈な怒りだった。野田の死の全ての原因は間宮にあった。間宮がゲリラの小屋で酒を飲まなければ、あるいは美樹夫の指示に従いすぐに小屋から退避していれば野田が戦死することは無かったのだ。俺の初めての部下を間宮の野郎が殺しやがったっ、と美樹夫は思った。脳内の熱がさらに激しさを増した。

美樹夫は立ち上がると階段の下で胡坐をかく間宮を睨みつけた。間宮はすぐに美樹夫の視線に気づいた。その途端驚いたように目を見開いたが、すぐに不快そうな顔をして睨み返してきた。しかし怒声を上げることも摑みかかってくることもなく、そのまま十秒ほど経過すると無言で視線を逸らした。それは美樹夫の視線に籠められた怒りの原因を間宮が充分理解しているからに違いなかった。ゴロツキの『阿片王』でも良心の残滓がどこかにあり、野田の死に対してそれなりの罪悪感を抱いているようだった。しかしそのいじけた子供のような態度がさらに神経を苛立たせた。美樹夫は堪らず間宮を罵倒しようとした。思いつくだけの罵詈雑言を気が済むまで浴びせてやろうと思った。しかし今感情を露にすると怒りが爆発して歯止めが利かなくなり、そのまま間宮を殺してしまうような予感がした。

ちくしょうっ、と美樹夫は胸中で叫んだ。下唇を強く嚙み、鼻から荒々しく息を吐いた。

「少尉殿、顔の傷の手当てをしたほうがいいと思うのですが」

傍らに立つ坂井が遠慮がちに言った。美樹夫が爆発寸前になっているのを察知し、何とかなだめすかそうとしているのが分かった。美樹夫は坂井を見た。坂井は口を真一文字に結び、上目遣いにこちらを見ていた。その目にはおもねるような光が浮かんでいた。

「少尉殿、お願いです」

坂井が頭を下げた。美樹夫は下唇を嚙むのを止めた。脳内の熱がゆっくりと冷めていくのが分かった。

「……ああ、そうだな。頼む」

美樹夫は低く呟くと間宮に背を向けて地面に胡坐をかいた。坂井は腰の雑嚢（ざつのう）からヨードチンキの瓶を取り出した。

美樹夫の左頰から左耳にかけて一発の銃弾が掠（かす）め過ぎていた。頰骨の下に五センチほどの擦過射創があり、皮膚の表面が裂けて赤く腫（は）れていた。銃弾はそのまま左の耳殻に命中し、その真ん中を貫通して抜けていた。ゲリラの銃撃を受けて美樹夫が伏せた時、ちょうど足元の地面に着弾した弾が跳ね返り擦過したようだった。あと数センチずれていたら美樹夫も野田と同じく『名誉』の戦死を遂げていた。坂井はヨードチンキで傷を消毒し、小さく切ったガーゼを耳に器用に貼り付け、頰っ被（かぶ）りをするように包帯をぐるぐると巻いた。痛みはあったが耐え難いものではなく、特に難儀することは無かった。

美樹夫の応急処置は五分ほどで終わった。

次は野田伍長の遺体をどうするかだった。美樹夫と坂井が話し合った結果、一時的に小屋の下に安置することに決めた。日暮れまでにチャラン村に到着するにはそれ以外方法が無かった。間宮を無事に送り届けたらすぐに小屋に戻り、野田の遺体を四輪起動車まで運ぶ事に決めた。そのために必要な担架は村の診療所から調達することになった。

美樹夫と坂井は再び床下に下りると、仰向けに横たわる野田の腹に千人針の施された布を巻き、血に染まった迷彩服を着せた。そして両手を胸の上で組ませ、小屋のベッドにあった灰色の毛布で全身を覆った。作業を終えた二人は地上に戻った。坂井の目には薄らと涙が浮かび、唇が弱々しく震えていた。美樹夫は何も言わずに腰の銃剣を引き抜き、自動小銃の銃口部の着剣装置に装着した。坂井も何も言わずに腰の銃剣を引き抜き自動小銃に着剣した。

「野田の霊をあの世に送るぞ」

美樹夫が囁くように言った。

「はい」

坂井が小声で答えた。

二人は野田の遺体に向かって立ち、背筋をぴんと伸ばした。

「捧げぇ銃っ」

美樹夫が叫んだ。二人は銃を両手で持ち上げ、体の中心線にぴたりと合わせて留めた。

（野田、安らかに眠れ。お前の骨は必ず内地に持ち帰ってやるからな）

美樹夫は胸中で呟き、「やめっ」と叫んだ。二人は同時に銃を下ろした。堪(こら)えきれなくなったのか坂井の頬を一筋の涙が流れた。長年苦楽を共にした最良の部下を失った悲しみは、美樹夫の比では無いようだった。そしてここまでの苦痛を受けながらも、間宮に対して一切恨み言を言わない坂井の忍耐力と忠誠心は凄(すご)いとしか言いようが無かった。

美樹夫は銃剣を外しながら間宮を見た。小屋の入り口の階段に腰掛けた間宮は、気まずそうな顔をしてこちらを眺めていた。

*

割れずに残っていた小屋の水瓶(みずがめ)で各自の水筒の水を補充すると、再びチャラン村に向かって出発した。

三人は薄暗く、湿度の高い叢林(そうりん)の中を進んだ。先頭が坂井で、真ん中が間宮、最後が美樹夫の順だった。

静かだった。誰も口を利かなかった。あの、コホゥコホゥという名の知れぬ鳥の鳴き声だけが静かに聞こえるだけだった。美樹夫がそうであるように、他の二人も戦死した野田のことを考えているらしく、俯(うつむ)き加減のまま枯れ葉の積もった柔らかい地面を黙々と歩いた。

時刻は午後二時を回っていた。上空の日射しは強さを増し、叢林内の温度と湿度はさらに上昇していた。前を歩く間宮はしきりに水を飲んでいた。五分に一度ほどの短い間隔で水筒の蓋(ふた)を開けていた。先ほど椰子(やし)酒をがぶ飲みして大量のアルコールを摂取したため、異常に喉が渇くらしかった。そのため発汗が激しく、間宮の全身はぐしょ濡れになっていた。麻の背広の背中一面は水を被ったようにしとどに濡れ、ぴたりと皮膚に張り付いていた。麻のズボンも失禁したかのように股間と内腿が濡れ、大量の水滴を地面に滴らせていた。そしてその汗に塗れた体は不快な臭いを発していた。アルコールと腐った果実と腋臭の臭いが入り混じったような悪臭だった。それが真後ろを歩く美樹夫の鼻腔に絡みつき、軽い吐き気を誘発していた。

美樹夫は無性に煙草が吸いたかった。あの苦い煙を吸い込んで、胸に溜まった吐き気を掻き消したかった。

二十分近く前進すると叢林を抜け、また背の低い雑草が繁茂する草原に出た。日射しが直接肌に照りつけひりひりと痛かったが、むせ返るような湿度から解放されたため気分は良かった。

そこはタンパ山の麓だった。眼前に雑木が茂る緩やかな斜面が迫っていた。人の臀部に良く似た標高二百メートルの小山だったが、この距離からみるとさすがに巨大でありそれなりの迫力があった。

「おい少尉、ここで小休止だ」

間宮がくたびれたように言い、どっかと地面に座り込んだ。そしてパナマ帽を取って額の汗をハンカチで拭くと、また水筒の水を飲んだ。

美樹夫と坂井も立ち止まり、手拭いで顔の汗を拭った。

「坂井、悪いが煙草をくれんか」

美樹夫が声を掛けた。

「どうぞ」

坂井は迷彩服の胸ポケットから『興亜』の箱を取り出した。美樹夫は一本貰い口に咥えた。坂井がマッチを擦って火を点けた。美樹夫は思い切り煙草を吸った。白煙が肺に充満するのが分かった。頭がひやりと冷たくなり軽い眩暈がした。美樹夫は数秒間そのままにし、音を立てて一気に吐き出した。思った通り胸に充満していた吐き気が消えた。代わりに冷えた炭酸水のようなスキッとした爽快感が広がった。旨いっ、と美樹夫は胸中で叫んだ。今日からは好きな時に好きなだけ煙草を吸おうと思った。

「どうしたんですか？」

坂井が怪訝そうな表情をした。

「何がだ？」

美樹夫が訊いた。

「今、少尉殿が少し笑ったので」

「ああ、いや、何でもない。気にせんでくれ」

美樹夫は照れ臭くなり視線を逸らした。

「てっきり思い出し笑いかと……」

坂井がそう言い掛けた時、不意にその目が美樹夫の後方を向いた。同時に坂井は驚いたように口を開けた。美樹夫は慌てて振り返った。西の方向だった。一キロほど草原が続き、その後ろに椰子林が広がっていた。その中程から一本の白く細い煙が立ち昇っていた。

「あれは何だ？」

美樹夫が訊いた。

「狼煙ですっ」坂井が上擦った声で答えた。「ゲリラ同士がよく使う合図の一つです」

「お、俺達が狙われているのか？」

「手榴弾でゲリラを制圧した時、一人逃走したと言っていましたね。もしかしたらそいつが生きていて、仲間を呼んでいるのかもしれません」

「馬鹿な、あの怪我で……」

そこで美樹夫は絶句した。右腕を吹き飛ばされ大量出血していたため、すぐに死ぬと勝手に判断しただけだった。今日初めて実戦を経験した新米の分際で、勝手に追撃の必要無しと決めつけた己の愚かさに美樹夫は愕然とした。これが坂井だったら今までの経験上すぐに追跡して止めを刺したに違いなかった。美樹夫は自分の頬を思い切り殴りたい衝動に駆られた。

「またゲリラが来たのか？」地面に座り込んだ間宮が不快そうな顔で美樹夫を見た。「さっき少尉が全部殺ったんじゃねぇのか？」

美樹夫は声が出なかった。何と答えればいいのか分からなかった。

「とにかくここに居ては駄目です。すぐに場所を移動しましょう」

困惑する美樹夫の心中を察したように坂井が言った。

「どこにいくんだ？」

間宮が面倒臭そうに訊いた。

「取り敢えずタンパ山の裏側まで行きましょう。ここは危険過ぎます」

坂井は間宮に手を差し伸べた。無言で起立を促していた。間宮はうんざりした顔で数秒間それを見ていたが、やがて坂井の手を摑み大義そうに立ち上がった。先ほど野田が戦死したことで、さすがに駄々を捏ねるのはまずいと思ったようだった。

三人は山裾に沿いながら東に向かって小走りに進んだ。

美樹夫と坂井は肩に掛けていた自動小銃を両手で構え、周囲を注意深く警戒しながら前進した。

坂井の言うように確かにこの草原は危険だった。辺りに遮蔽物が何も無いため、どこからでも狙撃される危険があった。今この瞬間も敵の照準器が自分達を狙っているかと思うと恐怖で身の竦む思いがした。美樹夫は全力で疾走したかったが、革靴を履いている間宮の足が遅く、どうしてもその速度に合わせねばならなかった。美樹夫は激しい苛立ちを感じながら「大丈夫だ、大丈夫だ」と小さく囁き続けた。そうでもしないとパニックを起こして銃を乱射しそうだった。
七、八分掛けて何とか無事に山の裏側、つまり東側に回りこむことができた。
東側には大きな密林が広がっていた。その向こうにチャラン村があった。

美樹夫は大きな椰子の木の木陰に駆け込むとそのまま地面に倒れ込んだ。強い緊張状態から解放されて全身の力が抜け、立っていることができなかった。体中が汗だくになっていた。濡れた迷彩服が皮膚にぴたりと張り付いていた。息が切れ、はぁはぁと犬のように荒い呼吸を繰り返した。それは他の二人も同じだった。坂井はうずくまり、間宮は四つん這いになって喘いでいた。

暫くの間誰も立ち上がれなかった。

五分ほど経過してやっと息が正常に戻った。呼吸が楽になると強い喉の渇きを覚えた。美樹夫は伏せていた体を仰向けにして上体を起こし、腰から水筒を取った。そして急いで蓋を外すと音を立てて水を飲んだ。渇いた体にそれは堪らなく美味だった。余りの旨さに思わず唸ったほどだった。美樹夫は水を掌に注ぎ、汗に塗れた顔と首筋を洗った。それでようやく人心地がつき、安堵のため息が出た。

美樹夫は立ち上がると辺りを見回した。東側から南側にかけて密林が広がり、西側はタンパ山の山裾だった。北側には雑木が茂った小高い丘があった。

「少尉」

後ろで声がした。振り向くといつの間にか水筒を持った間宮が立っていた。

「何ですか」

美樹夫が訊いた。

「すまんが水を恵んでくれんか。さっきからがぶ飲みしてたら無くなっちまった」

間宮が右手に持った水筒を逆さにした。水滴が一つ、ぽたりと落ちた。

「いいですよ」

美樹夫は自分の水筒を差し出した。途端に間宮は水筒をもぎ取り、ごくごくと喉を鳴らして水を飲んだ。驚いた美樹夫が「やめろっ」と叫んだが間宮は水を飲み続け、あっという間に水筒を空にした。

「すまん、少尉」間宮はそう言うと低くゲップをした。「喉が渇いてどうにも我慢できんかった。勘弁してくれ」間宮は卑屈な笑みを浮かべ、口を手の甲で拭った。

美樹夫は頭に血が上るのを覚えた。それは大切な水だった。村に着くまで持たせるため、喉の渇きに耐えて一口一口舐めるようにして飲んできたものだった。それをよりにもよって間宮のような男に全て奪われたのだ。勘弁できる訳が無かった。

美樹夫は間宮の手から荒々しく水筒を引ったくった。間宮が驚いた顔をして一歩後ずさった。美樹夫は無言で腰の革帯に空の水筒を戻した。この下衆野郎にはいい加減頭にきていた。もし今度同じようなことが起きた場合、自分の感情を抑えられるかどうか分からなかった。

「少尉、どうした？　怒ったのか？　水を全部飲んじまったから怒っちまったのか？　おい曹長、大変だ、少尉が怒っちまったぞ。機嫌を直してくれるようお前から何か言ってくれ」

間宮が大袈裟な口調で言い、坂井の袖口を引っ張った。

「少尉殿、自分の水筒にはまだ水が半分残ってますので、それを三人で分けて飲みましょう。村にもかなり近づいたので何とかなりますよ」

坂井が自分の水筒を手に取って左右に振った。ちゃぽちゃぽと水の撥ねる音がした。

「そうだ、それはいい考えだ。曹長の水が残ってるじゃねぇか、な、これなら大丈夫だぞ少尉、これで機嫌を直してくれるよな？」

間宮はそう言うとヒヒヒヒヒと気色の悪い声で笑った。その声は美樹夫の苛ついた神経をさらに逆撫でした。

「分かった、坂井が言うのだから何とかなるだろう。そうと決まればさっそく出発だ。先を急ぐぞ」

美樹夫は坂井を見て低く言った。もう限界だった。間宮の顔を見るのが嫌だった。間宮の声を聞くのが嫌だった。間宮がこの世に存在することを感知するのが嫌だった。一秒でも早くこの人間の屑を村に送り届けて永遠に絶縁したかった。

「ではチャラン村に向けて出発します」

坂井は腰の革帯に水筒を戻すと、地面から八二式自動小銃を取り上げて肩に掛けた。不意に遠くで火薬が弾ける音がした。次の瞬間あのヒュオンッという鋭い音が頭上を過った。美樹夫は反射的に地面に伏せた。他の二人も同時に伏せた。銃声は立て続けに四発起きた。その度に頭上でヒュオンッ、ヒュオンッという鋭い音が響いた。

「どこからの狙撃だ？」

美樹夫が伏せたまま訊いた。

「北の丘にある雑木林です。また五二式です」

坂井も伏せたまま答えた。美樹夫は首を北側に向けた。小高い丘の上に茂った雑木の中から白い狼煙が上がっていた。先ほどの狼煙に他のゲリラが呼応しているように見えた。人影はどこにも見えなかった。

「ゲリラか？」

「そうです。でもまだ大丈夫です」

「どうしてだ？」

「ここから丘まで約四百メートルありますが、五二式の有効射程距離は大体三百メートルです。それを超えると弾は右上に跳ね上がってまず当たりません。その証拠に今の四発も全て我々の右上に跳ね上がって逸れましたから。でも射程距離内に入ると弾は左側に流れるようになります。よく『左の耳脇を銃弾が走ったら命が危ない』と言うのはそのためです」

「なるほど。で、これからどうする？」

「ゲリラは確実に接近してきますからここに居てはまずいです。本来ならこの密林を大きく右側に迂回して村に行くのですがそれは危険過ぎます。なので自分としては敢えて密林を通って村に行くのが最善かと思います。そうすればゲリラ達からも身を隠せますし、村に着く時間も短縮できます」

「冗談じゃねぇ、俺は行かんからなっ」突然間宮が叫んだ。「おい少尉、お前はナムールの密林に入るのが初めてだから知らんと思うが、あの中は地獄だぞ。どろどろの地面を泥だらけになりながら這いずるようにして進むんだ。しかも馬鹿でかい蛭がうじゃうじゃいやがるし、毒蛇やミミズの化け物や肉食の巨大昆虫までいやがる。なんでわざわざそんな地獄を体験しなくちゃいけねぇんだ？　だったらここでルミン・シルタの馬鹿どもと戦争やって、あいつらを全員ぶっ殺せばいいじゃねぇかっ！　それが兵隊ってもんだろうがっ！　その新型の鉄砲ぶっぱなして死ぬ気で戦わんか馬鹿どもがっ！」

間宮は叫び、地面に唾を吐いた。

「間宮さん、ゲリラの正確な情報は把握してませんが、数においても戦力においても確実に向こうの方が優勢です。我々は二人きりの上に軽装備です。とても間宮さんを守りきれません」

坂井が真剣な顔で言った。

「なら俺も戦うぞ。俺は兵隊じゃねぇがそれなりに人殺しはやっとるから大丈夫だ」

間宮が腰から回転式拳銃を取り出した。

「いえ、大丈夫ではありません。いいですか、自分と少尉殿は職業軍人なんです。軍人は上官の命令に対して絶対服従せねばならんのです。そして今回の命令は間宮さんをチャラン村まで無事に送り届けることなんです。その間宮さんを死亡率の極めて高い戦闘に参加させる訳にはいきません。現在の状況を考慮した時、間宮さんを一番安全にチャランまで連れて行ける行程がこの密林突破なんです。ですからどうかある程度の苦痛は我慢して我々とともに来てください。確かに密林は危険な場所ですが、ここでゲリラと交戦するよりは遥かに安全です。どうかお願いします」

坂井は教え諭すように言った。

間宮は地面に伏せたまま顔を上げ、眼前に広がる密林に目を向けた。そのまま暫く無言で眺めていたが、やがて大きく舌打ちをすると回転式拳銃をズボンの腰に戻した。

「しょうがねぇ、一緒に行ってやる」

間宮が呟くように言った。

「ありがとうございます。では地形を説明しますのでこちらに来てください」

坂井は迷彩服の胸ポケットから黒い手帳を取り出し地面に置いた。美樹夫と間宮は匍匐前進をして素早く近づいた。三人は二十センチほどの至近距離で顔を突き合わせた。

「これがタンパ山です」坂井が開いた手帳の一ページに鉛筆で丸を描き、その上に丸みを帯びた扇のような形を描いた。「これが目の前にある密林です。密林は絵の通り、タンパ山の東の山裾から扇状に左右に広がっています。チャラン村はここです」坂井が『扇』の右端の中央から二センチほど離れた場所にバツ印をつけた。「そしてこの扇の要にあたる、一番幅が狭い部分の前に今我々がいます」

「距離はどれぐらいだ？」

美樹夫が訊いた。

「大体四キロです」

「じゃあ楽勝じゃないか」

「何馬鹿なこと言っとるんだっ」間宮が呆れたように叫んだ。

「密林の四キロは普通の道の十二キロ、つまり三倍に相当するんだぞ」

「本当か？」

美樹夫は驚いて坂井を見た。

「残念ながらそうです。率直に言って過酷な道程になるので覚悟して下さい」坂井が静かに言った。「でもそれでも、今ゲリラと一戦交えるよりは生存率が格段に高くなります。信じてください」

坂井が頭を下げた。美樹夫は唾を飲み込んだ。怖くないと言えば嘘だった。得体の知れぬ生き物が不気味でならなかった。人を殺す訓練は受けたが化け物を殺す訓練は受けていなかった。しかしどれだけ怯えても道は一つであり選択の余地は無かった。美樹夫は腹を括った。俺は帝国陸軍少尉だっ、と胸中で叫んだ。

また北側で銃声がし、頭上を鋭い音が過った。今度は銃声が立て続けに八発起きた。美樹夫はそっと頭を上げて北側の丘を見た。狼煙は上がったままで、以前として人影は見えなかった。

「銃声がさっきより僅かに大きくなってます。奴ら、少しずつ接近してますね、ぐずぐずしてる暇はありません」

坂井は手帳を閉じると胸のポケットに入れ、美樹夫と間宮の顔を交互に見た。

「行きましょう」

＊

密林に一歩足を踏み入れた途端視界が暗くなった。

日が沈んで間もない夕暮れ時のような薄闇が辺り一面に広がっていた。

美樹夫は上を向いた。空は全く見えなかった。一筋の木漏れ日すら無かった。びっしりと生い茂った大木や小木の無数の葉が幾重にも重なり合い、太陽の光を完全に遮断していた。五メートルほど進んだだけで、むせ返るような熱気が全身を包み込んだ。重なり合った葉が屋根のように密林全体を覆っていた。そのため湿気が上に抜けず、ただでさえ熱い南国の空気がさらに加熱されていた。それはまさに湿度百パーセントの蒸し風呂そのものであり、たちまち体中の毛穴から汗が噴き出た。

さらに五メートルほど進むと急に地面が柔らかくなった。水を含んだ腐食土と落ち葉が何層にも重なり合っているためで、まるで水を含んだスポンジのような感触だった。一歩歩くと長靴が足首まで埋まり、力を込めて引き抜くと靴の形に地面がへこんだ。そこへ周囲からすぐに水が滲み出して靴型の水溜りになった。坂井、間宮、美樹夫の順で前進しているため美樹夫が歩く時は地面が田圃のような泥濘になっており、何度も足を取られてよろめいた。

進めば進むほど生い茂る木々は険しくなった。先頭の坂井は右手に持った銃剣で木々の間に張り巡らされた蔓を切り払い、人一人がかろうじて通れる伐採路を造りながら進んでいた。依然として蒸し風呂状態が続いており、全員が汗と湿気でびしょ濡れになっていた。

三人だけの行軍が始まってから一時間半が経過した。

美樹夫は暑さで朦朧となり足元がふらつき出した。必死で頬を叩いて自分に活を入れていると、前を歩く間宮の首筋に黒いものが垂れているのに気づいた。それは体長七、八センチの細長いもので芋虫のように見えた。美樹夫は手を伸ばしてその黒い物体を掴んだ。ぐにゃりとした感触がし、それが初めて蛭だと分かった。内地の蛭の三倍以上の大きさだった。美樹夫は急いで蛭を引き剝がした。同時に間宮が「痛ぇっ」と叫び振り向いた。

「何しやがんだっ？」

間宮が首筋を押さえて叫んだ。

「これが付いてたんです」

美樹夫は体を左右にくねらせる蛭を差し出した。間宮は眉を顰め「クソッ」と呟いた。

「ナムールのはでかいんだ。必ず首に吸い付くからお前も気を付けろよ」

間宮は蛭を摘むと二つに引きちぎり、また前を向いた。

美樹夫はぼんやりとした意識で、何気なく自分の首筋に手を回してみた。指先が何かに触れた。表面がぬるりとしていた。心臓がどくりと鳴り、意識が鮮明になった。慌ててその何かを掴んだ。鰻のような形状で、太いウィンナーのような感触のするものが首筋に引っ付いていていた。蛭かと思ったが余りにも巨大だった。美樹夫は思い切りそれを引っ張った。

首筋の皮膚に鋭い痛みが走った。美樹夫は引き剝がしたものを見て声を上げた。間宮と坂井が驚いて振り向いた。それはやはり蛭だった。美樹夫の血をたっぷりと吸ったため三十センチ近くまで膨張し、ぬらついた黒い皮膚がぱんぱんに張っていた。なぜ今まで気づかなかったのか不思議でならなかった。美樹夫は堪らず手を離した。蛭が足元の地面に音を立てて落ちた。膨れすぎたためか移動することができず、泥濘の中を苦しそうにのた打ち回った。

「少尉、殺せっ」

間宮が叫んだ。美樹夫は腰の銃剣を引き抜き蛭の腹に突き刺した。裂け目から赤黒い血が勢いよく飛び散った。全て美樹夫の首から吸引したものだった。蛭は大量の血を噴き出しながら瞬く間に萎んでいった。

「かなりの量を吸われたな、これだけ吸われると軽い貧血になるぞ。少尉、眩暈はしないか？」

間宮が不安げな顔で言った。美樹夫は無言で頷くと銃剣を腰の剣差しに戻した。先ほどから意識が朦朧としていたのは、暑さのためではなく蛭のためだと分かった。それにしても巨大だった。こんなものが三、四匹引っ付けばたちまち全ての血液を吸い取られるような気がした。

その時、先頭にいた坂井がゆっくりと崩れ落ちるように倒れた。美樹夫と間宮は慌ててその体を抱き起こした。坂井は口を半開きにし、大きく二回深呼吸をすると虚ろな目で美樹夫を見た。

「少尉殿、申し訳ありません。日頃から肉体の鍛錬はしていたつもりだったのですが……暑さにやられました」

坂井が頭を下げた。蒸し風呂状態の密林内での伐採作業は想像を絶する重労働のようだった。美樹夫は坂井の右手から銃剣を取り、掌を見た。数個の肉刺が潰れ血に塗れていた。

「もういい、俺が代わる。お前は水を飲んでから暫く後ろで休んでいろ」

「でも、それは……」

「これは上官の命令だ。ただちに水分を補給し、大休止に入れっ」

美樹夫は叫んだ。坂井は「すいません」と言ってまた頭を下げると腰から水筒を取り蓋を開けた。

「坂井、全部飲め」

美樹夫が強い口調で言った。坂井が驚いた顔をして何かを言いかけた。

「黙れっ」

美樹夫が素早く制した。

勿論美樹夫も喉が渇いていた。間宮もそうに違いなかった。しかし二人とも坂井ほど体力を消耗しておらず、かいた汗の量も比較にならぬほど少なかった。

「このままだと脱水症状を起こして命が危ない。実戦経験の豊富なお前なら、自分がどれだけ危険な状態なのか分かってるだろう。もう部下を失うのはこりごりだ、さっさと飲み干せっ」

美樹夫は語気を強めて命令した。坂井が間宮を見た。

「構わんよ曹長、後四、五十分もしたら密林を抜けて村に着く。それまでの我慢だ」

珍しく間宮が鷹揚(おうよう)な態度を取った。さすがに同行の兵士を二人も失うのはまずいと思ったようだった。坂井はもう一度確認するように美樹夫を見た。美樹夫は大きく頷いた。

「では……頂きます」

坂井は低い声で言うと、水筒の水を一気に飲み干した。

「よし、では大休止に入れ」

美樹夫が間宮の後ろを指差した。坂井はよろめきながら立ち上がり、素直に最後尾についた。美樹夫は坂井の銃剣を拾い上げた。柄(つか)の部分が血で赤黒く染まっていた。軍人として職務に対する勤労精神は必須のものだったが、それが過剰なまでにある坂井の性質がどこか哀れに思えた。

美樹夫は銃剣を握ると木々の間に張り巡らされた蔓を切り払っていった。茎の直径は二、三センチあり、表面を灰色の皮に覆われていた。皮の一面には長さ五ミリほどの褐色の鋭い棘(とげ)が生えていた。初めは注意していたため大丈夫だったが、次第に作業に夢中になるとその存在を忘れてしまい、時々腕や手の甲に棘が突き刺さった。美樹夫はその度に顔を顰(しか)めて舌打ちしたが、時間が経つとまた失念してしまい、何度も棘の突き刺さる鋭い痛みを味わった。それでも美樹夫はめげること無く黙々と銃剣を振るい、蔓を切り続けた。

三百メートル近く前進すると急に前方の視界が開けた。そこは湿地帯だった。十坪ほどの広さがあった。一面に紫色の大きな葉を茂らせた湿地植物が生えていた。その中央には長さ七、八メートルもある太い丸太が橋代わりに架かっていた。美樹夫は密林の中には樹木しかないと思い込んでいたため、湿地帯の存在に何かとても意外な気がした。

「坂井、この丸太は渡って問題ないのか？」

美樹夫が振り向いて訊いた。

「それはチャラン村の者が架けたものなので安全です。でも滑りやすいので落ちないように気をつけて下さい」

坂井が心配そうな顔で言った。

「滑るのか、じゃあこれは危ねぇな」

間宮は呟くと、履いていた白い革靴を脱いで両手に持った。と言っても泥濘でどろどろに汚れており、元の色はもう分からなかった。

美樹夫はまず真っ直ぐ前を向いて丸太を渡ろうとした。しかし足が前後に交差するため数歩歩いただけで均衡が崩れ、大きくよろめいた。美樹夫は慌てて後退して元の場所に戻った。

「あの、少尉殿は初めてなので横を向いて行くといいですよ」

坂井が遠慮がちに言った。

美樹夫は言われた通り、今度は横向きになって丸太に乗った。確かに足が交差することなく一歩一歩横に進めるので均衡は保たれたままだった。続く間宮と坂井も横向きに丸太に乗り、慎重に前に進んだ。

橋の中ほどまで来た時、不意に間宮の「あっ」と言う声がした。見ると間宮が両手に持っていた革靴の右側が湿地の中に落ちていた。

「私が拾います」

坂井が言い、身を屈めようとした。

「せんでいい」間宮が坂井の腕を摑んで止めた。「靴ぐらい自分で取れる。子供扱いするな」

間宮は丸太の上にしゃがみ、右手を伸ばした。革靴は紫色の大きな葉を茂らせた湿地植物の上に落ちていた。間宮の指先が靴の踵に触れた。その瞬間葉の裏からいきなり何かが飛び出し、伸びた右腕に絡みついた。

「わっ」

間宮が叫んで仰け反った。持っていた左の革靴も落とした。均衡を崩した体が大きく後ろに傾いた。橋から転落しかけたその体を坂井が慌てて抱き抱えた。美樹夫は間宮の右腕に絡みついたものを見た。それは人間の腸に良く似た細長い生き物だった。全長二メートル近くあった。桃色の表面は粘液でぬらついており、何本もの赤い血管が網目のように体中を走っていた。

「少尉殿殺して下さいっ！」

間宮を両手で抱えた坂井が絶叫した。美樹夫は訳が分からぬまま右手の銃剣でその生き物に切りつけた。桃色の表皮が裂け、中から黄色い体液が流れ出た。

「キュールッ、キュールッ」

生き物の先端に肛門のような孔があり、それが大きく開いて甲高い音を発した。孔の内側にはびっしりと細かい牙が生えていた。そこがこの生き物の頭部のようだった。美樹夫は先端を掴むと銃剣の刃を押し当てて切断した。びちゅっと言う湿った音とともに黄色い体液が勢い良く噴き上がった。間宮が急いで生き物の胴体を右腕から引き剝がした。

「何ですか、これはっ？」

美樹夫が上擦った声で訊いた。

「ノムリアだ」

間宮が忌ま忌ましそうに言った。

「ノムリア？」

「肉食ミミズだ。もう少しで腕を喰われるところだった。でかいのになると十メートルくらいになる。ナムールにしか存在せん特殊な奴だ」

間宮はハンカチで額の汗を拭いた。美樹夫は啞然として足元を見た。頭部を失った肉食ミミズの死骸が長々と横たわっていた。まだ完全に絶命していないのか、腸のような桃色の体がヒクヒクと小刻みに動いていた。

「間宮さん、ここから離れないと。すぐにランニエが来ますよ」

坂井が急かすように言った。

「おお、そうだ、忘れとった。少尉、急いで向こう側に行け」

間宮が美樹夫の肩を押した。美樹夫はまた訳の分からぬまま足早に丸太を渡り、向かいの地面に下りた。

「早く身を隠すんだ」

間宮は近くの大木の下にある草叢に走り寄り、四つん這いになって陰に隠れた。美樹夫と坂井もその後ろに入り込み、膝立ちになった。

「ランニエとは何だ？」

美樹夫が坂井に訊いた。

「ノムリアの大親友だ」坂井ではなく間宮が答えた。「ノムリアが死ぬとすぐに察知して駆けつけてくる友達思いの優しい野郎だ」

間宮が口元を嫌らしく緩めた。美樹夫が「どう言うことだ？」と坂井に訊こうとした時、その坂井が前を見ながら「来ましたっ」と叫んだ。美樹夫は慌てて草叢越しに前方を注視した。

先ほどまでいた丸太橋の向こう側に、いつの間にか赤茶色で丸みを帯びたものが出現していた。内地で飼われている羊ぐらいの大きさだった。美樹夫は目を凝らした。それは見たこともない巨大な虫だった。まず馬のような縦長の頭部があった。行灯ほどの大きさだった。その頭部の天辺の左右に楕円形の黒い複眼が一つずつ付いていた。そこから三十センチほど下の頭部の下底には蟷螂のような口器があった。左右の端から内側に湾曲した鎌そっくりの大顎が一対あり、その中に小刀のような形状をした細い小顎が一対あった。どちらも鋭く尖っていた。頭部の後ろは台形をした胸部だった。横に膨らんだ後端の左右から長い前肢が一本ずつ伸びていた。先端が蠍と同じく鋏状になっていた。その後ろが米俵を細長くしたような腹部だった。全体が蛇腹になっており、幅十五センチほどの七つの襞が縦に連なっていた。腹部の下からは蜘蛛そっくりの後肢が左右四本ずつ伸びていた。そしてその赤茶色の全身の全てに、油を塗りたくったような異様な光沢があった。

「あれがランニエか？」

美樹夫が声を潜めて訊いた。吐き気がするほど醜悪な姿をしていた。

「そうです、蜚蠊の一種です。肉食で人間も喰う危険な虫なので退避しました」

坂井が前を見たまま答えた。不意にランニエが動いた。二つの鋏を高く振り上げると鎌のような大顎を開いた。

「カシューッ、カシューッ」

ランニエが鳴いた。手榴弾を発火させた時に出る鋭い音に似ていた。ランニエは腹部の蛇腹を前後に動かしながら八本の後肢で器用に丸太を渡った。中央にはノムリアの死骸が横たわっていた。ランニエは二本の鋏でそれを摑み、また八本の後肢で器用に後退した。そして地面の上に死骸を落とすと、桃色の胴体を鋏でぶつ切りにして喰らい始めた。口器の中に次々と肉塊を放り込み、左右の大顎と小顎を素早く交差させて咀嚼した。くちゃら

くちゃらという湿った咀嚼音が辺りに響いた。死骸から流れ出る体液でランニエの口器はすぐに黄色く染まった。

「どうだ、凄ぇ見世物だろう？」間宮が振り向いて美樹夫を見た。「ランニエ君はノムリア君の死肉が大好きなんだ。あの黄色い体液の臭いを嗅ぎつけると、すぐにすっとんでやって来る。内地じゃ絶対お目にかかれねぇ光景だから、よっく見物して弟への土産話にしてやんな」

間宮が楽しそうに言った。

ランニエは瞬く間にノムリアの死骸を喰らい尽くした。そしてまた「カシュー ッ、カシュー ッ」と鋭く鳴き、腹部の蛇腹を前後に激しく動かした。その途端腹部の末端からボタボタと緑色のヘドロのようなものが大量に垂れ落ちた。

「あれは糞だ。ランニエは満腹になると必ず糞をひり出すんだ」

間宮がヒヒヒヒヒと笑った。美樹夫は再び吐き気を覚え、右手で口を押さえた。

ランニエは左右の鋏を振り上げるとくるりと後方を向き、八本の後肢を動かして密林の中に消えていった。

「ああ、面白ぇもんが見れた」

間宮が立ち上がって草叢から出た。美樹夫と坂井も後に続いた。

「あの、我々の存在を察知してまた戻って来ることは無いんですか？」

不安になった美樹夫が向かいの密林を見つめながら訊いた。

「大丈夫だ。腹が一杯の時は体の上を歩いてもランニエは襲ってこん」

間宮が鷹揚に答えた。

「少尉殿、ちょっと間宮さんの靴を取ってきます」

坂井が丸太橋を指差した。美樹夫はそこで初めて間宮が裸足だということに気づいた。ノムリアに襲われ左右の革靴を湿地に落としていた。

「曹長、行かんでいいぞ」間宮が坂井を一瞥した。「ノムリアは群れを作って生きとるから一匹だけということは絶対に有り得ん。あの湿地には他にもうじゃうじゃいるから危険過ぎる。靴などどうでもいい」

「はぁ……」

坂井は怪訝な顔をして美樹夫を見た。美樹夫も間宮の言葉が腑に落ちなかった。地面の泥濘の中には無数の木の根が張り巡らされていた。その中には鋭い棘を持つものが多数あり、素足で踏めばたちまち血塗れになった。また蛭以外にも南国特有の毒虫が何種類も生息しており、噛まれると死に至る危険なものまでいた。靴がなければ歩行は不可能だった。

「でも裸足じゃ密林の中を歩けませんよ、どうするんです？」

美樹夫が訊いた。

「何、曹長におんぶして貰うから大丈夫だ」

間宮が平然とした口調で言い口元を緩めた。ゴロツキ『阿片王』のくだらない冗談だった。間宮は軍人では無かったが、それでもこんな時に冗談など言うなと怒鳴りつけたくなった。美樹夫は敢えて返事をせずに間宮から目を逸らし、この馬鹿野郎と胸中で叫んだ。

「では、どうぞ」

不意に坂井が地面に片膝をついた。美樹夫は啞然とした。それは間宮を背負う仕種だった。何をしとるんだと訊こうとした時、間宮がその背中に覆いかぶさった。坂井は間宮を背負うとゆっくりと立ち上がった。美樹夫は驚きの余り絶句した。坂井は本当に間宮を背負って密林を出るつもりだった。

「ほ、本気なのかっ」

美樹夫が叫んだ。

「はい、私が間宮さんを運びます」

坂井が当たり前のように言った。

「ただでさえ体力が消耗しとるんだっ、まともに歩ける筈がないだろうっ」

「でもこれ以外間宮さんを連れて行ける方法はありません」

「分かった、では俺が間宮さんを背負って運ぶ」

「黙れっ！」間宮が怒鳴った。「少尉は黙って伐採路を切り開けっ。今それをできるのはお前だけだっ」

「でも坂井があんたを背負って一時間近くも歩ける訳無いだろうっ、すぐにぶっ倒れるぞっ」

「お前ら軍人だろうっ、帝国陸軍の精神力を発揮して何とかせいっ！」

「やかましいっ！　都合のいい時だけ地方人に戻りやがってっ！　今日は貴様のせいで散々酷い目にあってきたんだっ！　もう貴様ごときのくだらん命令など聞けるかっ！」

「てめぇ誰に口利いてんだっ！」

「貴様に利いとるんだ間宮っ！　ゴロツキ阿片王の間宮勝一になっ！」

「少尉の分際でなめたこと言いやがってっ！　司令部に戻ったらどうなるか分かってんだろうなっ！」

「銃殺でも打ち首でも好きなようにしろっ！　でもその時は絶対に貴様も道連れにしてやるからなっ！」

「あの……ちょっといいですか？」

間宮を背負った坂井が静かに言った。美樹夫と間宮は坂井を見た。

「とにかく日没前に間宮さんをチャラン村に送り届けよと言うのが、自分と少尉殿に下された命令です。その命令を遂行するのには少尉殿が伐採路を造り、私が間宮さんを運ぶのが最善の策です。私は確かに体力を消耗していますが、とにかくできるところまでやってみます。もし私が倒れたら、私を残して少尉殿が間宮さんを村まで送ってください。無駄な時間は一秒たりともありません。行きましょう」

坂井は目で美樹夫を促した。

美樹夫には言い返す言葉が無かった。軍人にとって最大の、そしてたった一つの使命は与えられた命令を遂行することだった。それ以外何も無かった。

美樹夫は目を伏せると大きく息を吐いた。暫時であれ、自分が軍人としての冷静さを失ったことが恥ずかしくてならなかった。坂井曹長は軍人の鑑だ、と強く思った。

美樹夫は無言で密林の中に入ると、銃剣を振り上げて蔓を切り払い始めた。

＊

美樹夫達は順調に前進した。

あれだけ弱っていた坂井だったが、間宮を背負ったまま一度も休むことなく付いてきていた。これだけの精神力が一体どこから生まれるのか不思議でならなかった。美樹夫は坂井に対し、尊敬を通り越して畏怖の念さえ感じるようになった。

しかしまた問題が起こった。それは『水』だった。

時間はちょうど午後三時を回っていた。日中で一番温度が上昇する時であり、密林内の蒸し風呂状態も極限まできていた。正確な温度は分からなかったが体温よりも遥かに高いのは間違いなかった。顔一面に熱いおしぼりを押し当てられているような耐え難い息苦しさがあった。美樹夫は顔を歪め、犬のように舌を出して喘ぎ続けた。

前進を開始して二十分が経過した。初め滝のように流れていた汗もいつしか全くかかなくなった。体内の水分が出尽くしたためで、それを境に激しい喉の渇きが三人を襲った。

美樹夫は坂井に全ての水を飲ませたことを激しく後悔したが手遅れだった。荒い呼吸を繰り返すごとに口内が渇いていき、やがて水分を失った舌が口蓋に張り付いて取れなくなった。喉の奥がひりつくように痛み出し、声がしわがれた老人のようになった。中でも大量のアルコールを摂取した間宮の苦しみ方は酷かった。坂井の背中で身をよじり、喉を掻き毟りながら「水、水」と喚き続けた。そして口内の唾液が渇ききって声が出なくなると死体のように動かなくなった。両腕をだらりと垂らして坂井の背中に突っ伏し、弱々しく息をしながら呆けた顔で虚空を凝視していた。

やがて後五百メートルで密林から脱出できる地点まで来て、二人は一歩も歩けなくなった。美樹夫は右手の銃剣を落とすと泥濘にうずくまった。坂井は間宮を背負ったままじゃがみこんだ。間宮同様、口内が完全に渇ききっていた。カサカサになった上下の唇の表面が切れ、針で突くような鋭い痛みが走った。美樹夫は地面を見た。泥濘の中に薄らと滲み出た泥水があった。美樹夫はその泥水を飲みたい衝動に駆られた。飲めばたちまち黴菌が入り、赤痢やチフスになるのは分かっていた。しかし極限の喉の渇きに直面している今、水さえ飲めれば死んでもいいと本気で思った。美樹夫は意を決した。もう命などいらなかった。この苦しみから解放されるなら、その代償は何でも差し出すつもりだった。美樹夫は右手を伸ばすと掌で泥水を掬い、口元に運んだ。

不意に何かが美樹夫の掌を払った。泥水が地面に音を立てて落ちた。顔を上げると間宮を背負った坂井が疲れきった顔でこちらを見ていた。

「少尉殿……だめです」

坂井が掠れた声で囁いた。美樹夫は何かを言おうとした。坂井の行為に対して何か返事を返そうとした。しかし頭の中が真っ白で、一切言葉が浮かんでこなかった。

「少尉殿、聞いて下さい」坂井がまた掠れた声で囁いた。「私はこの地点に来て、あることに気づいたんです……それは匂いです……西の方向から甘ったるい匂いが漂って来るのです……分かりますか？」

坂井が美樹夫の目を覗き込んだ。その視線は空気の匂いを嗅ぐよう促していた。美樹夫は朦朧としながらも、鼻で数回息をしてみた。言われてみれば確かに綿菓子のような、白ザラメを熱した時のような甘い匂いがした。美樹夫は無言で小さく頷いた。

「これはドルゲという水草の匂いです……ドルゲは野生の沼に生息します……つまりここでその匂いがするということは、かなり近い場所に沼がある証拠です……その沼の水を飲むのです……少尉殿の言いたいことは分かります……沼の水を飲めば病気になると言いたいのでしょう……でもならない方法があったのを思い出したのです……これは以前同じ部隊にいた軍曹から聞いた話です……その軍曹は前線への強行軍の途中足を負傷して落伍し、本隊から離脱してしまったのです……無人の密林内を彷徨ううちに水が切れ、今の我々のような状況に陥りました……そこで彼は沼地の水を飲むことにしたのですが、一か八か携行していた征露丸と一緒に飲んでみたのです……すると病気になることなく体調が回復し、なんとか本隊と合流することができたのです……そして今、私はこれを持っています」

坂井は腰の雑嚢から茶色い硝子の小瓶を取り出した。美樹夫はラベルを見た。そこには「クレオソート丸」と印刷されていた。

「これは征露丸ではありません。でも成分も効能も全く一緒です……このクレオソート丸と一緒に沼の水を飲むのです。そうすれば我々は助かります」

坂井がそう言って微かに口元を緩めた。美樹夫の心臓が大きく脈打った。初めはぼんやりとして聞いていた話だったが、今は完全に覚醒していた。その軍曹の話が事実であれば確かに充分に水を補給することができた。距離も短く、力を振り絞れば何とかなるはずだった。

「よし、沼に行こう。それが最後の望みだ」

美樹夫も掠れた声で囁くように言った。

「では間宮さんの片足を持っていただけますか。もう背負う力が無いので二人で足を引いて連れて行きましょう。間宮さん、それでいいですか？」

坂井が背中に背負った間宮に訊いた。口を半開きにした間宮は薄目を開けると掠れた声で何かを言い、力無く頷いた。一応坂井の話を聞いていたらしく、その内容も何とか理解しているようだった。

美樹夫と坂井は残り僅かの力を振り絞って立ち上がった。そして二人で仰向けの間宮の足を持つと、坂井の言葉通り西に向かって前進した。

坂井の嗅覚は正しかった。僅か二十メートル先の地点に大きめの沼があった。学校の教室ほどの大きさだった。水面のあちこちに毒々しい紅色をした水草が浮いていた。坂井の言っていたドルゲだった。密林内の視界は約三メートルのため、これだけの近距離にあっても全く気づかなかったのだ。

坂井は三本の水筒に沼の水を汲んだ。それは泥水と同じく褐色をしており、微かに生臭い臭いがした。

「では、自分が先に飲みます」

坂井は五粒のクレオソート丸を口に含むと水筒を手に取り口に含んだ。余程喉が渇いていたのか、ごくごくと音を立てながら瞬く間に全ての水を飲み干した。

「ど、どうだ？」

美樹夫が恐る恐る訊いた。

「とても美味です」

坂井が笑みを浮かべて言った。その途端地面に伏していた間宮が立ち上がり、坂井の手から茶色の小瓶をもぎ取った。そして震える手で何粒かのクレオソート丸を口に入れると、地面の水筒を取り上げて音を立てて飲んだ。間宮も坂井と一緒だった。一度も途絶えることなく一気に水筒の水を飲み干した。

「うめぇっ！　うめぇぞっ！」

間宮は叫ぶと、水筒を沼に突き入れてまた水を汲み出した。

美樹夫の体も二人と同じ反応を示した。

クレオソート丸とともに飲み込んだ沼の水は、今まで飲んできたどの水よりも、そしてどの酒よりも旨かった。褐色の液体が喉から食道を伝い下りる度に眩暈がするほどの陶酔感を味わった。同時に干からびていた全身の細胞が生き返り、かさついていた皮膚がしっとりと潤うのがはっきりと分かった。たった水筒一本の水で肉体にこれほどの変化が起きたことは驚きだった。人間の体の七十パーセントが水分でできているという事実を美樹夫は痛切に実感した。

喉の渇きを癒した三人は沼の畔にしゃがみ込み、衣服を脱いで汗に塗れた体を洗った。まるで十日ぶりに風呂に入ったような爽快感が全身を包み込み、美樹夫は思わずため息を吐いた。

「こりゃ堪らん、まさに極楽とはこのことだなっ」右隣にいる間宮が水筒に汲んだ水を頭から被ると、子供のような弾んだ笑い声を上げた。つい先ほどまで死に掛けていた男とは思えなかった。「これも全て曹長のお陰だなっ」

「ありがとうございます」左隣にいる坂井が照れ臭そうに頭を下げた。「でも、もうちょっと早めに気づくべきでした。すいません」

「曹長が謝ることはない。謝るのはこっちの方だ。俺を背負って運べなんて言ったからこうなったんだ。すまん曹長、許してくれ」

間宮が顔の前で手を合わせた。

「やめて下さいよ」

坂井が顔を赤らめた。

「でも本当にその通りだ。全ては坂井の嗅覚のお陰だ。これは金鵄勲章ものの大手柄だな」

美樹夫が坂井を見て笑った。

「ありがとうございます」

坂井はまた照れ臭そうに頭を下げた。

「しかし俺もいろんな修羅場をくぐってきたが、ここまでやばい目にあったのは初めてだ。今回ばかりは心底駄目だと思った。俺は八年前フィリピンに住んでたんだが、ある日地元のチンピラと揉め事を起こして拉致されてな、三時間ぶっ続けで拷問されたんだが、その時の痛さよりも遥かにキツかった。人間が味わう苦痛の中で、喉の渇きほどつらいものは無いのかもしれん。そう思わんか少尉？」

間宮がこちらを見た。先ほどの罵り合いなど無かったかのような平然とした口ぶりだった。

「そうかもしれませんね」

美樹夫は笑みを浮かべて頷いた。もう間宮に対して何の感情も湧いてこなかった。ともに生死の境を彷徨ったため情が移ったのか、何度も何度も振り回されて神経が麻痺したのか分からなかったが、もう何もかもどうでも良かった。来るものは拒まずで、間宮だろうがゲリラだろうがみんな分け隔てなく受け入れてやろうという心境になっていた。

「坂井はどう思う？　やはり喉の渇きが一番苦しいと思うか？」

美樹夫が水で坊主頭を洗いながら訊いた。しかし左隣にいる坂井は無言だった。

「おい、どうした？　聞いとるのか？」

美樹夫は手拭いで頭を拭きながら坂井を見た。

しゃがみ込み、両手を地面についたまま坂井は動かなかった。その頭部は水面から伸びた巨大なミミズの口にすっぽりと飲み込まれていた。

「うわっ！」

美樹夫は声を上げて仰け反った。

「ゼムリアだっ！」

間宮が叫んで立ち上がった。

「何だこれはっ」

美樹夫も叫んで立ち上がった。それは途轍もなく大きかった。太い丸太ぐらいの直径と長さがあった。表皮は赤紫色をしており粘液でぬらぬらしていた。ノムリアと同じく腸のようなぶよついた質感をしており、至る所に陰毛のような黒い縮れ毛が生えていた。

「肉食ミミズかっ？」

美樹夫が上擦った声で訊いた。

「そうだっ、あいつらの中で一番でかい奴だっ」

間宮は腰から回転式拳銃を引き抜いた。

「撃つなっ、銃声でゲリラに居場所がばれるっ」

美樹夫は間宮を制すると、腰の銃剣を引き抜きゼムリアの体軀に突き刺した。赤紫のぬらついた表皮が裂け、黄色い体液が勢い良く噴き出した。

「ギュームッ、ギュームッ、ギュームッ」

ゼムリアが声を上げた。腹の底に響く、肉食ミミズの重苦しい悲鳴だった。ゼムリアは激痛に悶えるように巨大な体軀を左右にくねらせたが坂井の頭部は離さなかった。美樹夫は銃剣を逆手に持ちゼムリアを滅多刺しにした。歯を食い縛り、獣のように唸りながら、ありったけの力を込めて次から次へと突き刺し続けた。数十箇所の刺創を負ったゼムリアは至る所から黄色い体液を噴き上げ、赤紫の巨体を小刻みに激しく震わせた。そして力無く「ギュームッ、ギュームッ」と数回鳴くと、伐採された大木のように鈍い音を立てて沼の畔に倒れた。

「早く助けるんだっ」

美樹夫が叫び、坂井の右腕を引っ張った。間宮も慌てて駆け寄り坂井の左腕を引っ張った。しかし首には口内にある無数の細かい牙が突き刺さりびくともしなかった。これ以上無理に引き出すと牙で首が裂けそうだった。

「だめだっ、これじゃ助けられねぇっ」

間宮が呻くように言った。

「坂井っ、俺の声が聞こえるかっ？　聞こえたら右手を動かせっ」

美樹夫は大声で叫んだ。しかし坂井は微動だにしなかった。摑んでいる右腕にも全く力は入っておらず、皮膚の表面が僅かに冷たくなっていた。

ゼムリアの巨体がゆっくりと沼の中に沈み始めた。

「畜生」

美樹夫は呟き、下唇を強く噛むとその右腕から手を離した。坂井を助ける術は無かった。もうどうすることもできなかった。込み上げてきた無力感が肩に重くのしかかった。これで一日に二人の部下を失うこととなった。野田と坂井の顔が眼前に浮かんだ。美樹夫は立っていることができず、その場にしゃがみ込んだ。陸士出の陸軍少尉の矜持は消えていた。自分は将校失格だとさえ思った。あのゲリラの処刑直前の時と同じく、自分が幼児に戻ったような堪らない心細さを覚えた。誰でもいいからこの頰を張り飛ばして「しっかりしろっ！」と怒鳴りつけて欲しかった。誰でもいいからこの体を抱きしめて「お前は良くやったっ！」と励まして欲しかった。

「畜生っ！」

美樹夫は叫び、両手で地面を激しく打った。目に涙が薄らと滲んだ。

やがてゼムリアは完全に沈み、続いて坂井の体も褐色の水の中に消えていった。

沼は何事も無かったように静まり返った。

「少尉、これは誰が悪いとかそういう問題じゃないぞ」間宮が美樹夫の心中を察したように言った。「もし何かが悪いとしたら、それは曹長の運が悪いんだ。少尉も軍人だから分かっとると思うが、戦場で生き残る条件はただ一つ、そいつの持っとる運だけだ。どんなに偉い大将でも死ぬ時は必ず死ぬし、どんなにぺえぺえの二等兵でも生き残る時は必ず生き残る。それにだ、俺が絶対嫌だと言って反対した密林の強行突破を、強引に押し通したのは曹長自身じゃねぇか。つまり曹長は墓穴を掘ったと言うことだ。だから少尉が奴の死に対して責任を感じたり、自己嫌悪に陥る必要は全くねぇぞ」

間宮は美樹夫の肩を強く叩いた。その言葉は意外にも深手を負った美樹夫の心に深く染み入った。言葉は心の深い傷口に流れ込み、疼くような痛みをしっかりと和らげてくれた。

美樹夫は間宮に感謝した。手を握って「ありがとう」と言いたかった。確かに畳の上では死ねない『山師』ではあったが、やはり心根までは腐りきっていないようだった。

美樹夫は毒々しい紅色のドルゲを見つめながら、とにかく日没前に必ず間宮を村に送り届けようと改めて決意した。それが軍人の鑑だった坂井に対するせめてもの供養であり、励ましてくれた間宮への返礼であるような気がした。

坂井と野田の顔がまた眼前に浮かんだ。

「すまん……」

美樹夫は小さく囁いた。

*

薄闇に満ちた密林を出た途端、鋭い太陽の光に目が眩み美樹夫は顔を背けた。

同時に全身に風が吹きつけた。それは火照りきった肌にこの上なく心地よく美樹夫は陶然となった。長靴の底から伝わる固い地面の感触が、やっと密林から出たんだという安心感となって体中に広がった。美樹夫は上空を見上げた。そこには色鮮やかな青空がどこまでも広がっていた。それは今まで見たどの空よりも美しく、光り輝いていた。隣に立つ間宮も思うことは同じらしく、口をぽかんと開けて上空を見上げていた。この青空を坂井にも見せてやりたかったという無念が胸を過り、美樹夫は大きなため息をついた。

眼前には平地が広がっていた。河原のようにあちこちに小石が転がり、セリによく似た雑草がまばらに生えていた。その向こうには広大な畑が見えた。距離にして一キロも無かった。背の低い植物が栽培されており、無数の青い葉が日射しを受けてきらきらと光っていた。目を凝らしたが人影は見えなかった。

「あれが俺のケシ畑だ」

後ろで声がした。振り向くといつの間にか間宮が立っていた。

「あの奥にチャラン村がある。ここは一番初めに開墾した畑だから一番思い入れが深いんだ。俺の全てが詰まっとると言ってもいい」

間宮は腕組みをして遠くを見る目をした。真っ白だった麻の背広とズボンは泥濘に塗れ汚らしい焦げ茶色になっていた。パナマ帽はどこかで無くしたらしく気づいた時には被っていなかった。裸足の足も泥だらけでまるでルンペンのようだったが、なぜかそんな間宮が以前よりもずっと精悍に見えた。

「さあ、急ぐぞ。村には二名の日本兵が常駐しておるし、村民もみんな俺の手下だから心配はいらん。ゲリラどもが来てもすぐに追い払ってくれる」

間宮は弾んだ声で言うと足早に歩き出した。美樹夫は肩に掛けた自動小銃を下ろして両手に持つと、周囲を警戒しながらその後に続いた。

二人は五分ほどでケシ畑に入った。

畑の中央には大人が二人並んで歩ける小道が造られていた。小道は一直線に数キロ先まで続いていた。ケシの全長は約一メートルで人の腰までの高さがあった。葉は長卵形をしており縁に粗い切れ込みが入っていた。茎の直径は約二センチで、その天辺には鐘錘形の果実が生っていた。大人の拳（こぶし）ほどの大きさで茄子（なす）のように青黒い色をしていた。果実には縦に無数の細かい傷が付いていた。全ての傷には白い粘液のような物が付着していた。

「少尉、ケシの液をどうやって採取するか知っとるか？」

間宮が訊いてきた。

「いや、ケシの実物を見るのも初めてだから分かりません」

美樹夫は首を横に振った。

「このな、未熟の青黒い実を剃刀（かみそり）で縦に切ると、中から白い乳汁がじわりと染みて出てくるんだ。それを匙（さじ）で掬（すく）い取って、腰に提げたブリキの缶に入れていく。一回で取れる量が少ないから、朝から始めて日暮れまでやって、やっとカンカンがいっぱいになる。かなり根気のいるキツい仕事だが、賃金を相場の倍払っとるからみんな喜んで働いとる。現地の奴らは反日だ何だと色々騒いどるが所詮（しょせん）世の中は金だ。敵だろうが味方だろうが結局いい給料を出す方につくんだ。それにチャランでは阿片（あへん）が吸い放題だから、よけいに魅力を感じるんだろうな」

間宮は楽しそうに笑った。

「なんで畑に人がいないんですか？」

美樹夫が辺りを見回した。

「午後三時から一時間の休憩になっとるからだ。さすがに一日ぶっ通しでやっとったら体が持たんからな。今何時だ？」

「午後四時二分です」

美樹夫が腕時計を見て答えた。

「じゃあそろそろみんな戻ってくる頃だな」

間宮は背広の内ポケットに手を入れ、細い葉巻のようなものを取り出した。

「どうだ、せっかくチャランに来たんだから少尉もやらんか？」

「それは何ですか？」

「阿片煙草だ。これを吸えば疲れも取れて爽快になれる。ここで働いてる村の奴らも休憩時間になると必ずこれを吸って気分転換するんだ」

「いや、やめときます。自分は麻薬の類は一切やらんことにしているんです」

「じゃ、今まで一度も薬をやったことないのか？」

「ないです」

「そうか、俺と同じだな」

「こんな商売をやってて一度も無いんですか？」

美樹夫が驚いて訊いた。

「ガキの頃近所に阿片中毒の爺さんがおってな、麻薬にとり憑かれた人間がどれだけ悲惨な目にあうか嫌というほど見てきたんだ。だから俺も少尉と一緒で麻薬の類は一切やらんことにしとる。この阿片煙草も人にやるために持っとるだけで、自分では絶対に吸わん」

間宮が真面目な顔で答えた。

美樹夫はこの間宮勝一という奇妙奇天烈な男に興味が湧いてきた。一体どこで生まれ、どんな青春時代を送り、何がきっかけとなって今の『阿片王』になったのか知りたくなった。

「間宮さん。あなたは一体どうやってナムールでの今の地位を築いたんですか？　話せる範囲でいいから少し聞かせてくれませんか？」

美樹夫が隣を歩く間宮を見て言った。

「俺はこう見えても若い頃は一端の興亜青年だったんだ」間宮はそう言って照れ臭そうに笑った。「自分の利害よりも天下国家、とりわけアジア問題に強い関心を持っとった。アジアは日本を中心に一つにまとまり、欧米の帝国主義的脅威に対抗すべきだと考えていた。自分の力がどれだけのもんかは分からんかったが、その壮大な夢をいつか必ず実現してやるといつも思っとった。だから帝大を出て銀行員になった時も、これは一時的な仮の姿なんだと常に自分に言い聞かせてたな。絶対に夢を叶える機会がやって来ると信じ続けとったんだ」

「間宮さん帝大を出てたんですかっ」

驚いた美樹夫が叫んだ。

「そうだ、これでも若い頃は結構真面目に勉強したんだ」

間宮が事も無げに言った。帝国大学を卒業して銀行員になるなど庶民には夢のような超エリートコースだった。現在の間宮からは想像もつかないその過去に美樹夫は軽い眩暈を覚えた。

「そして俺が二十四歳の時転機が訪れた。東京に政府の外郭団体の手で『神州会』という訓練機関が開設されたんだ。謳い文句は『アジア地域における指導者を養成し、各地に派遣する』みたいなもんだった。街の掲示板でそのポスターを見た瞬間『これだっ!』と思った。体中に電気が走ったような感じになった。もう居ても立っても居られなくてな、次の日銀行を辞めて『神州会』に入会したんだ。親は泣いて止めたが俺は聞く耳を持たなかった。

いやいや、それは実に充実した三年間だった。建前では指導者養成と言うことになっとったが、やっとることはスパイの養成と殆ど変わらんかった。訓練はアジア諸国の諸民族の歴史や現状を学ぶことから始まり、アジアの主な言語及び文字の習得、狂信的な国粋主義の精神の育成、様々な電信機器の操作訓練、主要各国の拳銃及び小銃等の射撃訓練、剣道、銃剣道、柔道等の格闘技習得など多岐にわたった。俺はその全てに夢中になり毎日毎日鍛錬に勤しんだ。お陰で最も優秀な成績で訓練を終了した。軍関係者からは憲兵にならんかとしつこく誘われたが頑として断った。俺はとにかく世界を股に掛けたかったんだ。

その年の暮れ、俺は『神州会』からフィリピンに派遣された。表向きは貿易商だったが、本当の目的は現地人をうまく抱き込んで教育し、密偵に仕立て上げることだった。フィリピン人を指導していくには、まずフィリピンの内情を知らんといかんからな。俺はさっそく習得した言語力を発揮して二十歳の若い女とネンゴロになった。サラという名前でかなりの美人だった。どうせ抱き込むんなら女の方が楽しみがあっていいと思ったんだ。男と女の仲になっちまえば後は簡単だ。サラは俺の言いなりになって、あっという間に立派な密偵になった。俺はサラを使って様々な内部情報を集めた。方法は極めて単純明快だった。狙った相手にサラを差し向けて一夜をともにさせた。どんなにお偉い役人でも一皮剝けば所詮ただのオスだ。アレをやれると分かった途端みんなアホ丸出しになって、ベラベラと秘密情報をしゃべりまくった。まさに『濡れ手で粟のぶったくり』状態だった。じゃんすか極秘情報が入ってきて笑いが止まらなかった。お陰で俺の地位は格段に向上して、内地からがっぽりと給料が貰えるようになった。

そこで俺は調子にのった。若気の至りというやつだ。サラとは別に十八歳の小娘とも付き合い始めたんだ。ミウという名前でこれもかなりの美人だった。二人で毎晩派手に遊び回って、外泊を繰り返してたらさすがにバレた。実は俺とサラは出会ってすぐに婚約しとったんだ。勿論そんな気は全く無かったが、俺の意のままに動かすには結婚が一番効果的だったんだ。それでサラと大喧嘩になって、カッとなった俺は婚約は破棄するから出てけって怒鳴ったんだ。そしたらサラは泣きながら出ていって、二時間後に三人の男と一緒に戻ってきた。そいつらはどこの国にも必ずいる所謂ヤクザもんで、その中の一人がサラの兄貴だった。俺は三人に拉致されてサラの家に監禁された。そして宙吊りにされて三時間ぶっ続けで拷問された。さすがにサラはやらんかったが、側でにやにやしながら見物しとった。ひたすら殴る、蹴る、殴る、蹴るの繰り返しでな、余りの苦しさに何度も血反吐を吐いた。そこで俺は提案した。いつも俺に指令を出す現地の上司に連絡して事情を話し、多額の身代金を出させるから、それと引き換えに俺を解放してくれと頼んだ。金額は奴らの年収の百倍以上にした。作戦はうまくいった。奴らは馬鹿みたいに大喜びした。それで一生遊んで暮らせると思ったんだろう。俺はサラの兄貴と街の公衆電話まで行き、そこで上司に連絡を取って事情を説明した。上司はサラの家の住所を確認すると、これから『配達人』が行くからその家で待機せよと言い電話を切った。

俺達は言われた通りサラの家で待機した。三人とサラはすでに大富豪になった気分で呷るように酒を喰らっていた。俺は部屋の隅にうずくまって、救援される時が来るのをひたすら待った。

一時間後、『配達人』がやってきた。二十代後半の日本人の男だった。黒い背広を着て黒い鞄を持って銀行員みてぇに見えた。サラの兄貴が家の中に入れた途端、男は背広の中から消音器の付いた拳銃を抜いて、あっという間にサラ達四人を射殺した。

男はムトウと名のった。『神州会』の人間ではなく、軍の特務機関の人間だった。俺の上司とは懇意だったらしくて、電話で要請を受けてやって来たんだ。ムトウはフィリピンでの俺の仕事っぷりを非常に高く評価しとってな、これからは特務機関と一緒に活動せんかと誘ってきた。詳しく話を聞いてみると、今度ナムールで極秘の計画が実行されるから、それを是非俺に任せたいということだった。俺の血は騒いだ。憲兵は嫌だったが特務となると話は別だ。より規模のでかい仕事ができるからな。俺は二つ返事で了承した」

「じゃあ、間宮さんは軍の関係者なんですか？」

美樹夫が目を見開いた。

「その辺は曖昧だ。軍人ではないが軍に所属しとる、軍人ではないが軍人と一緒に活動しとる、と言った所だ。かと言って普通の軍属ともまた違うしな。参謀長は俺を貿易商と紹介したが、それはそれで当たっとる。実際に毎日世界各国のアホどもと阿片の取引をしとる。んー、俺の肩書きは一体何なんだ？　自分でもよく分からんようになってきたな」

間宮は首を傾げた。

「そして、そのナムールでの極秘の計画というのが、このケシ畑の開墾のことだったんですか？」

美樹夫が周囲を見回しながら訊いた。

「そうだ、そして俺は見事それを成し遂げたんだ。凄ぇだろう？」

間宮は誇らしげに胸を張った。

凄い、と美樹夫は思った。急に間宮が一回りも二回りも大きく見えた。帝大出のエリート銀行員がその地位を捨てて『神州会』なる団体に入り、フィリピンに派遣された後紆余曲折を経て軍の特務機関と結びつき、下された特命を見事遂行してナムールに広大なケシ畑を幾つも開墾したのだ。今では巨万の富を得、軍の参謀長とも対等に渡り合える圧倒的な地位を確立していた。いい、悪いは別にして、その立身出世の物語は確かに凄かった。

「どうした少尉、なんで俺の顔を見つめるんだ？」

間宮が怪訝そうに訊いた。

「すいません」

我に返った美樹夫は慌てて視線を逸らした。間宮の隣を歩くことに急に緊張を覚えた。副参謀長が言っていた『極めて重要な人物』というのは本当だったのだと思った。

不意に間宮が立ち止まった。美樹夫も反射的に立ち止まった。間宮は無言で前方をじっと凝視した。

「どうしました？」

美樹夫が訊いた。

「何か臭わんか？」

間宮が低い声で言った。美樹夫は空気の臭いを嗅いだ。辺りを吹くそよ風に、魚が腐ったような臭いが微かに含まれていた。

「おかしい。今までこんな臭いなど嗅いだことが無い。少尉、今何時だ？」

間宮が前を見たまま言った。

「四時二十二分です」

美樹夫が答えた。

「おかしい、絶対におかしい。もうとっくに作業時間なのに誰一人畑に出ておらん。やばいぞ、これは村に何かあったな」

「何かって何です？」

「悪いことだ。それも物凄く悪いことだ。少尉、急ぐぞ」

間宮が突然走り出した。両手で自動小銃を構えた美樹夫も慌てて走り出した。今日の昼、田園地帯を走る車の中で間宮が言った「万が一」と言う言葉が耳の奥で大きく響いた。美樹夫は鼓動の高まりを覚え、右の人差し指を素早く銃の引き金に掛けた。兵士の本能が身近に迫る危険を感知していた。

二人はケシ畑の中の一本道を五百メートルほど走った。裸足（はだし）の間宮は足裏が痛むらしく、何度も顔をしかめた。やがて道は緩やかな上り坂となった。

「この坂の上から村が見えるぞ」

間宮が額の汗を拭（ぬぐ）いながら喘（あえ）ぐように言った。美樹夫は自動小銃を構えたまま無言で頷（うなず）いた。二人は坂の頂上に駆け上った。

眼前にチャラン村が広がった。二百メートルほどの距離だった。

美樹夫は息を呑んだ。

竹の柵（さく）で囲まれた野球場ほどの平地があり、三十軒ほどの高床式の家が重なり合うように建っていた。その家々の周囲の地面に無数の人が倒れていた。一目でみな死んでいるのが分かった。先ほどから風に乗ってやってくる腐臭がさらに濃くなっていた。

「な、何があったんだっ」

美樹夫が呻くように言った。

「やりやがったっ！」間宮が上擦った声で叫んだ。「やりやがったっ！　あいつらやりやがったっ！」

間宮は叫びながら再び走り出した。美樹夫は慌てて後を追った。村までの二百メートルは短かった。距離が縮まり臭いが強まった。二人は竹を組んで作られた柵の門から村に駆け込んだ。その途端強烈な腐臭が鼻に突き刺さった。今まで嗅いだことのない凄まじい悪臭だった。腫瘍から出る膿の臭いに下痢便の臭いを混ぜたような耐えられない臭気だった。美樹夫は我慢できずに立ち止まった。たちまち胃の内容物が込み上げてきた。堪えることができず、腰を屈めてその場に嘔吐した。黄色い吐瀉物が地面に飛び散った。美樹夫は銃を肩に掛け、水筒の水で鼻腔と口内を何度もすすいだ。腐臭が呼吸器官にこびりつき、肥溜めの中に顔を突っ込んでいるような感覚になった。美樹夫は水筒を腰の革帯に戻して辺りを見た。いつの間にか間宮の姿が消えていた。

「間宮さんっ」

美樹夫は大声で呼んだ。返事はなかった。美樹夫は戦闘帽の下に敷いていた手拭いを取り口と鼻を覆った。そして右手で自動小銃を構えると村の中央に向かって歩いて行った。

村人の死体は至る所に転がっていた。数は百体近くあり、なぜか全員全裸だった。数日間南国の太陽にさらされたため、その全てが腐乱して同じような様相を呈していた。無数の蝿と蛆にまみれた全身ははちきれんばかりに膨張し、まるで肥えた力士のように見えた。赤黒く変色した皮膚の一面には血管が青い線となって幾筋も走り、手足のあちこちには大きな水ぶくれのようなものができていた。左右の眼球は驚愕したように突出し、大きく膨らんだ舌が口からはみ出ていた。蛆の多くはなぜか顔面と腹部に集まっていた。男の睾丸はどれも林檎ぐらいに膨張し、今にも破裂しそうに見えた。女の性器は左右の小陰唇が太いウィンナーのように膨らみ、膣口から灰色の腐汁が垂れていた。

また男と女では殺害後の扱いに違いがあった。男の死体は首を鋭利な刃物で切断されていた。その理由は不明だが切り取られた頭部はどこにも見当たらなかった。女の死体はみな股を開いており、膣や肛門に枝や棒が突き刺してあった。強姦した後に殺害し、さらに辱めを加えたようだった。そしてその一体一体が眩暈がするほどの激烈な腐臭を放っていた。それらは口元に当てた手拭いを容易に突き抜けて鼻腔と喉に絡みつき、時折呼吸が困難になるほどだった。

美樹夫は吐き気を催しながら村の中央に辿りついた。そこは赤煉瓦を敷き詰めた円形の広場になっていた。広場の真ん中には五メートルはある大きなユーカリの木が生えており、その木陰に二十体ほどの子供の死体があった。一歳ぐらいの赤ん坊から七、八歳ぐらいの幼児が、整然と横一列に並べられていた。大人の死体と同様にその体は腐敗し、無数の蝿と蛆がたかっていた。しかし大人と違い、男児の頭部は切断されずに残っていた。

「おい」後ろで声がした。振り向くと顔をしかめた間宮が立っていた。どこかで調達したらしく、ゴムのサンダルを履いていた。「しかしこの臭いは凄すぎるな、臭くて臭くて気がおかしくなりそうだ」

間宮は忌ま忌ましそうに呟き、地面に唾を吐いた。

「どこへ行ってたんです？」

美樹夫が訊いた。

「駐屯しとる二名の兵隊を探してたんだ」

間宮がハンカチで額の汗を拭いた。

「どうでした？」

「駄目だ。二人とも首を斬られて腐っとった。いや、まいったまいった」

「この村はヘルビノにやられたんですか？」

「そうだ。あの蜥蜴野郎がやったんだ。村の奴らとは一触即発だったから、虐殺の切っ掛けになるような出来事が起きたんだろうな」

間宮はそう言うと口元に笑みを浮かべた。

「ま、間宮さん、今笑ったんですか？」美樹夫は驚いて目を見開いた。「あなたの部下や手下が皆殺しになったのに何で笑えるんですか？」

「いやいや、まさか蜥蜴どもがここまで殺しまくるとは予想してなかったもんでな、派手にやってくれたなぁと思ってたら何だか可笑しくなっちまった」間宮はまた口元に笑みを浮かべた。「それに見ろ、女は全員犯られてるんだ。蜥蜴野郎にマラボウぶち込まれて犯されてから殺されたんだ。凄ぇ、これは凄ぇぞ。ああ、女が犯られてるとこ見たかったなぁ、ぎゃーぎゃーひーひー言って悶えてるとこ活動のカメラで撮ってれば、そのフィルムを日本で売り捌いて大儲けできたのになぁっ。畜生、惜しいことしたぜ」

間宮は指をパチンと鳴らすと、ヒヒヒヒヒと嫌らしい声を上げて笑った。美樹夫はその笑い声を聞いて唖然とした。本当に心の底から間宮という人間が分からなくなった。粗暴で、冷徹で、残酷で、我儘で、それでいて素直で、純情で、親切で、剛胆であるが、その全ての性質が圧倒的な狂気に包まれていた。一つだけ確かなことは、間宮が『極めて非凡な人間』であるということだけだった。

「少尉、何で男どもの死体に首が無いか知っとるか？」

間宮がにやつきながら言った。

「分かりません」

美樹夫は顔を横に振った。

「あれはな、脳味噌を喰うために持って帰ったんだ。男の脳味噌を喰うとその勇気と戦闘能力を吸収でき、女子供の脳味噌を喰うと臆病になって非力になるという迷信がヘルビノにはある」間宮は自分の右の側頭部を人差し指でトントンと叩いた。「だから女とガキどもの首は残っとるんだ」

「何で死体は裸なんです？」

美樹夫が低い声で訊いた。

「あれはいわゆる戦利品だ。奴らにとって布というのはかなりの高級品でな、奪った服を縫い合わせて敷物を作ったりするんだ」

間宮はまた地面に唾を吐いた。

「ヘルビノ達には報復するんですか？」

美樹夫が整然と並べられた子供達の死体に目をやった。

「報復はしねぇ。奴らも俺の大事な商品だから手はださねぇよ。ケシ畑は無事だったし、村人の代わりの労働者もすぐに見つかるし、特に問題はねぇな」

間宮が落ち着いた声で言った。

「これからどうします？」

「まずは無線で司令部に報告して救援隊を送ってもらう。二人だけで帰るには道中が危険過ぎるからな。救援隊が来るまでの間、村の奥に仕掛けたヘルビノの罠を見に行こう。うまくいいのが掛かっとったら一緒に連れて帰る。上玉のメスだったらいいんだけどな」

間宮は口元を緩めた。

＊

美樹夫は間宮とともに村の北側に広がる竹林に入った。

時間は午後四時五十分だった。太陽が傾き出した西の空は薄らと朱色に染まっていた。

竹林の中を七、八分歩くと前方に大きな河が見えた。

「ウラージ河だ」

間宮が呟いた。対岸まで三十メートル近くあり、褐色の水が音を立てて勢い良く流れていた。二人は石ころだらけの河原に下りた。

「この上流にヘルビノどもの棲家(すみか)がある。内地のルンペンより蜥蜴の方がずっといい生活をしとる」

間宮がハンカチで額の汗を拭いた。

「何匹ぐらいいるんです？」

美樹夫も手拭いで額の汗を拭いた。

「正確な数は分からんが百匹以上はおるな。チャラン村の人口よりも多かった気がする」

「服は着ているんですか？」

美樹夫の頭に富蔵の姿が浮かんだ。いつも茶色い国民服を着ていた。

「こっちのは野生だから裸に決まっとるだろう。オスもメスも丸出しだ。ただ長老だけは何かを着とるらしいな。俺はまだ見たことがないんだが、村の奴らはそう言っとった。さぁ、行くぞ。じきに日が暮れる」

間宮は美樹夫を促して歩き出した。

二人は河原を上流に向かって進んだ。

「ヘルビノの罠ってどんな仕組みになってるんです？」

美樹夫が歩きながら間宮を見た。

「極めて単純だ。村の奴らに大きな縦穴を掘らせて、穴の入り口を枝と葉っぱで隠して、その上に水牛のオスの脳味噌を置くだけだ。ヘルビノはでかい脳味噌には目がねぇから簡単に引っ掛かる」

「メスの脳味噌じゃ駄目なんですか？」

「駄目だ。ヘルビノは臭いでオスとメスを瞬時に識別するから誤魔化しは一切きかねぇ」

「でもそんな罠で、よくメスだけが落ちますね」

「ヘルビノのオスは絶対に餌集めをしねぇし、戦闘がある時以外は滅多に棲家から出ることはねぇ。棲家を頻繁に出入りして餌集めをするのはメスだけだ。メスは必ず子供を連れて歩くから落ちるのはメスとガキだけだ。一石二鳥だろ？」

間宮が楽しそうに言った。

十分近く歩いていると河が右側に大きく蛇行している地点に来た。

「ここだ」間宮は河の左側に広がる叢林を指差した。「この辺りからヘルビノの縄張りになっとってな、奥の方に罠を二箇所仕掛けてある。少尉、メスだからって油断するなよ、内地のと違って凶暴だからな」

間宮は美樹夫の胸を拳で軽く叩いた。

夕暮れ時のせいか、叢林の中は昼間ほど蒸し暑さを感じなかった。生い茂る木々の隙間からは赤い夕日が斜めに差し込んでいた。間宮を先頭に、二人は落ち葉が積み重なった柔らかい地面を歩いた。辺りはしんと静まり返っていた。時折どこかから、あのコホゥコホゥという奇妙な鳥の鳴き声が聞こえてくるだけだった。美樹夫は肩に掛けた自動小銃を下ろし、両手で構えた。ヘルビノの勢力範囲内にいることが少しだけ気がかりだった。自分達は侵入者であり、発見されれば攻撃される可能性があった。ヘルビノを熟知した間宮がいるため恐怖は感じなかったが、用心に越した事は無いと思った。

五十メートルほど進んだ時、不意に間宮が立ち止まり「掛かったっ」と叫んだ。美樹夫は間宮の肩越しに前方を見た。三メートルほど先に大きなクヌギの木があり、その根元に直径約一・五メートルの穴が開いていた。

「中にヘルビノがいるんですか？」

美樹夫が驚いて訊いた。

「そうだっ」

間宮が叫んだ。二人は駆け寄って中を覗き込んだ。深さが二メートル近くある縦穴の底に、大人のヘルビノがうずくまっていた。二十代前半の若いメスだった。乳房は無かったが左右の乳輪が大きく、乳首が一センチほど突出していた。

「こいつは上玉だっ、今日はついてるぞっ」

間宮は叫んだ。すぐに穴の近くの枯れ葉に両手を突っ込んだ。中から長い木の梯子を引きずり出し、素早く穴の中に突き入れた。

「おい、聞こえるか？　助けてやるぞ、何にもしねぇから安心して上がって来い」

間宮はにっこりと笑みを浮かべ、優しい口調で言った。

「あいつ、日本語が分かるんですか？」

美樹夫が間宮を見た。

「勿論分からん。でもこっちの発する気ぃみてぇなものは感知できるんだ。こうやって殺気を殺して穏やかな雰囲気を作ると、大体の奴は安心する」

間宮が声を潜めて言った。

メスのヘルビノは無言でこちらを見上げていた。そのまま一分以上動かなかった。間宮は穏やかな笑みを浮かべ続けた。やがてヘルビノは立ち上がり、ゆっくりと梯子を上り始めた。

「ようし、いいぞぉ、その調子だぁ、その調子だぁ、何にもしねぇから、何にもしねぇからなぁ、早くこっちに来ぉい、早くこっちに来ぉい」

間宮は両手で手招きしながら子供をあやすような口調で言った。にっこりと笑った状態でさらに笑おうとしたため、顔が引き攣って般若のような相貌になった。

メスのヘルビノが梯子を上りきった。そして地面に両足を付けた瞬間、間宮は右の拳でその顔面を殴った。ヘルビノが仰向けに倒れた。間宮はすかさずその上に馬乗りになった。

「きゅろぴぃっ、きゅろぴぃっ」

ヘルビノは奇妙な言葉を発しながら両手を激しく振り回した。

「やかましいっ！」

間宮は左手でその首を摑んだ。そして地面に押し付けると、またヘルビノの顔面を殴った。

「てめぇは俺の奴隷なんだよっ！　黙って言うこと聞けっ！　殺されてぇのかこの蜥蜴（とかげ）野郎っ！」

間宮は叫びながら殴り続けた。拳が肉を打つ鈍い音が途切れることなく響いた。たちまち顔面の皮膚が切れて血が流れ出した。

「きょぴちゅるっ、きょぴちゅるっ、きょぴちゅるっ」

ヘルビノは左右の巨大な目をぎゅっとつぶり、同じ言葉を繰り返した。

間宮は三十回以上殴打してやっとその手を止めた。ヘルビノの顔は血に塗（まみ）れていた。

「どうだっ、分かったかっ！　てめぇは俺の所有物なんだよっ！　大人しくしてろっ！」

間宮が顔を近づけて怒鳴った。

「るきゅぴり……ぱらきゃるぴぃ、れりゅんぴーきゅり」

ヘルビノがか細い声で弱々しく呟（つぶや）いた。間宮は押さえていた首から手を離した。ヘルビノは目をつぶったまま動かなかった。間宮の強い殺気に圧倒され、完全に観念したようだった。

「分かればいいんだよ」

間宮は大きく息を吐くと、ズボンの尻（しり）ポケットから銀色の手錠を取り出した。それは憲兵が実際に使用している本物の官給品だった。間宮は手馴（てな）れた仕種（しぐさ）でヘルビノの左右の手首に素早く鉄の腕輪を嵌（は）めた。

「少尉、すまんが別の罠の様子を見てきてくれんか？」

間宮が額の汗を手で拭いながら言った。

「どこにあるんです?」

美樹夫が周囲を見回した。

「ここから西に百メートル行った地点だ。大きなカシの木の下に穴があるから、すぐに見つかるはずだ」

「分かりました、待っててください」

美樹夫は踵を返した。

夕日がさらに傾き、西の空から差し込む光もより赤味を増していた。美樹夫は大小の木々の間を縫って薄暗い叢林の中を走った。罠の場所はすぐに分かった。間宮の話通り、百メートルほど進んだ地点に大きなカシの木があり、その根元に同じく直径約一・五メートルの穴が開いていた。美樹夫は中を覗き込んだ。穴底に一匹のヘルビノの子供がしゃがんでいた。間宮が捕まえたメスの子供に違いなかった。

「おい」

美樹夫が声を掛けた。子供がこちらを見上げた。五、六歳ぐらいのオスだった。美樹夫は穴の周囲の地面を手で探った。すぐに枯れ葉の下に隠された木の梯子が見つかった。

「りーぴゅん、ちゅるぴる、ぺりゅんぺりゅん」

子供が寂しそうな言葉を発した。

「大丈夫だ、すぐに助けてやる」美樹夫は穴に梯子を突き入れた。「さあ、何もせんから上って来いっ」

美樹夫は叫んだ。子供は巨大な左右の目で美樹夫の顔を凝視した。この人間は善人なのか悪人なのか、必死で識別しているように見えた。美樹夫は先ほどの間宮のようににっこりと笑みを浮かべ、何度も手招きをした。不意に子供が立ち上がった。五秒ほど躊躇した後するすると梯子を上りだした。幼いためか母親のように強く警戒している様子は無かった。すぐに地上に辿り着き、四つん這いになって梯子から離れると地面の上に立ち上がった。

「いい子だ、いい子だ、怖くないだろ?」

美樹夫は子供の頭を優しく撫でた。ヘルビノに触るのは初めてだった。皮膚の感触も温もりも、人間と何も変わらなかった。

「きゃっぴゅるっ、ぺりゅりょんっ」

子供が甲高い声で叫び、自分の右足を指差した。美樹夫は地面に片膝を付いて顔を近づけた。右足の脛の真ん中が横に数センチ切れ、少量の血が出ていた。穴に落下した時に負傷したようだった。

「よし、待ってろ」

美樹夫は手拭いを取り出すと、縦に半分に引き裂いて脛に巻きつけた。

「ぷりぴょー、ぱぴんきゃる」

子供が嬉しそうに笑みを浮かべ美樹夫の肩をぽんぽんと叩いた。こちらの好意がちゃんと伝わったようだった。その笑顔を見て美樹夫は強い自己嫌悪に襲われた。自分はこの子供の母親が虐待されるのを黙視していた。目の前で間宮があれだけ殴打しても見て見ぬふりをしていた。勿論自分が一介の低級将校に過ぎぬのは充分に分かっていた。命令通り間宮に服従する立場にあり、その行為を止める力など持っていなかったが、それでも強い後悔の念にかられて居た堪れない気分になった。

「……すまん、許してくれ」

美樹夫は子供の右手を強く握って頭を下げた。

「ぴちゃきゅる、きゅるぴょん」

子供が不思議そうな顔をして小さく呟いた。

「さ、早く家へ帰るんだ」

美樹夫が子供の後方を指差した。子供は後ろを振り返ったが、またこちらを向いて笑みを浮かべた。

「何してる、早く行け、あんまり遅いと間宮が来るかもしれん、行けっ、行けっ」

美樹夫は子供の後方を何度も指差し、追い払うように右手をひらひらと振った。そこで子供はその動作の意味を理解したようだった。笑みを浮かべたまま数回大きく頷いた。

「ぽぴんちゃりっ、るんぴぃっ」

子供は甲高い声で元気に叫んだ。そしてくるりと後ろを向くと、「るんぴぃ、るんぴぃ」と叫びながら駆け足で去っていった。その後ろ姿は生い茂る木々に隠れすぐに見えなくなった。

美樹夫は大きなため息を吐いた。何とも言えないやるせなさが残った。ヘルビノの子供のあどけない笑顔を見るのが辛かった。笑顔は良心に突き刺さり、呵責の苦しみを倍増させていた。

美樹夫は生まれて初めて軍人とは一体何なのだろう、と自問した。

＊

陰鬱な気分で最初の罠のある地点に戻った美樹夫は驚いた。

クヌギの木の下で間宮がメスのヘルビノと性交していた。下半身裸の間宮が横たわったヘルビノの上に覆い被さり、盛んに尻を振っていた。美樹夫が呆然としているとメスのヘルビノがこちらを見た。その血まみれの顔は無表情だったが、左右の巨大な目には刺し貫くような光が浮かんでいた。研ぎ澄まされた刃物の煌めきにも似た、白く冷たい光だった。それはメスのヘルビノが間宮に対し、激烈な嫌悪と憎悪を抱いていることを如実に物語っていた。

不意に間宮が大きく呻いた。尻の動きが止まり、びくびくと背中が震えた。射精したようだった。間宮は体を起こすと大儀そうに立ち上がり、傍らに置いた泥だらけのズボンに足を入れた。美樹夫は横たわったヘルビノを見た。股が大きく開かれて女性器が露出していた。中から白い精液が流れ出ているそれは人間の女のものと変わりなかった。

ズボンを穿き終えた間宮が腰のバンドを締めながらこちらを向いた。そして美樹夫と目が合うと照れ臭そうに笑った。

「畜生、見られちまったか。いやいや、一体どんなもんかと思って試してみたんだが、これがなんと人間の女よりずっと締まりが良くてな、政治家連中がなんであんなに夢中になるのかやっと理解できた。どうだ、少尉もやってみんか？」

「勘弁してください」

美樹夫は低く呟くと目を逸らした。もう怒る気力も無かった。

「そうか、じゃあこいつを連れて村に戻ろう。もうすぐ日が暮れちまうからな」

間宮は地面に横たわるメスのヘルビノの方を向いた。ヘルビノは巨大な目をつぶり、手錠を掛けられた両手を胸の上で組んでいた。

「おい、起きろっ」

間宮がヘルビノの足を蹴とばした。しかしヘルビノは動かなかった。死体のように横たわったまま静かに呼吸を繰り返すだけだった。

「起きろって言ってんだよっ、聞こえてんのか蜥蜴っ」

間宮は手錠の鎖を摑んで強く引っ張った。その途端ヘルビノが上体を起こし、間宮の右手に嚙み付いた。

「あぎゃあああっ！」

間宮が耳障りな悲鳴を上げた。親指以外の四本の指がその口内に入っていた。

「少尉っ！　殺せっ！」

間宮が顔を歪めて叫んだ。美樹夫は肩から銃を下ろし銃口をヘルビノに向けた。同時にヘルビノの子供の笑顔が浮かんだ。引き金に指を掛けたがどうしても撃てなかった。

「少尉っ！　撃てっ！　撃てっ！　何としるっ！　撃たんかっ！」

間宮が絶叫した。美樹夫は下唇を噛んだ。体が硬直したように動かなかった。

突然ヘルビノが両手で間宮の右手首を掴み、そのまま勢い良く顔を後ろに反らせた。ブチッと小枝が千切れるような音がした。間宮がまた耳障りな悲鳴を上げ地面に尻餅をついた。間宮は左手で右手首を掴んだ。右の人差し指から小指までの四本が根元から無かった。傷口から噴き出した血で右手はたちまち真っ赤になった。ヘルビノは噛み切った四本の指をコリコリと音を立てて咀嚼した。

「この野郎っ！」

間宮が腰から回転式拳銃を引き抜いた。美樹夫が「やめろっ」と叫ぶのと同時に間宮は引き金を引いた。乾いた銃声が響きヘルビノが倒れた。銃声は間断なく六回続いた。ヘルビノは胸と腹から幾筋もの血を流して動かなくなった。間宮は全弾撃ち尽くした拳銃を地面に叩きつけた。

「おい少尉っ！　なぜ蜥蜴を撃たなかったっ！」

間宮が怒鳴りながら詰め寄ってきた。その顔は痛みと怒りで紅潮し、唇が小刻みに震えていた。

「……す、すいません、ゲリラです。発砲したらその銃声で、追って来るゲリラにこちらの位置がバレてしまうから、それで、つい躊躇しました」

美樹夫はか細い声で言った。勿論苦し紛れの言い訳だった。

「馬鹿かてめぇはっ！　こんなとこまでゲリラが来る訳ねぇだろうがっ！」間宮は左手で美樹夫の胸倉を掴んだ。「お陰で俺は指を四本も喰われたんだっ！　それも利き手の右手だぞっ！　てめぇどうやって責任取るつもりだっ！」

「それは……」

そう言ったきり美樹夫の言葉は続かなかった。頭の中が激しく混乱し、まともにものを考えることができなかった。一つだけ分かっているのは何を言っても罵倒されるということだった。美樹夫はとにかく可能な限り黙っていようと決めた。それ以外この場を乗り切る対処法を思いつけなかった。美樹夫は無言で一礼し、目を伏せた。

「何だ今のお辞儀はっ、どういう意味だっ、説明しろっ、まさかそれだけで済まそうとでも思っとんのかてめぇっ」間宮は喚きながら顔を近づけてきた。「何黙っとんだっ、てめぇが黙っとったら新しい指でも生えてくんのかっ、なあっ、てめぇが黙っとったら新しい指でも生えてくんのかっ！　さっさと答えろクソボケ少尉っ！」

間宮は美樹夫の顔面を左手で思い切り殴った。強い衝撃で眩暈がし、足元がふらついた。右頬が大きく腫れ上がったような感覚になり、口内の頬粘膜がびりびりと痺れた。舌一面にしょっぱい味が広がったので出血したのが分かった。

「てめぇには責任の取り方が分からんようだな。だったら俺が教えてやる。いいか、今すぐてめぇの右手の指を四本切り落とせっ！、今すぐだっ！」間宮は美樹夫の腰から銃剣を引き抜いた。「これを使えっ、これでズバッと切れっ、どうしたっ、早く切らんかっ！」

間宮は銃剣の切っ先を美樹夫の喉に突きつけた。先端が数ミリ皮膚に突き刺さり、たらりと一筋の血が流れた。それでも美樹夫は口を利かなかった。さすがに殺されることは無いと思ったが、このまま強引に指を切断される可能性はあると思った。もしそうなった場合は腹を括り、間宮を叩きのめそうと決心した。後でどんな処罰を受けるのか分からなかったが、それでもむざむざと指を切られるよりは遥かにましだった。

「そうか、てめぇはしゃべらん上に指も切らんのか、そうかそうか、自分では何もせんのか、だったら俺がやってやる。俺を誰だと思っとる？　間宮勝一だ。ナムールの阿片王間宮勝一だ、間宮勝一に歯向かったらどうなるか見せてやるよ。もうてめぇの指なんかいらねぇ、俺はてめぇの命を貰う、てめぇは死ぬことによってこの失態の責任を取るんだ、分かったか？　分かったら返事ぐれぇしろよ馬鹿野郎っ！」

間宮が銃剣を振り上げた。美樹夫は咄嗟に後退してそれをかわそうとした。不意に間宮が「あっ」と叫んだ。次の瞬間白目を剝き、振り上げた銃剣を落とした。間宮は崩れ落ちるように地面に倒れた。訳が分からなかった。何が起きたのか全く理解できなかった。美樹夫は慌てて周囲を見回した。叢林の奥で人影のようなものが動いた。それは一つではなかった。二十近くの人影がゆっくりとこちらに接近してきた。美樹夫は両手に持った自動小銃を腰だめに構えた。一瞬ゲリラだと思った。しかし銃声は聞こえず撃ってもこなかった。美樹夫は倒れた間宮を見た。どこからも出血していなかった。死んでいるのではなく意識を失っているように見えた。

　人影がさらに近づいた。十五メートルほどの距離でその姿がはっきりと見えた。それはオスのヘルビノだった。メス同様全裸で、みな右手に細長い筒のようなものを持っていた。オスは戦闘時以外滅多に棲家から出ないと間宮が言っていた。先ほどメスを殺害した時の六発の銃声を聞いて駆けつけたようだった。

　美樹夫は銃を下ろした。とても殺す気にはなれなかった。とにかく今はこの場を離れ、彼らとの戦闘を避けるべきだと判断した。美樹夫は五、六歩後ずさると、相手を刺激しないようゆっくりと後ろを向いた。するとそこにも一匹のヘルビノが立っていた。二メートルの近距離だった。ここまで接近されていたのに全く気づかなかった。美樹夫は銃口を下に向けて戦う意志が無いことを示し、にっこりと笑みを浮かべた。ヘルビノは無言で細長い筒を口に当て、フッと息を吹いた。同時に首の皮膚に針のようなものが浅く刺さった。その途端強い眩暈がし、瞬く間に視界が真っ暗になった。美樹夫は遠ざかる意識の中、自分が間宮と同じく崩れ落ちるように倒れるのを感じた。

＊

覚醒（かくせい）した時、美樹夫は土の上に仰向（あおむ）けで倒れていた。

　上空には夕日で赤く染まった大きな積雲が見えた。

　美樹夫は反射的に起き上がろうとした。しかし体が動かなかった。美樹夫は試しに手足に力を込めてみた。腕は後ろ手に、脚は伸びたままの状態できつく縛られているのが分かった。美樹夫は右側を見た。すぐ傍に間宮が倒れていた。同じく仰向けで手足をロープで縛られていた。その目は閉じたままで、まだ覚醒していなかった。美樹夫は左側を見た。五十センチほどの距離に人間の頭蓋骨が山積みになっていた。こちらから見えるだけで二十個以上はあった。美樹夫は頭を起こして辺りを見た。その途端驚きのあまり息を飲んだ。二人の周りを百匹近いヘルビノが遠巻きにして取り囲んでいた。みな申し合わせたように押し黙ったまま、巨大な左右の目を凝らして自分達をじっと見ていた。その背後には藁で造られた円錐形の小屋がずらりと並んでいた。

美樹夫は自分達が拉致され、ヘルビノの棲家に連行されたことを知った。同時に背中一面がひやりと冷たくなった。ヘルビノ達がこれだけ集まっているということは、これからここで何かが催されるはずだった。それが具体的に何なのかは想像できなかったが、自分と間宮にとって絶望的に悪いことだということは予想できた。美樹夫は胸の鼓動が速まるのを覚えた。縛られた両膝が微かに震え出した。

不意に正面に立っていた初老のオスのヘルビノが前に進み出た。他のヘルビノと違い左右の上腕に紫色の布を腕章のように巻いており、右手には長さ三十センチほどの細長い金属棒を持っていた。これが間宮の言っていた『執行人』なのだと美樹夫は思った。

「きゅぴろる、きょらりぺり、ぷるきゅぴんちゃ」

執行人が大声で叫んだ。すぐに周りを囲む輪の中から二匹のオスのヘルビノが走り出てきた。二十代前半ぐらいに見える二匹は間宮の元にやって来ると、左右の腕を取って上体を抱え起こした。

「ぴゅきょりんっ」

右腕を掴んでいるヘルビノが叫んだ。執行人は大きく頷くとゆっくりと近づいてきて、間宮の前で止まった。

「ぱきゅらぺり、きゅろぺ」

執行人はそう呟くと右腕を振り上げ、持っている金属棒で間宮の頭頂部を叩いた。鈍い音がし、その衝撃で間宮は覚醒した。

「うわっ」

眼前に立つ執行人を見て間宮が叫んだ。慌てて立ち上がろうとしたが、左右から腕を掴んだ二匹のヘルビノに強引に押さえつけられた。間宮の顔が露骨に強張った。あまりにも突然のことに、自分の置かれた状況が全く理解できないようだった。

「間宮さん」

美樹夫が小声で呼んだ。間宮がこちらを向いた。

「しょ、少尉っ」間宮が驚いたように叫んだ。「ここはどこだっ？　一体どうなっとるんだっ？」

「ここはあなたのよく知ってるヘルビノの棲家です。あなたの撃った拳銃の音でオスのヘルビノがやって来て捕まったんです」

美樹夫が低い声で答えた。

「じゃ、じゃあ、こいつらは俺がメスを殺したことを知っとるのかっ？」

間宮が目を見開いて叫んだ。

「少なくとも、自分と間宮さんのどちらかが殺したと言うことは知ってると思います」

「まずいっ、それはまずいぞ少尉っ」

間宮が呻くように言った。

「俺達、どうなるんです？」

美樹夫が思い切って訊いた。

「終わりだ、俺達は終わりだ」間宮がまた呻くように言った。「メスを殺っちまったことがバレたからもう終わりだ。ヘルビノの『掟』で一番重い罪はヘルビノ殺しだ。一番重い罪を犯せば一番重い罰を受ける。もう俺達は助からねぇ」

間宮が目を伏せた。その顔は死人のように青ざめ、薄い唇が微かに震えていた。

「きゃぷろれぴ、るりきゃぴーろる」

美樹夫と間宮の会話を黙って聞いていた執行人が静かな声で言った。右腕を摑んでいるヘルビノが間宮の顎を摑み、強引に顔を上に向けた。執行人は地面に片膝をつくと、右手に持った金属棒を間宮の鼻先に近づけた。その先端は削った鉛筆のように鋭く尖っていた。

金属棒はゆっくりと間宮の左の鼻孔に挿入された。

「きゅぴちゃっ」

執行人は呟くと、そのまま力を込めて棒を突き入れた。ズコッという音がし、間宮が甲高い悲鳴を上げた。すぐに鼻血が流れ出した。しかし執行人は動じなかった。無表情のまま、また力を込めて金属棒を突き入れた。再びズコッという音がした。一度目よりも深く棒が突き刺さった。間宮が耳をつんざくような声で絶叫した。目から大粒の涙がこぼれた。

「少尉っ、助けてくれっ、どうにかしてくれっ、鼻が痛くて死にそうだっ、気がおかしくなりそうだっ、もう耐えられんっ、少尉っ、少尉っ、少尉っ」

間宮は全身を震わせながら子供のように泣き叫んだ。それを見た周囲のヘルビノ達が一斉に笑い出した。

キョリキョリキョリ

キョリキョリキョリ

キョリキョリキョリ

磨り硝子を爪で引っ掻くような奇妙な笑い声が辺りに響いた。

執行人は非情だった。間宮の涙など全く意に介さずに、さらに力を込めて金属棒を鼻の奥に突き入れた。今度は薄くて固いものが割れるような音がし、棒の半分以上が鼻腔内に突き刺さった。同時に間宮は絶句して白目を剝いた。その両眼と左右の鼻孔から大量の赤黒い血が溢れ出した。血はボタボタと音を立てて泥だらけの背広に滴り落ちた。左の鼻孔からは中に入りきらなかった金属棒が十センチほど出ていた。執行人はそれを摑むと、上下に素早く動かして小刻みに鼻の奥を突いた。その度にクチャッ、クチャッ、クチャッと、トマトが潰れるような湿った音がした。二十回ほど突いて執行人が金属棒を引き抜いた。すぐに左右の鼻孔からドロドロとした白いものが出てきた。それは鼻血と交じり合い、まるで潰れた豆腐に醤油をかけたように見えた。

「きょれろぴーらっ、きょれろぴーらっ」

執行人が同じ言葉を二度叫んだ。すると輪の中にいた三匹の子供のヘルビノが笑みを浮かべて走ってきた。みなオスで十二、三歳ぐらいに見えた。三匹は血まみれの間宮の顔に口を近づけると、鼻孔から流れ落ちる白いものをチュウチュウと音を立てて吸い出した。美樹夫はそこで初めて、それが間宮の脳だということに気づいた。ぐずぐずに潰された脳は次から次へと流れ落ちてきた。

執行人が歩いてきて美樹夫の前に立った。手に持った金属棒は血で赤黒く染まり、至る所に脳の細切れが付いていた。

「きゅぴろる、きょらりぺり、るきゅぴんちゃっ」

執行人が大声で叫んだ。またすぐに周りを囲む輪の中から二匹のオスのヘルビノが走り出てきた。年齢も前と同じく二十代前半に見えた。二匹は美樹夫の元にやって来ると左右の腕を摑み、強引に上体を引き起こした。美樹夫は眼前の執行人を見上げた。執行人は左右の巨大な目で美樹夫の顔を凝視した。しかしその目に怒りの感情は無かった。薄闇の中でぼんやりと光る行灯のような、淡く白い光が静かに浮いているだけだった。執行人は怒りで自分を殺そうとしているのではなく、ヘルビノ達の『掟』に従って自分を処刑するのだと分かった。

「きゃぷれぴ、るりきゃぴーろる」

執行人は静かな声で言った。右腕を掴んでいるヘルビノが美樹夫の顎を掴み、強引に顔を上に向けた。執行人が地面に片膝をついた。血にまみれた金属棒が目の前にあった。美樹夫は恐怖のあまり失禁した。股間から太腿にかけて生温かい尿が広がった。心臓が凄まじい勢いで収縮を繰り返し、耳の奥にドッ、ドッ、ドッという巨大な拍動音が鳴り響いた。陸軍士官学校の卒業式の時、校長を務める少将が「貴様達は世界最強の戦士であり、どの国の兵と戦っても絶対に勝つっ！」と檄を飛ばした。美樹夫はまさにその通りだと思った。自分達に怖いものなど無く、『死』さえも泰然として受け入れるだろうと信じていた。しかしいざ現実の『死』に直面し、極限まで肉薄している今、その信念は脆くも崩れ去っていた。美樹夫は怖かった。泣き出したいほど怖かった。執行人に手を合わせ、許してくれと叫びたいくらい死ぬのが怖かった。

金属棒がゆっくりと左の鼻孔の中へ挿入された。鼻腔の中がひやりと冷たくなった。

脳裡を真樹夫の笑顔が過った。たちまち涙が込み上げた。

（真樹夫っ、生きろっ、生きるんだッ、お前はこれから一人ぼっちだっ、だけどその悲しみを乗り越えて絶対に生き延びろっ）

美樹夫は胸中で叫んだ。

「きーきぇるっ」

不意に執行人の後ろから声が上がった。鼻腔内を進んでいた金属棒が止まった。どこかから一匹の子供のヘルビノが駆け寄ってきた。五、六歳のオスだった。

「きぃきぇるぺりろろ、ぱるきゃりれきゅ、ろりきゅるれぱらり」

子供は美樹夫を指差して早口で言った。

「ろりきゅる？」断罪人が子供の方を見た。「ぴーきょりろんぴぃ、ぱるれきゅるぴり？」

「きゅらるるぴり、ろりきゅるぱらり、きょらぺるーきゃら」

子供がそう言いながら何度も頷いた。執行人は再びこちらを向き、美樹夫の顔を五秒ほど凝視した。そして微かに笑みを浮かべると鼻腔内から金属棒を引き抜いた。

「きゃぷきゃぴーろる」

執行人が低い声で言った。左右の腕を掴んでいた二匹のヘルビノが、美樹夫の腕と足のロープを解き始めた。美樹夫は訳が分からず子供のヘルビノを見た。

「ぷりぴょー、ぱぴんきゃる」

子供が笑顔で叫び、自分の右足を指差した。見ると脛の真ん中に美樹夫が巻いた手拭いがあった。

「お前か……」

美樹夫は小さく呟いた。

二匹のヘルビノは手際良く全てのロープを解いた。やっと解放された美樹夫はゆっくりと立ち上がった。傍らには間宮の死体が横たわっていた。白目を剝き、口元から喉にかけて赤黒い血に塗れていた。流れ出した脳は全てあの子供達が吸ったらしく、殆ど残っていなかった。

「かきゅぴるっ！　ぽりゅんっ！」

不意に執行人が金属棒を振り上げ、空に向かって叫んだ。その途端周囲を囲んでいた百匹近いヘルビノ達が一斉に散開を始めた。処刑の終了が告げられたようだった。みな楽しそうに笑みを浮かべながら、ぞろぞろと連れ立って帰っていった。

執行人がこちらを向いた。放心状態の美樹夫はぼんやりとその顔を眺めた。

「ぴきょれろ、きゅるちゃぷ」

執行人が低い声で呟き、歩き出した。なぜかついて来いと言っているように聞こえた。美樹夫は黙って後に続いた。周囲には高さ約二メートルの円錐形の藁小屋が乱雑に立ち並んでいた。小屋と小屋の間隔は一メートルほどしかなく、場所によっては三十センチにも満たないことがあった。執行人はそれらの狭い隙間を縫うようにして歩いた。やがて二百メートル近く進んだところで執行人は立ち止まった。そこはヘルビノの棲家の中で一番奥まった場所だった。背後に叢林が迫るその一角に半球形をした大きな建物があった。竹で骨組みを作り、その一面を赤い布で覆っていた。よく見るとそれは無数の麻袋であり、それらを張り合わせて赤く着色していた。

執行人は入り口に垂れ下がる赤い布を捲り、「ぺりゅぴーちゃ」と言って美樹夫を見た。美樹夫は頷き、言われるまま中に入った。室内は薄暗く、なぜかひんやりと涼しかった。

正面の壁際に赤い布で覆われた大きな祭壇のようなものがあった。その前に赤いマントを着、赤い頭巾を被った一匹のメスのヘルビノが座っていた。傍らの床には灯りの灯った石油ランプが置かれており、橙色の光で周囲を照らしていた。遠目だったが、かなりの高齢であるのが分かった。これが間宮の言っていた『長老』だな、と美樹夫は思った。

(私の前に座りなさい)

不意に頭の中で老婆の声がした。美樹夫は驚いて後退った。正確には声とは言い難かったが、そう指示されたのが分かった。

(何も恐れることはないから、早く私の前に座りなさい)

また頭の中で老婆の声がした。誰かの声を脳内で想起した時と同じ感覚だった。美樹夫は恐る恐る近づいていくと、一メートルほど前の床に座り胡坐をかいた。

(これからお前に質問をする。答える時は声を出さずに、頭の中に言葉を思い浮かべなさい。いいですね?)

長老の、物静かだが凛とした声がした。美樹夫は無言で頷いた。

(お前は私達の若い女を殺したのかい?)

(違う。俺は殺してない。もう一人の男が殺した)

(なぜ殺したんだい?)

(捕まえようとして指を噛まれて、それで怒って殺した)

(なぜ止めなかったんだい?)

(一瞬のことでどうしようもなかった)

(そしてお前は私達の子供を助けたね？　どうしてだい？)

(可哀相だったからだ。他に理由はない。それよりも、なぜヘルビノが村を襲ったか教えてくれ)

(村人が私達の子供三人の胸をナイフで刺して殺したからだよ。私達の『掟』では人間に子供を殺された場合、一人につき三十三人の人間を殺すことになっている。だから、ああいう結果になった)

(でも、人間の子供まで殺すのは酷すぎるぞ)

(私達にとって『掟』は絶対だ。何百年も前から『掟』とともに生きている。『掟』があるから私達は今まで生きてこられたし、『掟』があるからこれからも生きていける。こればかりはどうすることもできない。人間に理解してもらえないのは残念だが、人間に理解してもらおうとも思わない。なぜならここは私達の世界だからだ)

美樹夫は上目遣いで長老の顔をまじまじと見た。赤い頭巾を被り、少し俯いたその顔は皺だらけだった。皮膚も黒ずんでかさついており、左右の巨大な目は垂れ下がった目蓋で殆ど見えなかった。美樹夫はこのヘルビノが、『掟』を定めた張本人であるような気がしてきた。遥か遠い昔にこの叢林に棲みつき、以来何百年もこの半球形の住居の中で生き続けてきたような気がしてならなかった。

(今度はまた私が質問するよ。お前は私達の子供をさらいに来たのかい？)

(違う。子供をさらいに来た奴を護衛してただけだ)

(それも悪いことじゃないのかい?)

(それは認める。俺は悪いことをした)

(悪いと知りつつ、どうしてしたんだい?)

(それは命令だからだ。軍人は上官の命令には逆らえない。あんた達の『掟』と一緒だ)

長老はゆっくりと顔を上げた。そして垂れ下がった目蓋を少し開けると、美樹夫の目を凝視した。二十秒ほど沈黙が続き、やがて大きく二回頷いた。

(お前は悪人じゃない。とても綺麗で素直な心を持っている。私はお前が気に入ったよ。子供を助けてくれたお礼にお前の願いを叶えてあげよう)

(俺の願いが分かるのか?)

(弟に会いたいんだろう)

美樹夫は驚きのあまり絶句した。長老が笑みを浮かべた。

(本当に真樹夫に会えるのか?)

(弟の夢の中に入っていき、そこで会える)

(どうすれば夢に入れる?)

(私と手を繋ぎなさい)

長老が左右の手を差し出した。美樹夫は膝立ちになって二歩前に進むと、差し出された右手を左手で、左手を右手で握った。皺だらけだったが温かく心地好い掌だった。

（弟の顔を思い浮かべなさい）

長老の声がした。美樹夫は目をつぶり、真樹夫の笑顔を鮮明に思い浮かべた。

急に眩暈がした。長老の手と自分の手が溶け合い、一つになっていくような奇妙な感覚に襲われた。

気がつくと、美樹夫は長老と二人で闇の中に立っていた。辺り一面どこを見ても真っ暗だった。不意に前方に白くて丸い光の玉が現れた。光はたちまち大きくなり人の形になった。人形の光は一瞬激しく煌めき、次の瞬間五メートルほど先に学生服を着た真樹夫が出現した。

「真樹夫っ」

嬉しくなった美樹夫が笑みを浮かべて叫んだ。真樹夫も笑みを浮かべて駆け寄ってきた。

「兄ちゃん、帰ってきたのかっ」

真樹夫が美樹夫の右手を両手で握った。

「元気にしてるか心配で会いに来たんだ。どうだ、楽しくやってるか？」

その途端、真樹夫の顔が強張った。明らかに動揺しているのが分かった。

「何か悩みでもあるのか？」

美樹夫が真顔になって訊いた。

「実は……」

真樹夫は目を伏せると低い声で語った。それは信じられない話だった。

真樹夫は今日、友人の大吉とともに月ノ森雪麻呂の家に遊びにいった。雪麻呂は二人を特別病棟に連れていき熊田なる患者をからかった。すると熊田が激怒して大吉を殺害。取り乱した雪麻呂は真樹夫を地下室に監禁し、「翌朝五時までに死体を解体しろ、できなければ射殺する」と脅していた。

美樹夫は驚きのあまり声が出なかった。雪麻呂の噂はよく真樹夫から聞いていたが、そこまで凶暴で冷酷な少年だとは夢にも思っていなかった。困り果てた美樹夫は隣の長老を見た。

(どうしたらいいのか皆目見当がつかない。何とか弟を助けてくれないか?)

(大丈夫、心配は無用だ)

(ようは死体が生き返ればいいのだろう?)

(本当か? 一体どうするんだ?)

(そんなことができるのか?)

(心臓が壊れてないからできる。普段魂は心臓の一番深いところに潜っていて、肉体の死とともに解き放たれる。でも二日間は魂の尻尾が心臓と繫がっているから、私の力でもう一度魂を心臓に戻すことができる。だからその子供は甦る)

長老は笑みを浮かべた。

「良かったな真樹夫、大吉は生き返るぞ」

美樹夫が明るい声で叫んだ。

「本当かっ？　本当に大吉が生き返んのかっ？」

真樹夫が目を見開いて叫んだ。

「この爬虫人の言うことに間違いは無い、安心しろ」

美樹夫は真樹夫の頭を撫でながらにっこりと笑った。

不意に視界が真っ暗になり、また眩暈がした。

気がつくと、あの半球形の住居の中で長老と左右の手を繋いでいた。

（どうしたんだ？）

美樹夫は手を離しながら訊いた。

（弟が目を覚ましたからだよ。だから元に戻ったんだ）

（本当に大吉は大丈夫なのか？）

（私を信じて欲しい。嘘は言わない）

（死人を生き返らすなんて夢みたいだな。でもどうして死んでから二日経つと心臓から魂が離れるんだ？）

（心臓が腐るからだよ。心臓が腐ると魂の尻尾も腐ってしまい離れていくんだ）

そこで美樹夫はあることに気づいた。

（何で殺された三人の子供や、間宮が殺した女を生き返らせないんだ？）

（みんな心臓を刺されたり、心臓を撃たれたりしているから駄目なんだよ）

（そうか……）

美樹夫は納得した。確かに間宮はあのメスの『胸』と腹を撃っていた。三匹の子供も『村人が胸をナイフで刺して殺した』と長老が言っていた。

(村の奴らは生き返らないように胸を刺したのか?)

(それは違う。偶然だよ。心臓が無事なら生き返るということは私達だけの秘密だ。人間は誰も知らない)

(俺はその秘密を知ってしまったぞ、いいのか?)

(お前の心は綺麗だから信じている。お前は私達が不利になることは口外しない。お前もそのつもりだろう?)

その通りだった。美樹夫は大きく頷いた。

(ではそろそろ、大吉なる子供の魂を心臓に戻す儀式を執り行う。お前は帰っていい)

(帰っていいのか?)

(いい。お前に対する私達の敵意は消えた。誰もお前を攻撃しない)

長老はそう言うと入り口を指差した。

＊

外に出るとあの執行人が立っていた。右手に八二式自動小銃をもっており、無言で差し出してきた。美樹夫も無言でそれを受け取り、肩に掛けた。執行人は西の方向を指差した。あちらにいけば帰れるという意味らしかった。美樹夫は軽く一礼すると歩いていった。

乱雑に立ち並ぶ円錐形の藁小屋の間を縫って二百メートルほど進むと叢林が見えた。夕日は完全に沈み、朱色に染まった西の空の上部には紫色の闇がじわりと滲み始めていた。

「るんぴぃっ」

不意に後ろで声がした。振り向くとあの右足に手拭いを巻いた子供が立っていた。子供は笑みを浮かべながら「るんぴぃ、るんぴぃ」と繰り返した。ヘルビノの言葉で「さようなら」という意味らしかった。美樹夫も笑みを浮かべ、「るんぴぃ」と小さく呟いた。

＊

叢林の中を七、八分西に向かって歩くとウラージ河が見えてきた。美樹夫は石ころだらけの河原に下り、村がある下流に向かって進んだ。間宮が要請した救援隊が来るのは深夜になると思われた。救援隊と合流した時、間宮のことをどう報告すればいいか分からなかった。正直にヘルビノに殺されたと言えば、軍はただちにヘルビノの棲家を急襲して瞬時に全滅させるはずだった。皺だらけの長老の顔が浮かび、足に手拭いを巻いた子供の顔が浮かんだ。それだけは絶対に避けたかった。美樹夫は悩んだ末、ゲリラとの戦闘中に間宮と離れ離れになり、それ以来所在不明だと報告することにした。勿論激しい叱責を受け、重い処罰を受けるだろうがもうどうでも良かった。何発殴られようが、軍法会議にかけられようが、将来の出世が絶望的になろうが気にならなかった。美樹夫はただ生きたかった。それだけだった。それ以外何も望んでいなかった。

河原を一キロほど下ると前方一時の方向に竹林が見えてきた。あの向こうがチャラン村だった。

不意に背後で甲高い銃声が響いた。同時に左肩に強い衝撃を受けた。美樹夫は反射的に身を屈め竹林に向かって疾走した。また銃声が響いた。頭上をヒュオンッという鋭い音が過った。五二式の音だった。ゲリラの執拗な追跡がまだ続いていたことを知った。美樹夫は竹林に飛び込んだ。腹這いになって地面を進んだ。銃声が続けざまに鳴り響き、周囲の竹が被弾して大きく揺れ動いた。美樹夫は左肩に触れてみた。掌にべったりと血が付いた。衝撃時の感覚で弾が骨に食い込んだのが分かった。痛みは無かったが、肩の周囲がびりびりと痺れていた。銃声はどんどん接近してきた。複数の叫び声が聞こえてきた。美樹夫は腰の雑嚢から七七式手榴弾を取り出した。最後の一個だった。生きてやる、と美樹夫は思った。絶対に生き抜いてやる、と美樹夫は思った。やがて銃を撃ちながら走ってくる四人の男の姿が見えた。距離は約五十メートルだった。美樹夫は手榴弾の撃針頭部についた安全被帽を取り、安全栓を引き抜いた。

「真樹夫、待ってろよ」

美樹夫は低く呟いた。

第参章　童帝戦慄

1　四月十九日

蝿が飛んでいる……

まどろみの中、月ノ森雪麻呂はそう思った。

羽音は緩やかな起伏を描きながら雪麻呂の周囲を回っていた。重く粘り気のあるその音は顔面にまとわりつき、耳の中の産毛を細かく震わせた。雪麻呂はむず痒さを感じて頭を左右に振った。蝿は去らなかった。

雪麻呂は薄らと目を開けた。

東側の窓のカーテンの隙間から一筋の朝日が差し込んでいた。

羽音はさらに大きくなって部屋の空気を震わせた。雪麻呂はゆっくりと上体を起こした。

南側の壁に掛けられたテクノスの発条時計の針は午前八時三分を指していた。雪麻呂はベッドから下り、赤いペルシャ絨毯の上を歩いて東側の窓まで行った。桜色のカーテンを勢い良く開けると鋭い日射しに目が眩んだ。瑠璃色の空には白い絵の具を刷毛ではいたような巻雲が広がり、その下を陸軍の七五式重爆撃機が低空で旋回していた。毎週月曜日の朝、町の南西にある陸軍航空基地から飛来してくるものだった。

　不意にドアが二回ノックされた。

「ぼっちゃん、失礼しやす」

　富蔵の声がした。

「おお、入れ」

　雪麻呂は低い声で答えた。樫の木でできた栗色のドアが開き、下男の富蔵が入ってきた。いつものように頭には幅広の日の丸の鉢巻をし、茶色い国民服を着ていた。

「起床の時間です」

　富蔵がぺこりと頭を下げた。

「おい富蔵、うるさくてかなわんからあの爆撃機を撃墜しろ」

　雪麻呂が窓の外を指差した。

「ぼっちゃん、あっしには無理です」

　富蔵が真顔で答えた。

「けっ、根性のねぇ野郎だな。それでも爬虫人か？」

「お言葉ですが根性で爆撃機は落とせねぇです。それに『爬虫人』イコール『爆撃機を撃墜』という発想は完全に間違っておりやす。あっしらただの蜥蜴人間であって、そんな特殊能力は兼ね備えておりやせん」

「でもおめぇら人間の脳味噌を喰うんだろ？」

「なんで『人間の脳味噌を喰う』イコール『爆撃機を撃墜』となるのか、あっしには分からねぇんですが」

「人間の脳味噌を喰う物凄ぇ根性してんだから、爆撃機ぐれぇ落とせるんじゃねぇかって思ったんだ」

「だから根性で爆撃機は落とせねぇです」

「つまりおめぇは腰抜けのぺえぺえ様だってことか」

「いえ、あっしは御国のためならいつでも死ねる日本男児です。決して腰抜けのぺえぺえ様じゃねぇです」

「富蔵君、蜥蜴の顔して脳味噌喰ってキョリキョリ笑う日本男児を見たことある？」

「確かに外見はナムールの蜥蜴ですが、心は完全に日本人です。ある意味ぼっちゃんよりも日本人だと思っておりやす」

「その『ある意味』の意味が分かんねぇんだけど」

「とにかくあっしはこの日本を心の底から愛してやまぬ、完全無欠の愛国者であるということです」

富蔵は背筋を伸ばして直立不動の姿勢をとると大声で叫んだ。

「七生報国っ！　神州不滅っ！　聖戦完遂っ！　大政奉還っ！」

「最後の一個違うような気がするな」

「ぼっちゃん、あっしの愛国心は半端じゃねぇですよ。赤子の手をひねるようなもんですからね」

「絶対言葉の使い方間違ってるよな」

「まあ見てて下せえ。いつか絶対立派な兵隊さんになって、世界中の戦地で大暴れしてやりやすよ」

富蔵は左右の巨大な目を輝かせ、日の丸の鉢巻を両手でぎゅっと締めなおした。爬虫人に召集令状が来ることは永遠になかったが、富蔵があまりにも熱意を込めて語るので雪麻呂は敢えて言わなかった。

「まあ、がんばれや。俺、寝汗かいたから風呂に入るわ」

「じゃあ、すぐ浴槽にお湯を張りやす」

「いや、今日はシャワーで済ます」

雪麻呂は白い絹のパジャマを脱ぎ、褌(ふんどし)を外して全裸になった。

「ぼっちゃん、『朝のお勤め』の方はどうしやすか？」

富蔵がパジャマを畳みながら訊(き)いた。

「今日の相手は誰だ？」

「ヨネでごぜえやす」

「ヨネ？　聞いたことねぇな」

「今日が初めての女です」

「いい感じか？」

「あっしはいいと思って選びやした。昨日夜勤だったんで今は休憩所にいやす」

「そうか、じゃあやるとするか」

「では、すぐ電話をして呼んでおきやす」

富蔵がぺこりと頭を下げた。

寝室を出た雪麻呂は赤いカーペットの敷かれた廊下に出た。廊下の右側の壁には四つの部屋があった。右隣が雪麻呂の部屋で、次が両親の寝室、次が母の個室で、最後が書庫だった。廊下の突き当たりにドアがあり、開けると二十畳の居間になっていた。居間を抜けるとまたカーペットの敷かれた廊下になり、右の壁には手前から便所、浴室、台所があり、突き当たりが玄関だった。五階の西側半分が住居で、真ん中の円柱の部分はリノリウム敷きのホールになっており、北側の奥に昇降機が設置されていた。そして残りの東側半分が父・大蔵の研究室と書斎になっていた。

雪麻呂は浴室のドアを開けて中に入った。最初は洗面所になっていた。床も壁も天井も白い大理石でできていた。右側の壁際には同じ大理石で造られた洗面台があった。畳一畳ほどもある大きな鏡が付いており、水道の栓と蛇口は純金製だった。入り口の左側の壁にある硝子(ガラス)の引き戸を開けると浴室だった。床と壁が白いタイル張りで、正面の壁際に純金でできた浴槽があった。ボートのような形で四隅に四本の猫足がついていた。左側の壁の上部にはシャワーが取り付けられており、如雨露状の噴出口もやはり純金製だった。

雪麻呂はシャワーの下に立つと壁に付いた栓を捻った。すぐに大量の温かいお湯が音を立てて降ってきた。雪麻呂は床に置かれた石鹸箱からラックスの石鹸を取り出し全身に塗りたくった。うっとりとするような甘い香りが鼻腔をくすぐった。雪麻呂は毎朝こうして体を洗う度、母親のことを思い出した。母親の使っている香水がラックスの香りとよく似ているからだった。その、フランス人形のように美しくて気品のある笑顔が脳裡に浮かんだ。「雪坊、雪坊」と自分を呼ぶ明るい声が耳の奥に響いた。優しく頬を撫でてくれる柔らかな掌の感触が甦った。雪麻呂には分からなかった。父と心から愛し合い、一人息子の自分を溺愛していた、敬虔なクリスチャンであるあの母がなぜ家出をしたのか、そして今、どこで誰と何をしているのか、全くもって想像がつかなかった。雪麻呂は泡まみれの体をお湯で洗い流しながら小さくため息を吐いた。

*

「お帰りなさいやし」

自室に戻ると富蔵が笑顔で出迎えた。右手には紫の大きな巾着袋を提げており、足元にはお湯の張った盥と手拭いが置かれていた。

「『朝のお勤め』の用意ができやした」

富蔵がベッドを手で指し示した。見るとそこには浴衣を着た若い女が横たわっていた。月ノ森病院に勤める看護婦で二十歳前後に見えた。女は全裸の雪麻呂を見て顔を赤らめ、恥ずかしそうに口元を両手で押さえた。どことなく愚鈍な印象を受ける顔立ちだったがそこそこの美人ではあった。重要なのはその体格だったが、かなり小柄で痩(や)せていて十四歳の中学生に近いものがあった。

「おめぇがヨネか。よろしく頼むわ」

雪麻呂がぞんざいな口調で言った。

「よろしく、お願いします」

ヨネがか細い声で言った。緊張のためか語尾が震えていた。

「じゃあ始めるか」

雪麻呂は富蔵を見た。富蔵は「へいっ」と元気良く答えると巾着から白い布袋を取り出した。布袋はコックが被(かぶ)る背の高い帽子に似ており、片面に女の顔が描かれていた。それは二歳年上の従姉(いとこ)である月ノ森魅和子のものだった。同じ敷地内にある『東の屋敷』に住んでおり、雪麻呂が許婚(いいなずけ)になることを切望している少女だった。その魅和子の白黒の顔写真を実物大に引き伸ばし、町の絵師に依頼して本物そっくりに着色したものを貼り付けていた。富蔵はその袋をヨネの頭からすっぽりと被せた。ちょうど魅和子の写真がヨネの顔の部分にあった。続いて富蔵は巾着の中から鬘(かつら)を取り出した。かなり長い黒髪の鬘で、それをヨネの頭に被せると毛先が背中の半分まできた。富蔵は黒髪を頭の真ん中で分けて左右に流した。

「おい、浴衣を脱げ」

雪麻呂が低い声で命じた。ヨネは三秒ほど躊躇した後、恥ずかしそうにゆっくりと浴衣を脱いで全裸になった。着痩せする体形らしく、乳房は小振りだったが腰や太腿が意外にも肉厚で魅和子の体形には程遠かった。

「おい富蔵、この女の下半身むっちりしてねぇか？」

雪麻呂が低い声で言った。

「へい、確かにむっちりしておりやす」

富蔵も低い声で答えた。

「なんでこんなにむっちりしてんだよ。ちゃんと魅和子みてぇなシュッとした女を選べって言ってんだろうが」

「すいやせん、ここまでのむっちりは予想外でした。白衣の上からだとかなり細身に見えたんです。この富蔵様の目を欺くとは、この女只者じゃねぇですぜ」

「なにが富蔵様だ馬鹿野郎ぶち殺されてぇのかっ」雪麻呂は富蔵を睨みつけた。「そんなにでっけぇ目ん玉してんだから、もっと気合入れて観察しろよボケ」

「すいやせん、今度からもっと気合を入れて観察しやす」

富蔵がぺこりと頭を下げた。

「よし、時間もねぇし始めんぞ」

雪麻呂はベッドの横に立つと、ヨネの顔の位置にある魅和子の写真を凝視した。

「富蔵、『姫幻視』だ」

「へいっ」

富蔵は巾着の中から銀色の箸入れのような細長い箱を取り出した。蓋を取ると中には真っ赤な液体が詰まった細い注射器が入っていた。

「ぼっちゃん、手持ちの『姫幻視』はこれが最後になりやす」

「そうか、じゃあまた藪医者の若本に言っといてくれ」

「今朝食事を運んだ時に注文しときやした。三日ほど掛かるそうです」

「相変わらず手回しがいいじゃねぇか」

「ありがとうごぜえやす。では、失礼いたしやす」

富蔵は手にした注射器の針を慣れた手付きで雪麻呂の右肩に突き差した。一瞬ちくりとしたが殆ど痛みは感じなかった。富蔵が活塞を押すと赤い液体が体内に注入されるのがはっきりと分かった。富蔵が針を抜いた途端、すぐに『姫幻視』の効果が現れた。赤インクが布に染み込むように視界がじわじわと赤味を帯び、同時に拍動が強くなって全身を流れる血液の速度が一気に速まった。脳全体を強く圧迫されるような感覚を覚え、体温が急速に上昇するのが分かった。

「来た、来たぞ来たぞ」

雪麻呂は左右の拳を握り締めて魅和子の写真を凝視し続けた。次の瞬間写真の顔がゆっくりと隆起し始めた。まるで水面から魅和子が浮き上がるように顔が立体化し、瞬く間に袋を被ったヨネの頭部が魅和子の頭部そのものになった。雪麻呂は唾を飲み込んだ。ベッドの上には全裸の魅和子が横たわっていた。雪麻呂の脳内がカッと熱くなり、それが一瞬で股間に流れ落ちた。亀頭を露出した陰茎がどくどくと脈打ちながら膨張し、蛇が鎌首をもたげるようにピンと屹立した。

「富蔵、いつもの応援を頼むっ」

雪麻呂が陰茎を握り締めて叫んだ。富蔵は「へいっ」と言うと、巾着の中からでんでん太鼓を取り出した。直径約十センチで、太鼓の左右に小豆大の玉が付いた糸が垂れていた。

雪麻呂はベッドの上に上がって両膝をつき、ヨネの両足を無造作に押し広げた。眼前に性器を露出した魅和子がいた。その性器はぬめった体液でねっとりと濡れていた。

「たまらねえっ」

雪麻呂は膝立ちのまま近づくと握り締めた陰茎を膣口に挿入した。亀頭に温かくてぬるりとした感触がした瞬間、背骨を微細な電流が走った。それを見た富蔵がでんでん太鼓を左右に振ってデン、デン、デンと音を鳴らした。雪麻呂はその律動に合わせて腰を振った。

「フレフレぼっちゃん、フレフレぼっちゃん、ナイスボーイの憎い奴」

「イケイケぼっちゃん、イケイケぼっちゃん、モダンボーイの洒落た奴」

富蔵が太鼓を振りながら応援歌を歌い始めた。

「カチカチマラボウ、ビンビンマラボウ、雪麻呂ぼっちゃん日本一」

「ニョキニョキマラボウ、ムクムクマラボウ、雪麻呂ぼっちゃん世界一」

「のってきたぞのってきたぞっ」

雪麻呂は太鼓の律動に合わせてさらに激しく腰を振った。亀頭がぬるついた膣内を素早く前後する度、突き上げて来る快感で脳内がびりびりと痺れた。雪麻呂は堪えきれずに低い呻き声を上げた。それはヨネも同じらしく、身を捩り、頭を左右に振って大きく何度も喘いだ。勿論それは雪麻呂にとって自分と性交して喘ぐ魅和子に見えた。あの魅和子の膣に自分の陰茎を挿入し、激しく動かしていると思った途端、今までの数百倍の痺れが脳を襲った。

「いくっ、いきそうだっ」

雪麻呂が叫んだ。富蔵は打ち鳴らしていた太鼓の速度を倍にし、デデデデデデと連打した。それに合わせて雪麻呂も腰を振った。やがて全身の感覚の全てが亀頭に集中して強い眩暈が起きた。睾丸と肛門の間に激しい痺れが走った。もう耐えることはできなかった。

雪麻呂は大きな呻き声を上げ、両足にぎゅっと力を込めた。

「雪麻呂ぼっちゃん万歳ーっ！」

富蔵が両手を上げて叫ぶのと同時に雪麻呂は射精した。陰茎が膣内で何度も震え、全身に強烈な電流が駆け巡った。

雪麻呂は大きく息を吐くと膣から陰茎を引き抜いた。それは白い愛液にまみれていた。

「ぼっちゃん、いかがでやしたか？」

富蔵が笑顔で言った。

「なかなか良かったな、やっぱりおめぇの応援があると調子がいい」

雪麻呂は額の汗を手で拭った。

「ありがとうごぜえやす」

富蔵が嬉しそうに言った。

「あぁ、あたし、もう駄目……」

ヨネの声がした。見るとベッドの上に足を大きく開いたまままぐったりと横たわっていた。

「男の人とやってこんなに感じたの、生まれて初めてです」

ヨネはそう言うと、鬘を外して写真の付いた布袋を取った。汗ばんだその顔は上気し、頬が薄らと紅潮していた。ヨネはゆっくりと上体を起こし、卑猥な笑みを浮かべた。

「ぼっちゃん、最高」

「やかましいわっ！」

雪麻呂はヨネの顔面を思い切り殴った。ゴッとにぶい音とともにヨネが倒れた。射精と同時に『姫幻視』の効果は消えていた。今の雪麻呂にとってヨネは愚鈍な馬鹿女でしかなかった。

「何すんのっ！」

ヨネが叫んだ。右の鼻孔から一筋の鼻血がたらりと垂れた。上気したその顔は突然の殴打により露骨に強張っていた。

「何がぼっちゃんだ馬鹿野郎っ！　もうおめぇに用はねぇんだよっ！　とっとと出ていけこの腐れドブスッ！」

雪麻呂はヨネの髪の毛を鷲摑みにしてベッドから引き摺り下ろした。ヨネは悲鳴を上げて尻から床に落ちた。

「富蔵、連れていけっ！」

雪麻呂が怒鳴った。

「へいっ、すぐに」

富蔵は慌てて脱ぎ捨てられた浴衣を取ると、全裸のヨネを立ち上がらせて部屋から出ていった。

「けっ、なめんじゃねぇぞ」

雪麻呂は低く呟くと、盥に張ったお湯で愛液にまみれた陰茎を丹念に洗い清めた。あの愚鈍な馬鹿女の中に入っていたかと思うと不快でならなかった。

雪麻呂が女として認めているのはこの世で魅和子ただ一人だった。魅和子と比べた場合、それ以外の女は全員何の価値も無いゴミ屑同然だった。どんな綺麗な映画女優でも、どんな可憐なレビュー・ガールでも魅和子の前では色褪せて見えた。雪麻呂にとって魅和子は唯一無二のものであり、人生の全てだった。だから雪麻呂は一日でも早く魅和子と許婚になりたかった。一日でも早く自分だけのものだという証が欲しかった。それは魅和子と一日でも早く性交したいという意味でもあった。魅和子の裸体を思い描くと、脳内が焼けつくように熱くなり眩暈を覚えるほどだった。

しかし雪麻呂はそれ以上に、精神的な部分で強く、深く結びつきたかった。自分が魅和子を愛するぐらい、自分も魅和子に愛されたかった。自分が魅和子を求めるぐらい、魅和子から自分を求められたかった。肉体的な結合は愛が無くても可能だが、精神的な結合は愛が無くては不可能だった。だから雪麻呂は魅和子の愛を得るために何度も恋文を書き送り、花束や洋菓子、着物や指輪などを次々と贈呈した。それでも反応が鈍いと見ると、勇気を振り絞って『東の屋敷』に出向き、面と向かって愛の告白までした。しかしそこまでやっても魅和子の反応は今一つだった。「私も雪麻呂が好き、でもまだ結婚までは決められない」を繰り返すだけだった。業を煮やした雪麻呂は父の大蔵に頼み込み、魅和子の父親、つまり大蔵の長弟・昭蔵に魅和子と許婚になる許可を求めた。

そこで思わぬことが起きた。『西の屋敷』に住む大蔵の次弟・平蔵の長男清輔も、魅和子と許婚になりたいと申し出たのだ。雪麻呂は昔からこの一つ年上の従兄が嫌いだった。神経質で陰険な性格をしており、陰気臭いその相貌を見る度に不快な気分になった。なぜか雪麻呂に妙な対抗意識を持っており、やることなすこと全てにチョッカイを出してきた。

そして今回もそうだった。清輔は今まで一度も魅和子に好意があるような素振りをとったことが無かった。しかし雪麻呂が叔父の昭蔵に許婚の許可を求めた途端、実は自分も前から魅和子に惚れていたなどとぬかして立候補してきたのだ。雪麻呂は頭に来たが、それでも特に心配はしなかった。魅和子は清輔など相手にせず、すんなり自分を選ぶと思ったからだった。しかし魅和子の反応は意外だった。「どちらにするか即決できないので来月の食事会で発表する」と答えたのだ。これには雪麻呂も驚愕した。まさかあの便所コオロギのような男と自分が、同点で並ぶとは夢にも思っていなかったからだ。雪麻呂は非常に強い精神的な衝撃を受け、三日間寝込んで神経性の下痢をするに至ったほどだった。

それからの一ヶ月は極めて長かった。一日の時間の流れがこれほど緩慢に感じたのは生まれて初めてだった。まるで合格発表を待つ受験生のように、期待と不安が入り混じった悶々とした状態で日々を過ごさねばならなかった。

しかしそれももうすぐ終わりだった。いよいよ今日の正午に四月の食事会が開かれるのだ。そこで魅和子が運命の決断をすることになっていた。

雪麻呂は落ち着かなかった。自信が無い訳では無かった。見た目でも性格でも、どう考えても自分の方が上だった。親の資産にしても比較にならないほどこちらが勝っていた。しかしどうしても魅和子の心が読めなかった。あの天真爛漫な、言い方を変えれば本能の赴くままに行動するあの少女の思考は、全くもって予測不可能だった。人間の好みは様々だった。世の中には実際に蛇や蠍を愛する女もいるのだ。もし魅和子がゲテモノ好きだった場合、あの便所コオロギを選択する可能性もあった。そうなった時、自分がどんな行動を取るのか雪麻呂には分からなかった。怒りのあまり清輔を殺すかもしれないし、悲しみのあまり自殺するかもしれなかった。あるいは全てが嫌になり、富蔵と二人で終わりの無い放浪の旅に出るかもしれなかった。ただ一つ分かっているのは、魅和子にふられた場合、今まで経験したことのない激烈な衝撃を受けるということだった。

雪麻呂は陰茎を洗い終えると手拭いで丁寧に拭いた。そして立ち上がり、南の壁際にある机に向かった。木製の勉強机は大きくてがっしりしており、左右に四つずつ引き出しが付いていた。机上には豚の頭ほどもある大きな地球儀があり、その下にいつものように富蔵が用意した新しい下着が置かれていた。雪麻呂は素早く褌(ふんどし)を締め、丸首の半袖(そで)シャツを着た。

「失礼しやす」

富蔵が一礼して入ってきた。

「帰ったか？」

雪麻呂が振り向いた。

「へい、わんわん泣かれて難儀しやしたが、何とか宥(なだ)めて帰しやした」

「おめぇ、女どもにはいっつも幾らやってんだ？」

「普通はギザ二枚です。でも今日はぼっちゃんが殴っちまったんでギザ三枚やりやした」

「三枚だと一円五十銭か。まあ、妥当な値段だな。あいつらにとってもいい臨時収入になるしな。ところで富蔵、今日の俺のマラボウはどうだった？」

「へい、いつもながら御立派でした。ぼっちゃんのは太くて長いだけじゃねぇんです。実に筋骨隆々としていて活力が漲(みなぎ)っておりやす。おっ立った時のぐぐっとした反り具合もいいですし、浮き上がる血管も力強くて見応(みごた)えがありやす。それにテカテカ光ってる躑躅(つつじ)色の亀頭は、赤いルビーかサファイアのように煌(きら)びやかで美しいです。これはあっしの勘ですが、もしマラボウオリンピックなるものがあれば間違いなく金メダルではないかと思いやす」

「うーむ、今日は一段といいこと言うじゃねぇか。さすがは日本一の下男だ。俺がメスの爬虫人ならおめぇに惚れてるぜ」

「ありがとうごぜえやす」

「おめぇは将来ラスプーチンみてぇな大物になるかもしれんな」

「ラスプーチンって誰です？」

「ロシアの怪物僧侶だ。たった一人で石を積み上げてクレムリン宮殿を造りあげた怪力の持ち主だ」

「訳が分からねぇですが何か嬉しいです」

「がんばって出世したまえ富蔵君」

雪麻呂は富蔵の肩を叩いた。

「あの、ところでぼっちゃん、今日は昼から食事会がありやすが、何を着ていきやすか？」

富蔵がどこか言いにくそうにして言った。正午まで三時間を切っていた。魅和子の許婚の発表が間近に迫っていた。緊張しているであろう雪麻呂の心中を富蔵が気遣っているようだった。

「そうだな、いつも通り将軍服で行くわ」

雪麻呂はさりげなく答えたが声が僅かに上擦っていた。富蔵の予想通り、食事会という言葉を聞いた瞬間心臓がどくりと鳴っていた。先ほどまではそうでも無かったが、時間が経つにつれ確実に緊張の度合いが高まっていた。そして今改めて富蔵から食事会があると聞かされ、強い便意を覚えるほどの緊張に全身をすっぽりと包まれていた。

「じゃあ、あっしは服にアイロンを掛けてきやす。十一時五十分に出掛けますので、よろしくお願いしやす」

「なあ、やっぱり父様は出席しねぇのか？」

「へい、今日朝食を届けた時念のためお聞きしやしたが、今までと同様に出席の意思は全く無いとのことです」

「そうか……」雪麻呂は低く呟くと腕組みをした。「なあ富蔵、今日の昼、食事会に行く前に父様の書斎に寄ってみようと思うんだ」

「ぼ、ぼっちゃんがですかっ？」富蔵が驚いた顔をした。「でも旦那様はあっし以外誰ともお会いにならねぇんですよ」

「誰も会うとは言ってねぇ。ドア越しに話をするだけだ。いいだろ？」

「絶対誰も入れるなときつく言われておりやすんで、それはちょっと……」

富蔵が申し訳無さそうに言った。

「研究室には入るが書斎には入らねぇんだ、いいじゃねぇか。それに俺は父様の一人息子だぞ？　そのぐれぇの権利はあんだろう」

「わ、分かりやした。ではこれから旦那様の所に行って、いいかどうか訊いてまいりやす」

「おう、そうしてくれ。いいか富蔵、一度断られても諦めんなよ、何回もしつこく土下座してぎりぎりまで喰い下がんだ。いいな？」

「へい。では行ってまいりやす」

富蔵はぺこりと頭を下げると足早に部屋を出ていった。

父が五階の研究室に閉じこもるようになって三ヶ月が過ぎていた。母の消えた次の日からそれは始まり、今もって一歩たりとも外に出ることは無かった。そのため月に一度開かれる月ノ森家の食事会もずっと欠席していた。

雪麻呂は目を伏せると、頬のこけた面長の父の顔をぼんやりと思い浮かべた。

＊

母・千恵子が謎の家出をしたのは約三ヶ月前の一月十一日だった。

初めに気づいたのは富蔵だった。いつものように朝六時に起こしにいくと寝室のベッドは無人だった。父・大蔵は研究室で一晩中研究をしていたため、異変に全く気づいていなかった。母の枕の上には一枚の便箋が置かれていた。そこには

『大蔵様、突然の御無礼お許し下さい。やむにやまれぬ事情により暫く家を空けます。どうか雪麻呂のことを宜しくお願い致します。いつの日か必ずや大蔵様の元に戻り、事の真相を詳らかに致します。それを聞いて頂ければきっとお許し下さると信じております。その時まで何卒、何卒ご辛抱下さいますようお願い致します。

千恵子』

とだけ書かれていた。その筆跡は確かに母のものだった。仰天した父はすぐに母の個室に飛び込んだ。部屋からは何着もの洋服や着物、下着、旅行用のトランク、そして貯金通帳と印鑑が無くなっていた。父はすぐに町の警察署の署長に電話をして捜査を依頼、また銀行にも連絡を取って口座を確認したところ、前日の十日に多額の現金が引き下ろされていた。警察は大蔵の面子（メンツ）を保つため極秘の内に捜査を開始、母と関係があるありとあらゆる場所を捜索したが発見できず、どこか遠方の地に向かったのではないかと判断した。

父の落胆ぶりは激しかった。あれほど深く愛し合っていた妻の、突然の出奔に完全に打ちのめされていた。それは富豪の医師の家に生まれ、何不自由なく育ち、帝大医学部を首席で卒業した父にとって初めての挫折（ざせつ）だった。父は大学時代からある一つの研究に没頭していた。それは脳の移植だった。まるで夢のような話だったが父は絶対に実現できると断言し、心底その成功を信じていた。そのため大学卒業後は病院の五階を自宅兼研究所に改築し、何種類ものサルから摘出した無数の脳を使って毎日研究に打ち込んでいた。それは文字通り『寝食を忘れて』行われた。日曜、祝日、正月を休まないのは当たり前、丸一日食事を取らないこともざらで、三日間一睡もせずに研究を続けていることもあった。そのため肩書きは月ノ森総合病院の院長だったが、診療は二人の弟に任せっきりにしていた。

その父が、まさに医学に魂を売ったようなその父が、母の消えたショックに耐えられず脳移植の研究を断念したのだ。研究所は閉鎖され、檻（おり）の中で飼われていた様々な種類の猿も全て処分された。父は白衣を脱ぎ、二度と着ようとはしなかった。そして研究所の中にある書斎に一日中閉じこもり、実子である雪麻呂を含めた全ての人間との面会を拒絶するようになった。唯一の例外は富蔵で、一日三回食事を運ぶため入室を許されていた。富蔵の話では、父は書類が山のように積み重なった机で、一心不乱に何かを書き綴っているとのことだった。その集中力は凄まじいらしく、富蔵が書斎に入り食事を載せた盆を傍らに置いても、全然気づかない時もあるとのことだった。

母が消えてから十日後、富蔵が血相を変えて一通の手紙を持ってきた。それは母から雪麻呂に宛てて送られた手紙だった。雪麻呂は急いで封を切った。中には一枚の便箋が入っていた。

『雪坊、お元気ですか？　突然私がいなくなって驚き、戸惑っているでしょうね。こんなお母さんをどうか許して下さい。私はいまある所で、ある人のお世話になっています。そこがどこで、どんな人かは、残念ですがまだ言えません。でもみなさんとても良くして下さるので、全然不自由はしていません。どうか心配だけはしないで下さい。私は家を出る時、雪坊だけには本当のことを告げようとしました。でも、眠っているあなたの顔を見ると、どうしても言うことができませんでした。ごめんなさい、許してね。でもこれだけは信じて下さい。私はいつでもどこでも雪坊のことを想っています。そしていつでもどこでも雪坊の幸せを願っています。そして必ず、雪坊を迎えに行きます。その時までどうか我慢して下さい。こんな我儘(わがまま)なお母さんをどうか許して下さいね。本当にごめんなさい。

追伸　この手紙のことはお父様には内緒にしておいて下さい。理由はいずれ手紙でお伝えします。

母より』

それは間違いなく母の筆跡であり、間違いなく母の言葉だった。雪麻呂は封筒の切手に押された消印を見た。それは意外にもこの町の郵便局のものだった。遠方の地に向かったという警察の判断は間違っていた。母はこの町か、この町の近辺のどこかに誰かと潜んでいるようだった。雪麻呂は母の言いつけ通り、父に手紙のことは報告しなかった。

それから不定期に母から手紙が来るようになった。毎回便箋には母の筆跡と言葉で一人息子への熱い想いが綴られていた。そして消印も全てこの町の郵便局のものだった。

雪麻呂は訳が分からなかった。

まず母が家出をする理由が分からなかった。世間でこういうことが起きた時、大抵の場合原因は『男』だった。情夫と密通を重ね、離れられなくなって駆け落ちするという事例が殆(ほとん)どだった。しかし母の場合、その可能性は極めて低いように思えた。なぜなら母と父は愛し合っていたからだ。それも本当に心の底から愛し合っていた。十二年間二人を観察してきた一人息子の判断だから絶対に間違いは無かった。仮に母が悪念を起こして浮気しようとしても、対象となる男性が周囲にはいなかった。外出するのは週に二回だけで、後はずっと病院内で過ごしていた。しかも外出時は必ず富蔵が付き添っておりどこにも隙が無かった。

男以外の可能性となると『宗教』しかなかった。母は敬虔なクリスチャンだった。幼い頃洗礼を受け、洗礼名も授けられていた。食事の前や就寝前など、ことあるごとに感謝の祈りを捧げていた。週に二度外出する理由の一つが日曜日の礼拝で、もう一つが食料品の買出しだった。しかも母は手紙で『みなさんとても良くして下さる』と書いていた。母を助け、援助する人達が一体誰かと推理した時、一番初めに浮かんでくるのは『同じ信者』という言葉だった。何かがあったのかもしれなかった。教会との間で、あるいは信者同士の間で何か悶着のようなことが起こり、母はそれに巻き込まれて家出を強いられたのかもしれなかった。雪麻呂はクリスチャンではなかった。この世のどんな神も信じていなかった。しかしそれでも宗教というものが底知れぬ力を持ち、時に信者をとんでもない行動に走らせることを知っていた。

もし家出の理由が『宗教』でもないとすると、もう母の『狂言』としか思えなかった。

そして父が毎日何をしているのかも分からなかった。母の家出で想像を絶する衝撃を受け、完膚無きまでに打ちのめされた父の心情は理解できた。しかし人生の全てと言ってもいい脳移植の研究を放棄し、書斎に閉じこもって何やら怪しげな書物を書き続けている父の行動は理解できなかった。耐え切れぬ苦痛を味わい生き地獄にいるにしても、余りにも常軌を逸した奇怪で奇妙な行動だった。雪麻呂は本気で、父が発狂してしまったのではないかと思っていた。そのうち自らの手で喉を掻っ切り、血まみれの死体で発見されるような気がしてならなかった。だから父と直接会話をすることで、その精神状態がどのようなものなのか確かめたかったのだ。

＊

富蔵が鉄輪に付いた鍵の束から一本を選んだ。それを鍵穴に差し込み、素早く右に回すとガシャリとくぐもった音がした。鉄のドアを開けて富蔵が研究室に入った。紺色の将軍服を着た雪麻呂が後に続いた。中は真っ暗で空気が澱んでいた。富蔵が壁の点滅器を押した。天井に下がった四つの裸電球が点き、黄色い光で室内を照らした。学校の教室三つ分ほどの空間が広がり、真ん中にスチール製の手術台が横に二つ並んでいた。左右の壁には二メートルほどある棚がずらりと並び、様々な薬瓶や実験器具がぎっしりと詰まっていた。右側の棚の下には、四十個近くある空の檻が乱雑に積み重ねられていた。実験用の猿を飼育していたもので、みな茶箪笥ほどの大きさだった。

「足元にお気をつけ下せえ」

富蔵が足早に進んでいった。積み重ねられた檻には猿の糞がこびりつき、未だに悪臭を放っていた。

「しかし、よく父様は俺と話す気になったたな」

雪麻呂が辺りを見回しながら言った。

「へい、あっさり許可が出たのであっしも驚きやした」

「でも何で三分だけなんだ？」

「旦那様は毎晩遅くまで起きている上に風邪気味なんです。長時間の会話がしんどいんでしょう」

富蔵が前を見たまま答えた。

辺りはしんと静まり返り、二人の足音だけが大きく響いた。富蔵は突き当たりの壁にある、栗色をした木のドアの前で止まった。そこが父の書斎だった。富蔵はドアを二回ノックした。

「富蔵か？」

五秒ほどしてくぐもった声がした。

「へい、あっしです。ぼっちゃんをお連れしやした」

富蔵がぺこりと頭を下げた。中で何かを床に置くような重々しい音が響き、数回咳払いが聞こえた。そしてまた五秒ほど間を置いて「雪麻呂、久しぶりだな」と言う父の声がした。ドアの前に立っているらしく、一度目よりも大きく鮮明に聞こえた。

「父様、今まで何やってたんだ、心配してたんだぞ」

雪麻呂は冷静に言ったつもりだったが声が僅かに上擦った。

「いやいや、実は小説を書いておったんだ」

父が照れ臭そうに言った。

「小説？」

雪麻呂は思わず訊き返した。

「そうだ、小説だ」

父はまた照れ臭そうに言った。それは全く予想していなかった答えだった。

「どんな小説だ？」

雪麻呂は半信半疑で訊いた。

「怪奇小説だ。男と女の様々な感情が絡み合いぶつかり合って殺人が起き、その結果主人公が全く予想もしなかった奇怪な状態に陥るんだ。どうだ、この設定を聞いただけでもわくわくするだろう？　完成したらちゃんと読ませてやるから楽しみにしてろよ」

父は低い声で笑った。

「そうか、凄ぇじゃねぇか」

雪麻呂も口元を緩めたが、頭の中は混乱していた。父の言っていることがどこまで本気なのか判別がつかなかった。本当に医者を辞めて作家になろうとしているようにも、母の消えたショックで気が変になり意味不明の発言をしているようにも思えた。

「主人公はどんな奴なんだ？」

「三十代の美しい女だ。この女には深い関わり合いのある二人の男がいる。一人は女の旦那だ。四十代の優秀な外科医だ。もう一人は二十代の青年だ。腕のいい料理人で、がたいのでかい奴だ。この三人がある事件をきっかけにとんでもないことに巻き込まれていくんだが、それ以上はまだ言えん。読んでからのお楽しみだ。ちなみに主人公の女は千恵子をモデルにしとるんだぞ」

父はまた低い声で笑った。

「へえ、母様が出てくんのか。今から楽しみだ」雪麻呂は栗色のドアに額を付けた。「でも父様、どうして誰とも会わねんだ？　せめて息子の俺ぐれぇ会ってくれてもいいじゃねぇか？」

雪麻呂はさりげなく訊いた。

「それは謝る、すまん。でもな、一日でも早く作品を仕上げるためなんだ。分かってくれ」

父は本当に済まなそうな声で言った。

「父様、また来月の食事会も欠席すんのか？」

「それは分からんなぁ。作品がいつ完成するかによって変わってくる。大分書き上がったから、もしかしたら来月は出席できるかもしれん」

そこで父は五回ほど咳をし、ペッと痰を吐く音がした。本当に風邪を引いているようだった。

「あの、ぼっちゃん、そろそろお時間ですので」

富蔵が雪麻呂の耳元で囁いた。雪麻呂は大きく頷いた。

「父様、食事会が始まるから行ってくる。今日は父様と話せて本当に良かった」

「それは私も一緒だ。小説が完成したらちゃんと会うからその日まで待っててくれ」

「分かった。ちゃんと待ってるぞ。ちなみにその小説の題名は何て言うんだ？」

「『怯える脳髄』だ」

父が楽しそうに言った。

「面白そうだな、早く読みてぇよ」雪麻呂はドアから額を離した。「じゃあな、父様。くれぐれも健康には気をつけてくれ」

「分かった。またな」

父は大声でそう言うと、また五回ほど咳をした。

二人は中央の円形ホールに出た。

富蔵は再び鉄輪に付いた鍵で研究室の鉄のドアに施錠した。

「おい、父様って本当に小説を書いてんのか？」

雪麻呂が富蔵を見た。

「それがあっしにもよく分からねぇんです」富蔵が声を潜めて言った。「ちゃんと確認したことがねぇもんで断定はできねぇんですが、何百枚という原稿用紙に何かを書き続けているのは確かです」

「そうか」

雪麻呂は閉じられた鉄のドアを見た。父の張りのある明瞭な声が耳の奥で甦った。父様は正常なのかもしれない、と雪麻呂は胸中で呟いた。凄まじい精神的苦痛を逆手に取り、小説の題材にして執筆を始めたのは正解のように思えた。原稿用紙の升目を一つずつ一つずつ文字で埋めていく度に、ズタズタに引き裂かれた心が少しずつ少しずつ治癒されてゆき、作品が完成した時、心の傷は完全に回復しているような気がした。そしてどん底から這い上がった父は活力を取り戻し、また脳移植の研究を再開するかもしれなかった。

そう考えると雪麻呂は小説が完成するのが楽しみになってきた。魂を込めて書かれたその作品は案外大傑作となり、父が職業作家になれるかもしれなかった。

「ぼっちゃん、どうかしやしたか？」

富蔵が怪訝な顔で訊いてきた。

「小説を書くことで、父様が本来の姿に戻るかもしれねぇって考えてたんだ」

雪麻呂は振り向いて富蔵を見た。

「そうですか、そうなるといいんですけどねぇ」

富蔵がしんみりと言った。

「まあ、いいや。ところで今何時だ？」

「十一時五十六分です」

富蔵が腕時計を見ながら答えた。

「やべぇ、食事会が始まっちまう。おい、行くぞ」

雪麻呂が研究室のドアの前から離れた。富蔵がその後に続いた。

二人は円形ホールの北側の壁際に設置された昇降機に乗った。これは月ノ森家専用のもので病院関係者が使用することはなかった。二人は一階で昇降機から降りると北側の出入り口から外に出た。病棟の裏には広大な竹林が広がっており、その手前に六角形のずんぐりとしたコンクリート製の建物が建っていた。それは『月森堂』と呼ばれる会堂で、月ノ森家の冠婚葬祭などが執り行なわれる場所だった。病棟から続く二十メートルほどの石畳の道を歩いて進み、観音開きの大きな扉の前で止まった。扉の左右の横にはそれぞれ一人ずつ人が立っていた。右側にいるのはスエという魅和子の下女だった。紺の粗末な着物を着ていた。五十代半ばの痩せた女でいつも暗い目つきをしていた。左側にいるのは清輔の下男で富士丸という男だった。灰色の作業服を着ていた。四十二歳の元力士で、二メートル近くある巨漢だった。目が細く吊り上がっておりいかにも粗暴な顔付きをしていたが、清輔の家族には極めて従順だった。建物の中に下男と下女は入れないため外で待機していた。

「では、いってらっしゃいやし」

富蔵は笑顔で頭を下げると駆けていき、スエの隣に立った。雪麻呂は頷くと観音開きのドアを開けて『月森堂』に入った。

中は学校の体育館の半分ほどの広さがあった。タイル張りの床は一面黒と白の格子縞になっており、高い天井には巨大なシャンデリアが二つ下がっていた。会堂の中央には二つの金屏風が立てられ、その前に白いテーブルクロスの掛かった二つの円卓が置かれていた。右側のテーブルは五人掛けで昭蔵夫婦と平蔵夫婦が座っていた。左のテーブルは四人掛けで魅和子と清輔、そしてその双子の妹の華代が座っていた。大人はみな燕尾服と黒いドレスで装い、いとこ達は学生服とセーラー服を着ていた。雪麻呂は左のテーブルに向かい、空いている椅子に腰掛けた。正面に清輔、左側に魅和子、右側に華代が座っていた。

「ようポンコツ将軍、元気だったか？」

清輔が雪麻呂の着る将軍服を揶揄するように言った。一重の腫れぼったい目は今日も暗く澱んでおり、神経質そうな薄い唇は人を小馬鹿にするように歪んでいた。

「元気に決まってんじゃねぇか、クソバカ便所コオロギ」

雪麻呂も嘲るように言った。その途端清輔の目に怒気が浮かんだ。一瞬口を開き何かを言いかけたが、そのまま口ごもり目を逸らした。『ポンコツ将軍』を上回る悪口が浮かばなかったようだった。

「こんにちは」

左に座る魅和子がこちらを見て笑みを浮かべた。

「お、おう、久しぶりだな」

雪麻呂はどぎまぎして答えた。やはり本物の魅和子は鮮烈だった。背中まで伸びる艶やかな黒髪を額から左右に分けていた。二重で切れ長の目は大きく、煌めくような光が浮かんでいた。ちょうど良い角度を持った鼻は気品があり、下の方が肉厚な小さめの唇は綺麗な桃色をしていた。今朝『姫幻視』で見た幻など全く比べ物にならぬ美しさだった。雪麻呂は改めて魅和子を自分だけのものにしたいと思った。

「ねえ、今さら何照れてんの？」右側に座る華代が雪麻呂の足を軽く蹴った。「もうすぐあんた達許婚になるかもしれないんだから、もっと堂々と挨拶しなよ」

「うるせえな、おめぇは黙ってろ」

雪麻呂は華代を横目で見た。華代は清輔と双子とは思えぬほど陽気で明るい性格をしていた。魅和子とは逆に髪は短く、前は眉毛の下、後ろは肩先で切り揃えていた。奥二重の丸い目をしており、鼻筋は通っていたが鼻先がつんと上を向いていた。頬には薄らとそばかすが広がり、唇は兄とは逆に肉厚だった。少女というよりも端整な顔立ちをした少年に見えた。

「ふん、魅和子がこんな低能馬鹿息子を選ぶ訳ねぇだろうが」

清輔が敵意を剝き出しにしてこちらを睨みつけた。

「おめぇみてぇなゲリクソ便所コオロギこそ選ばれる訳ねぇだろうが」

雪麻呂が口元を緩めた。清輔の顔がさっと強張り、頰が紅潮した。一重の目にはさらに激しい怒気が浮かんだ。

「う、うるせえっ、おめぇみてぇなガキと魅和子は釣り合わねぇんだよっ」

「おめぇみてぇなハゲクソ便所コオロギの方がもっと釣り合わねぇよ」

「おめぇなぁっ、さっきから俺のこと便所コオロギって言ってっけどよ、俺のどこに便所コオロギの要素があんだよっ、言ってみろよこの野郎っ！」

清輔が大声で怒鳴った。

「おめぇの顔面にその全要素が詰まってんだよっ。その暗くて陰気臭ぇ顔見てるとな、便器の隣で飛び跳ねてるあの茶色い虫を思い出すんだよボケッ！」

雪麻呂も怒鳴り返した。その言葉に魅和子が口を押さえて笑い出した。それを見た華代も口を大きく開けて笑い出した。清輔は愕然とした表情で二人の顔を交互に見た。その笑い声は雪麻呂の言葉を肯定する意味を持っていた。清輔は憎々しげにまた雪麻呂を睨むと、悔しそうに下唇を嚙んだ。

「失礼致します」

メイド服を着た二人の若いメイドが食事を運んできた。各自のテーブルの前には、古備前の茶褐色の大皿に載った刺身の盛り合わせが置かれた。

「和食かよっ！」清輔が叫んだ。「この雰囲気でいけば絶対洋食だろうっ！」

「洋食の料理人が辞めたんだからしょうがねぇだろがっ！」

雪麻呂も叫んだ。

「だったらさっさと新しいの雇えよっ、おめぇんとこの厨房どうなってんだよっ」

「厨房のことなんていちいち知らねぇよっ、おめぇみてぇな虫ケラは道端の草でも喰ってりゃいいんだよっ！」

「おめぇこそ、そんなっ……」

清輔はそこまで叫んでまた口ごもった。

「おめぇこそ何だよ？　言ってみろよコオロギ番長」

雪麻呂がにやつきながら挑発した。清輔は悔しそうに目を逸らすと小さく舌打ちをした。相手を罵倒するための語彙が雪麻呂よりもずっと少ないようだった。清輔は「畜生」と小さく呟くと、箸で鯛の切り身を摘んで口に入れた。

「二人とも本当に幼稚だよね」華代が楽しそうに言った。「絶対頭ん中五歳で止まってる」

「うるせぇ」

清輔がテーブルの下で華代の足を蹴った。

「ねぇ、辞めた洋食の料理人ってあのオムライスを作ってた人？」

魅和子が訊いてきた。

「そうだ、あいつだ」

雪麻呂は横目で魅和子を見た。

「何て名前だっけ？」

「何だっけな、藤原とか藤村とか、そんな感じだったな」

「何で辞めたの？」

「大陸に渡って一旗上げるとか言って今年の一月に辞めたんだ」

「そう、私あのオムライス大好きだったのに」

魅和子が少し寂しそうに言った。

食事が終るとメイドが珈琲を運んできた。目の前に珈琲カップを置かれ、その匂いを嗅いだ雪麻呂は強い緊張を覚えた。一ヶ月前の食事会の日、魅和子は「次の食事会で食後の珈琲が運ばれてきた時、許婚を発表する」と宣言していた。それは清輔も同じらしく、緊張した面持ちで珈琲に砂糖を入れていた。

「ねぇ魅和子、そろそろ発表すんでしょ？」

華代が緊張する二人をからかうように弾んだ声で言った。その言葉に雪麻呂と清輔は顔を見合わせた。清輔の目には怯(おび)えたような光が浮かんでいた。自分の目にも似たような光が浮かんでいるなと雪麻呂は思った。

魅和子は飲んでいた珈琲カップを皿に置き、こくりと頷(うなず)いた。

「あたし、あれから随分と考えたんだけど、どうしてもどちらか一人に決められないの」

魅和子は低い声で言った。その言葉に雪麻呂はショックを受けた。また便所コオロギと同点で並んだことが信じられなかった。

「それで考えたんだけど、二人が闘って、勝った方の許婚になる」

魅和子は上目遣いで雪麻呂と清輔を交互に見た。

「……た、闘うってどういうことだ？」

清輔が訊いた。

「武器を持たずに正々堂々と素手で闘って、相手が参ったと言ったら終了。空手とか柔道みたいにちゃんと規則を作って、反則したら勿論(もちろん)負け。いい方法だと思わない？」

魅和子は真顔で言った。冗談ではないようだった。

「……でも、何で闘わなくちゃならねぇんだ？」

雪麻呂が訊いた。

「これから一生一緒に過ごす人を決める訳だから、いざという時あたしを守ってくれなきゃ困るでしょ？」

魅和子の言葉にまた雪麻呂と清輔は顔を見合わせた。それは二人共最も不得意とすることだった。雪麻呂は巨大な権力を持っていたが腕力は皆無と言って良かった。生まれた時から父親の威光に守られ、子供はおろか大人までもが雪麻呂には決して歯向かわなかった。そのため今までただの一度も喧嘩をしたことが無い上に、体格は小柄で身長も体重も平均より下回っていた。いきなり闘えといわれても闘い方が分からなかった。それは清輔も全く同じで、身長と体重が僅かに雪麻呂より上回っているだけだった。

「だ、代理人が闘うっていうのはどうだ？」

清輔が弱々しい笑みを浮かべて言った。同時に雪麻呂の頭に熊田一等兵の顔が浮かんだ。

「そうだ、それはいい考えだ。そうしよう。絶対そうしよう」

雪麻呂は大きな声で言った。確かにそれは妙案だった。雪麻呂は生まれて初めて清輔に感謝した。

「でも、それじゃあ意味が無いんじゃないの？」

魅和子が首を傾げた。

「まぁ、聞いてくれ」清輔が言った。「俺らは歳が一つしか違わない。いわば同級生みてぇなもんだ。体格的にも殆ど同じでお互い格闘技も習ってねぇ。つまり戦闘能力がほぼ同じで、いくら闘っても絶対決着がつかねぇんだ」

「その通りだ、その通りだ」雪麻呂は大きく二回頷いた。「それに俺らは将来この病院を背負って立つ大事な跡取りだ。それがへたに闘って手に怪我でもしたら患者の手術ができなくなっちまう。そうならねぇように、やっぱり代理人が闘って勝敗を決めて、それで許婚になった方が格闘技を習うっていうのはどうだ？」

「でも代理人なんてすぐ見つかるの？」

魅和子が清輔を見た。

「大丈夫だ」清輔は即答した。「うちは下男の富士丸が戦う」

もう勝利を確信したのか満面の笑みを浮かべた。

「そっちは？」

魅和子が雪麻呂を見た。

「うちも大丈夫だ」雪麻呂も即答した。「魅和子が知らねぇ奴だが一人いいのがいる」

「そう……。華代はどう思う？」

魅和子は華代を見た。

「うーん、子供といっても一応男だしさ、本気になって殴り合ったら結構シャレじゃ済まないことになっちゃうかも」

華代がスプーンで珈琲をかき混ぜながら言った。雪麻呂は心の中で（いいぞ華代っ！）

と叫んだ。

「そうね、確かに手に怪我しちゃったら大変よね。よし決めた、それでいいわ。代理人にしましょ」

魅和子が力強く言った。

話し合いの結果、決闘の日は二日後の四月二十一日正午、場所は月ノ森総合病院の屋上、代理人は雪麻呂が熊田一等兵、清輔は下男の富士丸と決定した。規則はお互い素手で闘い、目潰し、急所攻撃、噛み付きは禁止となった。

＊

食事会は一時間で終了した。

雪麻呂が『月森堂』の正面の出入り口から外に出ると、扉の右側で待っていた富蔵が駆け寄ってきた。

「ぼっちゃん、魅和子様の件、いかがでやんしたか？」

富蔵が期待と不安が入り混じったような表情で訊いてきた。

「おめぇはどうなったと思う？」

雪麻呂は低い声で言うと、目を伏せて大きく息を吐いた。

「ぼ、ぼっちゃん、もしかして、もしかして、魅和子様は、き、き、清輔様を……」

富蔵の顔が青ざめ、声が微かに震え出した。

「心配すんな、最悪の結果じゃねぇよ。でもな、結構面倒臭ぇことになった」

雪麻呂はゆっくりと歩きながら簡潔に食事会での出来事を説明した。

隣の富蔵は左右の巨大な目を光らせて夢中で話を聞いていたが、最後に富士丸と熊田が闘うことを知ると驚きの声を上げた。

「富士丸たぁ嫌な相手ですね」

富蔵が腕組みをした。

「そうか？　体は馬鹿でかいけど相撲取りだろ？　回しがなきゃ技は掛けられねぇから、せいぜい張り手や突っ張りぐれぇしかできねぇんじゃねぇか？」

雪麻呂は地面の小石を軽く蹴(け)った。

「ぼっちゃん、富士丸が何で力士を廃業したか知ってやすか？」

「いや、知らんな」

「あいつは二人の相撲取りを殺してるんですよ」

「本当か？　誰から聞いた？」

「魅和子様の下女のスエです。一度目はぶつかり稽古(げいこ)の時、二度目は本場所の取り組み中で、どちらも張り手で相手の首を折ったそうです。富士丸はことあるごとに、そのことを自慢しているそうで……」

「なるほど、予想以上の強敵だったって訳か」雪麻呂も腕組みをした。「こうなると熊田の実力を確かめる必要があるな。よし、すぐに特別病棟に行くぞっ」

雪麻呂は病棟に向かって駆け出した。

＊

地下に続く短い階段を下りると、雪麻呂は壁の点滅器を押した。黄色い光が床から天井までコンクリートで固めた、十畳ほどの四角い空間を照らし出した。正面と右側の壁に錆びついた鉄のドアがあった。

「あっしは毎日ここに通ってるんですが、やっぱり何回来ても死体保管所はおっかねぇです」

富蔵が小声で言った。

「おめぇ、俺んとこに十年以上いんのにまだ死体が怖ぇのか？」

雪麻呂が呆(あき)れたように言った。

「違うんです、死体ではなくて徳一がおっかねぇんです」

「徳一がっ？」雪麻呂は驚いて叫んだ。「おめぇ、もしかしてあのクソジジイに何かされたのか？」

「何もされてねぇですけど、あの顔がおっかねぇんです。たまに会ったりすると背筋がゾッとしやす」

「おめぇも変わった奴だな、あんなの一発かませば土下座して謝るぞ。そうだ、今徳一を呼び出してここでぶん殴ってやる。おめぇも見てぇだろ？」

雪麻呂は歩いていくと死体保管所のドアノブに手を掛けた。

「やめてくだせぇっ！」富蔵が慌てて雪麻呂の右腕を強く摑(つか)んだ。「そ、それだけは、それだけは勘弁してくだせぇっ！　本当に、本当に、あの顔を見るのが嫌なんですっ、お願ぇします、お願ぇしますぼっちゃんっ！　後生ですからっ！　後生ですからっ！」

富蔵は左右の巨大な目をカッと見開いて叫んだ。ここまで取り乱す富蔵を見たのは初めてだった。なぜこれほど嫌悪感を露にするのか理解できなかったが、とにかくその必死の形相を見てさすがの雪麻呂も可哀相になった。

「分かったよ分かったよ、やんねぇよ」雪麻呂はドアノブから手を離した。「それにしても、おめぇは心の底から徳一が嫌なんだな」

「はい、あの顔は心の底からおっかねぇんです。ぼっちゃん、やめて下さりありがとうございやす」

富蔵は深く頭を下げた。

「全く人騒がせな野郎だぜ」

雪麻呂は正面の鉄のドアに歩いていくとポケットから鍵の束を取り出し、その中の一本で鍵を開けた。

「熊田一等兵っ！　非常呼集っ！　熊田一等兵っ！　非常呼集っ！」

雪麻呂は大声で叫びながら特別病棟の中に入っていった。すぐに前から三つ目のドアが開き、熊田が走り出てきて雪麻呂の前に立った。そして直立不動の姿勢をとり素早く敬礼した。

「緊急事態だっ。この月ノ森総合病院内に敵の密偵が侵入したっ」

雪麻呂は語気を強めて言った。その途端熊田の表情が一変した。左右の眉が吊り上がり、口が真一文字に結ばれた。

（さっそく兵士の顔になりやがったな）

雪麻呂は胸中で呟き、ほくそ笑んだ。

「すぐに捕獲して拷問したが、しぶとい奴で中々侵入の目的を吐かん。どうしたものかと難儀していると、その密偵がある提案をしてきた。それはこの町で一番強い者と決闘を行い、もし自分が負けたらなぜ病院に侵入したかを話すというものだった。そこで貴様にその密偵と闘ってもらいたいのだが、できるか？」

雪麻呂が言い終えた瞬間、熊田の目が輝いた。

「できます雪麻呂閣下っ！　じ、自分はこの日が来るのをずっと待っておりましたっ。いつか、いつかこの肉体兵器で敵を粉砕撃滅しようとずっと鍛錬を続けてきたのですっ。その夢が叶い、自分は今望外の喜びを感じておりますっ」

熊田は顔を紅潮させて叫んだ。その目には涙が浮かび、興奮のためか足が微かに震えていた。

「よくぞ言った熊田一等兵っ、七生報国っ、神州不滅っ、それでこそ御国に忠誠を誓った兵隊だっ。なおこの密偵を撃滅すれば二階級特進で階級が兵長となり、なおかつ軍の方から金鵄勲章の功七級が授与されるっ」

「み、身に余る光栄に言葉もありませんっ、必ずや憎き密偵を粉砕撃滅し病院侵入の目的を吐かせてみせますっ」

　熊田は満面の笑みを浮かべた。

「そこでだ、貴様がどれだけ強靭な肉体を持っているのか知りたいのだが、何かやってみせてくれないか？」

　雪麻呂が真面目な表情で訊いた。

「お安い御用です。では閣下、自分の部屋に来て下さい」

　熊田は踵を返して自室に向かった。雪麻呂と富蔵がその後に続いた。

　四畳半ほどの室内には右の壁際にベッドがあるだけで、あとは大きなバーベルや鉄アレイ、木製のバット、細長い鉄棒、三十個近い赤煉瓦などが散乱し、天井からは拳闘用の黒い砂袋がぶら下がっていた。熊田はその中から細長い鉄棒を手に取った。直径が一センチ、長さが五十センチほどで先端が鋭く尖っていた。熊田はそれを無造作に自分の喉に押し当てると、力を込めて突き立てた。一瞬熊田の喉に刺さったように見えたが、鋭い先端が数センチめり込んでいるだけで止まっていた。熊田が「はっ！」と声を上げてさらに力を込めると、鉄棒は真ん中からぐにゃりと弧を描いて曲がった。

「凄ぇっ！」雪麻呂が叫んだ。「喉の筋肉で鉄棒を曲げやがったっ。富蔵おめぇもやってみろっ」

「できる訳ねぇですよ」

　富蔵が真顔で答えた。

「けっ、根性のねぇ野郎だな。それでも爬虫人か？」

「だから『爬虫人』イコール『鉄棒を喉で曲げる』という発想は完全に間違っておりやす」

富蔵が静かに言った。

「熊田、あとは何ができるんだ？」

雪麻呂が訊いた。

「では、これをご覧下さい」

熊田は木製のバットを手に取ると、それを振り上げて自分の右の脛に思い切り叩きつけた。ガッという鈍い音が響いた。雪麻呂は驚いたが熊田は平気な顔をしていた。そしてまたバットを振り上げると、一度目よりもさらに強く右の脛に叩きつけた。同時にバットが真ん中から折れ、飛び散った先端が富蔵の顔面を直撃して跳ね返った。富蔵は体をくねらせながら真後ろに倒れた。

「何やってんだおめぇ？」

雪麻呂が訊いた。

「油断しやした」

仰向けの富蔵がか細い声で言った。前方に突き出た顔の先端部分が赤く腫れ、上唇の中央の上に開いた二つの小さな鼻孔から鼻血が出ていた。

「ちゃんと受け止めろよ馬鹿野郎、忍者みてぇに両手でサザッと摑むんだよ」

「忍者が折れたバットを摑んだとこなど見たことねぇです」

「痛ぇか？」

「痛ぇです。顔の先がじんじん痛みやす」

「一年経てばいい思い出になるから気にすんな。さっさと立て」

雪麻呂は右手を差し出した。

「ぼっちゃん、すいやせん」

富蔵は雪麻呂の右手を握ると、よろめきながら立ち上がった。

「あの、大丈夫でしょうか？」

折れたバットの柄を握ったまま熊田が心配そうに訊いた。

「大丈夫だ。爬虫人はガキの頃から顔面を石で叩いて鍛えとるからな」

雪麻呂が笑みを浮かべた。

「一回もやったことねぇ……」

富蔵が呟き、手の甲で鼻血を拭った。

「熊田、他にも何かできるか？」

雪麻呂が腕組みをして訊いた。

「はっ、ではいつもやっている基本的な鍛錬をお見せします」

熊田はそう言うと、百六十キロのバーベルを連続で三十回持ち上げ、左右の親指だけで三百回腕立て伏せをし、五分間で三百回の腹筋運動をした。

「うん、これだけ鍛えてあれば大丈夫だろう」雪麻呂は満足そうに何度も頷いた。「おい熊田、決闘は二日後の四月二十一日正午、場所は月ノ森総合病院の屋上だ。頼んだぞっ」

「はっ、お任せ下さい雪麻呂閣下っ！」

熊田は直立不動の姿勢をとり敬礼した。

＊

「しかし熊田は凄ぇな、あんなに強ぇとは夢にも思わなかったぞ」

五階に向かう昇降機の中で雪麻呂が感心して言った。

「でも大丈夫ですかね？」

隣に立つ富蔵がなぜか不安気な顔をした。

「大丈夫に決まってるじゃねぇか」雪麻呂が笑いながら言った。「確かに富士丸の図体はでけぇけど、熊田のあの肉体には敵わねぇよ。それに元相撲取りだ。確かに張り手の威力は凄ぇらしいが、回しがついてなきゃ技はかけらんねぇからな」

「いや、違うんですよぼっちゃん、あっしが怖ぇのは清輔様なんですよ」

「あのアホのどこが怖ぇんだ？」

「どうも清輔様は何か悪ぃことをして、つまり卑怯な闘い方をしてくるような気がしてなんねぇんです」

「なるほど、そう言われると確かにそうだな。あいつは小心者で心配性だから、もしもの時を考えて凶器みてぇなもんを富士丸の体に仕込んでくるかもしれねぇな。こっちもいざという時のために何か対策を練るか」

雪麻呂が清輔の陰気臭い顔を思い出しながら呟いた。

チン、という鐘の音が響き、昇降機が五階に到着した。

2　四月二十日

「ぼっちゃんっ！　大変ですっ！　ぼっちゃんっ！」

富蔵が叫びながら部屋に飛び込んできた。

早朝のまどろみの中でぼんやりしていた雪麻呂は、目を擦りながらベッドの上に上体を起こした。

「朝っぱらからうるせえなっ、魅和子でも死んだのかよっ」

「来やしたっ！」

「何がだ？　おめぇに生理でも来たか？」

「奥様から手紙が来やしたっ！」

富蔵が眼前に白い封筒を突き出した。

「何っ？」

雪麻呂はベッドから飛び起きると封筒をひったくった。一瞬で眠気が飛んでいた。急いで封を切り便箋を取り出した。

『雪坊、お元気ですか？　私はみなさんとともに、とても元気に毎日を過ごしております。私がある理由で家を出てからもう三ヶ月が経ちました。雪坊のことを思うと本当につらくてつらくて仕方がないのですが、今はどうすることもできません。どうかお母さんを許して下さい。でもこれだけは忘れないで欲しいのです。私はいつ、いかなる時でも雪坊の健康と幸せを祈り続けています。私は雪坊のためなら命を捧げても構いません。この無限の、無償の愛の力が、いつでもどこでも雪坊を守っているのだということを、心に深く刻み込んでください。

季節は四月になりましたね。高等科に進級おめでとうございます。将来のために毎日しっかりと勉強して下さい。特に苦手な算術はより一層の努力が必要ですね。分からないことがあればお父様にお聞きするのがいいかと思います。大丈夫、雪坊だったらきっと立派なお医者様になれるはずです。がんばってくださいね。これからも毎日雪坊のために神様に祈り続けます。それではまたお便りします。

追伸　毎回書いてますがこの手紙は決してお父様には見せないで下さい。くれぐれもお願いします。

母より』

「雪坊」という母の優しい声が耳の奥に響いた。首にかけた十字架を両手に挟み、神に祈りを捧げる母の気高い姿が甦った。

「どんな内容ですか？」

富蔵が遠慮がちに訊いた。

「いつもと同じだ。こっちは元気でやってるからお前もがんばれって奴だ」

雪麻呂は便箋を封筒に入れようとした。そこである匂いが微かにするのに気づいた。便箋にそっと鼻を当ててみると、あのラックスの甘い香りに似た母の香水の匂いがした。

「どうしたんですか？」

富蔵が怪訝な顔で訊いた。

「母様の香水の匂いがすんだ」雪麻呂は便箋に鼻を当てたまま言った。「母様は俺に対する愛情を、少しでも強く示そうとしてんだな」

「あっしには奥様の心中が痛ぇほど良くわかりやす。ぼっちゃんに会って抱きしめてぇ気持ちをぐっと我慢して、その代わりに便箋に香水を振りかける奥様を思うと……あっしはもう……堪らねぇ気分になりやす」

富蔵は巨大な左右の目を涙で潤ませた。

雪麻呂は、母がいなくなったその日から一週間、富蔵が家に戻らずに町中を探し回っていたことを思い出した。母はグロテスクな富蔵を嫌って冷たく接していたが、それでも富蔵は母に対して忠義を尽くしていた。雪麻呂は爬虫人として生まれた富蔵の運命に哀れを覚えた。

「ぼっちゃん、その手紙のこと今回も旦那様には内緒ですか？」

富蔵が低く呟いた。

「ああ、内緒だ。理由は分からねぇが母様が見せるなって言ってんだ、見せねぇほうがいい」

雪麻呂は便箋を封筒に戻すと切手を見た。今回もまた、この町の郵便局の消印が押されていた。

「なあ富蔵、何で母様は家を出たんだ？　そして何でこの町のどっかに潜んでるんだ？　今まで何百回何千回何万回と考えてみたんだが、どうしてもその理由が分からねぇ。富蔵はどう思う？」

雪麻呂が真顔で訊いた。

「あっしも同じです。奥様がいなくなってからずっとそのことを考えていたんですが、皆目見当がつきやせん。前日の晩まで本当に何の問題もなく生活していやしたから」

富蔵も真顔で答えた。

「おい、これは今まで何回もしてきた質問だが敢えてもう一回するぞ？　本当に教会関係者の中で、母様と親密な付き合いをしていた奴はいなかったのか？」

「いねぇです。日曜日の朝八時半に車で教会に出掛けていき、九時から一時間の礼拝を受けた後、そのまま車で家に帰ってやした。そりゃあ同じ信者同士ですから会えば軽い挨拶はしやすが、それ以上の突っ込んだ関係になった奴はおりやせん。あっしはずっと奥様の隣にいやしたから絶対間違いねぇです」

「帰る途中どっかに寄り道したことはねぇのか？」

「一度たりともありやせん。それに教会関係者は、警察が一番最初に目を付けて徹底的に調べたんですよ？　それで何も出てこねぇんですから、やっぱりシロなんじゃねぇですかね」

「週一回行ってた買出しはどうだ？　何か変わったことはなかったか？」

「ねぇです。あれも毎週水曜日に車で町の市場に行って、どっさり食料品を買って帰るだけですから。いくらなんでも市場のオヤジ連中と仲良しにはなりやせんよ」

富蔵はそう言うと微かに口元を緩めた。確かに母は食事にはうるさかった。「私達の口に入るものだから」と言ってわざわざ市場に行き、自分の目や鼻で確かめた上で様々な食材を買っていた。それを厨房の料理人達に渡し、調理に対する細かい指示を与えるのが常だった。

「畜生、駄目だ。脳味噌が痺れるぐれぇ考えてもさっぱり訳が分からねぇ。このまま考え続けると頭ん中がぶっ壊れそうだ」

雪麻呂はベッドから下りると勉強机の引き出しに白い封筒をしまった。

リビングの電話のベルが鳴った。富蔵が「ちょっと失礼しやす」と言って部屋から出ていった。五回ほどでベルが止み、廊下から低い話し声が二言三言聞こえた。すぐに富蔵が戻ってきた。

「ぼっちゃん、御学友の堀川真樹夫さんからお電話です」

「何、真樹夫だと？」

雪麻呂は部屋を出ると赤いカーペットが敷かれた廊下を進みリビングに入った。入り口の右側にあるサイドボードの上に黒電話が置かれていた。雪麻呂は外されたままの受話器を取った。

「俺だ」

「雪麻呂君か？」

「真樹夫、おめぇどっから電話してんだ？　ここには病院の中からしか掛けられねんだぞ」

「今、事務室の電話使ってんだ。高等科の学生証を見せて雪麻呂君の同級生だって言ったら貸してくれた」

「おめぇ、何で病院にいんだ？」

「昨日兄ちゃんがナムールから帰ってきたんだ」

「本当か？　めでてぇじゃねぇか」

「それが怪我して帰ってきたんだ」

「名誉の負傷による内地送還ってやつだな」

「そうだ、それで今日から月ノ森病院に入院してんだ」

「何号室だ？」

「三〇一号室だ」

「分かった、すぐ行く」

雪麻呂は受話器を置くとリビングを出た。

＊

三〇一号室は三階の東病棟の奥にあった。

雪麻呂はノックをせずに「入るぞ」と言うとドアを開け、富蔵とともに中に入った。そこは六畳ほどの個室だった。正面の壁際にベッドが横向きに置かれ、二十代前半の男が横たわっていた。その傍らの椅子に真樹夫が座っていた。

「随分早いね」

真樹夫は雪麻呂を見ると笑みを浮かべて立ち上がった。

「早いも糞もここは俺んちだからな」

雪麻呂も笑みを浮かべた。

「これ、つまらねぇ物ですけどお見舞いです」

富蔵が二十本近くのバナナが盛られた大きな籠を差し出した。

「凄ぇ、本物のバナナだっ」真樹夫が目を輝かせて籠を受け取った。「こんなに貰っちまっていいのかい？」

「気にすることはねぇ。俺はもう喰い飽きたからいらねぇんだ。鼻の穴から飛び出るぐれぇ喰いまくれ」

雪麻呂が真樹夫の胸を拳で軽く叩いた。

「何か、気を遣わせて済まないね」

真樹夫の兄が言い、ベッドに上体を起こした。坊主頭の精悍な顔立ちをした男だった。上方にきりりと伸びた左右の眉毛と、一重の大きな目が印象的だった。目の表面には活力が漲る力強い光が浮かんでいた。それは内在する強い正義感と、溢れんばかりの愛国心を象徴しているように見えた。青年将校というよりも若侍といった雰囲気を持っていた。

「雪麻呂君、これが兄ちゃんの美樹夫だ。会うのは初めてだろ？」

真樹夫が少し照れ臭そうに言った。

「ああ、初めてだ。ところで真樹夫の兄様はどこを怪我したんだ？」

雪麻呂が美樹夫に訊いた。

「何、ちょっとゲリラに撃たれただけだ」

美樹夫は白い病院の浴衣を脱いで上半身を晒した。その引き締まった筋肉質の体の左肩に大量の包帯が巻かれていた。

「兄様は何発撃たれたんだ？」

「一発だ。後ろからいきなり撃たれて弾が骨に喰い込んだ」

「鉄砲で撃たれんのはやっぱり痛ぇのか？」

「戦闘状態の時は脳が麻痺してるから衝撃しか感じなかったが、救援隊に助けられて安心した途端物凄く痛みだした。あんまり痛くて脂汗が出た」

美樹夫が口元を緩めた。

「さりげなく言ってるけど、それって物凄ぇ話だな。兄様は死ぬのが怖くねぇのか？」

雪麻呂が真顔で訊いた。

「うーん、死に方によるな。御国のためなら全く怖くないが、それ以外の何か個人的なことが原因で死ぬとなると、やはり怖いだろうな」

「何か真樹夫の兄様って物凄ぇ格好いいな。まるで映画や小説の主人公みてぇだ」

「それは君がまだ子供だからそう見えるんだよ。ちゃんとした大人になったら、俺がただの軍人でしかないってことが分かるよ」

美樹夫は恥ずかしそうに言い、脱いでいた浴衣を着た。

「いや、そんなことはねぇ。真樹夫の兄様は絶対只者じゃねぇ。おい富蔵、おめぇもそう思うだろう？」

雪麻呂が隣の富蔵を見た。

「へい、あっしも真樹夫さんのお兄様は大変ご立派な方だと思いやした。軍人の鑑と言っても過言ではねぇと思いやす」

富蔵が声を上擦らせて言った。その口調から密かに興奮しているのが分かった。兵隊になるのが夢である富蔵にとって、この青年将校は英雄のように見えるようだった。

「富蔵、せっかくこうして兄様に会えたんだから何か質問してみろ」

雪麻呂が気を利かせて言った。

「ええっ、いいんですか？」

富蔵が驚いたように叫んだ。

「ああ、いいよ、何でも訊いてくれ」

美樹夫が大きく頷いた。富蔵は満面に笑みを浮かべると、五秒ほど何かを考えてから口を開いた。

「あの、ナムールで一番旨ぇ食い物は何ですか？」

「馬鹿かおめぇっ！」雪麻呂は富蔵の頭をぶん殴った。「こういう時はな、敵を撃った時の気持ちとか、敵に撃たれた時の気持ちとか、実戦経験のある奴にしか分からねぇこと訊くのが普通じゃねぇかっ。現地の名産品訊いてどうすんだよボケッ！」

「す、すいやせん、南国の旨そうな果物が頭に浮かんだもんで」

富蔵が恥ずかしそうに頭を掻いた。

「まあまあ、そんなに怒らなくてもいいじゃないか」美樹夫が笑いながら言った。「ちょっと便所に行ってくるから、その間に次の質問を考えておいてよ」

美樹夫はベッドから下りるとサンダルを履いた。

真樹夫は枕元にあった『興亜』とマッチの箱を取って差し出した。

「兄ちゃん、ついでに煙草も吸ってきなよ」

「そうだな、じゃあちょっと一服してくるか」

美樹夫はそれらを受け取ると部屋から出ていった。

「雪麻呂君、ちょっと秘密の話があんだ」

急に真樹夫が声を潜めて言った。

「何だ？」

雪麻呂は訳が分からず訊いた。

「ちょっと富蔵さんに部屋から出てもらいてぇんだけど」

「分かった」

雪麻呂は振り向いてドアの前に立つ富蔵を見た。

「おい、ちょっと二人で秘密の話をするから廊下で待ってろ」

「へい」

富蔵は一礼すると部屋から出ていった。

「……話っていうのは、先月のあの事件のことなんだ」

真樹夫はさらに声を潜めた。

「大吉のことか？」

雪麻呂が真樹夫を見た。

「そうだ、熊田に殺された大吉君が生き返ったろ？　あの謎が解けたんだ」

「本当かっ？」雪麻呂は驚いて叫んだ。「一体何が起きたんだっ」

「実はうちの兄ちゃんが関わってたんだ」

そう言って真樹夫は昨夜美樹夫から聞いたという事の顚末（てんまつ）を語り始めた。それはナムールで起きた奇妙で奇天烈（きてれつ）な出来事だった。軍の要人を護衛してある山村に行くと、村人全員が爬虫人に殺されており、さらに美樹夫達も捕獲されて爬虫人の『棲家』へ連行された。そこで爬虫人の『裁判』にかけられ、同行した軍の要人は『死刑』判決を受けて処刑されたが、美樹夫は何とか『無罪』となり釈放された。その後『棲家』で一番偉い『長老』と面会。『長老』は念力を使い直接脳と脳で『会話』した結果気に入られ、「一つだけ願いを叶えてやる」と告げられる。美樹夫は弟と会うことを望み、真樹夫の夢の中で二人は再会。そこで困っていた真樹夫が大吉のことを相談すると、美樹夫と一緒にいた『長老』が死体を蘇生させると申し出て、秘密の儀式を執り行ったというものだった。

「じゃあ、そのナムールの爬虫人が念力で大吉を生き返らせたのか？」

雪麻呂が目を見開いて訊いた。

「そうだ、その『長老』とかいうばあさんが、へんてこな儀式をして復活させたんだ。何でも死んでから二日間以内なら生き返らせることができるってことだ」

「……信じられねぇ」

雪麻呂は虚空を見つめて呟いた。絶対にありえない話だった。

「でも、確実に死んでた大吉君が突然生き返ったのは事実じゃねぇか。それも俺がその兄ちゃんの夢を見たすぐ後に生き返ったんだ。そうとしか考えられねぇよ」

真樹夫は断定的な口調で言った。そう言われると雪麻呂に返す言葉は無かった。死人が生き返るという荒唐無稽な現象の原因には、爬虫人の念力というこれまた荒唐無稽なものが一番相応しいのかもしれなかった。

「大吉には言ったのか」

雪麻呂が訊いた。

「まだ言ってねぇ。言ったほうがいいのか？」

「いや、あいつは記憶がぶっ飛んでて殆ど憶えてねぇからヘタに言わねぇ方がいい。おい真樹夫、これは俺とおめぇの二人だけの秘密だ。絶対誰にも言うな。分かったなっ？」

雪麻呂は鋭い口調で言った。

「分かった、絶対誰にも言わねぇ」

真樹夫は頷きながら言った。

不意にドアが開いて美樹夫が入ってきた。白い浴衣から煙草の臭いがした。

「あの、あっしも中に入っていいんでしょうか？」

廊下に立つ富蔵が遠慮がちに言った。

「いいぞ、入ってこい」

雪麻呂が手招きした。富蔵は「失礼しやす」と言いながら歩いてきた。

「さあ、次の質問は決まったかな？」

美樹夫はベッドに腰掛けると笑顔で富蔵を見た。富蔵は一瞬困ったような顔をし、慌てて口を開けたが声が出てこなかった。何を訊くか考えてなかったようだった。

「あの、兄様はジャイロに乗ったことはあんのか？」

代わりに雪麻呂が質問した。咄嗟に考えたもので特に意味は無かった。

「いや、残念ながらまだない。ナムールには四月の初めに配備されたみたいだけど、俺はその時病院船で内地に向かってたからな」

美樹夫は左肩を右手で摩った。

「ぼっちゃん、では美樹夫さんと真樹夫さんをお誘いすればいいじゃねぇですか」

富蔵が笑顔で言った。

「何にお誘いすんだ?」

雪麻呂が富蔵を見た。

「ジャイロの体験搭乗ですよ。今月の二十二日に町の航空基地でやるじゃねぇですか」

「ああっ、そうかっ、確かにそうだっ。俺が父様に頼んで段取りをつけてもらってたんだ。魅和子のことで完全に忘れてた。二十二日って明後日じゃねぇか」

「へい、それにこのお二人をお誘いすればどうかと」

「そうか、それはいい考えだ」

「ゆ、雪麻呂君、もしかして俺と兄ちゃんジャイロに乗れんのかっ?」

真樹夫が叫んだ。かなり興奮しているらしく語尾が震えていた。

「乗れるぞ、みんなで町の上空を飛び回るんだ」

「凄ぇ、空飛べるなんて夢みてぇだっ、信じられねぇっ」感激のあまり真樹夫の目は薄らと潤んでいた。「なぁ雪麻呂君、大吉君も誘ってやろうよ、大吉君は俺の百倍ぐれぇジャイロに乗りたがってたじゃねぇか」

「あっ、そう言えばあいつをジャイロに乗せるって約束してたな。よし、大吉も誘おう。富蔵、後で大吉に連絡しとけ」

「へいっ」

富蔵が一礼した。

「ところで真樹夫の兄様の怪我の具合は大丈夫なのか？　ジャイロに乗っても平気なんだろ？」

雪麻呂が美樹夫に訊いた。

「俺は平気だ。弾も抜いたし、傷口も塞（ふさ）がったし、後は骨が良くなるのを待ってるだけだ。問題は無い」

美樹夫が明るく言った。陸士出の青年将校でも空を飛べるのは嬉（うれ）しいらしく、まるで子供のように無邪気な笑みを浮かべていた。

*

「しかしよ、なんでみんなジャイロに乗れるとなるとあんなに大騒ぎすんだ？」

三〇一号室からの帰り道、病棟の廊下を歩きながら雪麻呂が言った。

「そりゃそうですよ。今の日本人に空を飛ぶ機会なんて一生に一度もねぇですから。陸軍と海軍の兵隊さんの中でも、超エリートと呼ばれる航空兵だけの特権ですからねぇ」

隣を歩く富蔵が羨（うらや）ましげに言った。

「おめぇ航空兵になりてぇか？」

「なりてぇです」

富蔵が即答し、頭に巻いた日の丸の鉢巻を両手でぎゅっと締め直した。

「どのぐれぇなりてぇ？」

「百万粒の米粒に極細の筆で『航空兵になりてぇ』と書いて、それをふっくら炊き上げて喰いてぇぐれぇなりてぇです」

「全く意味が分からねぇけど、おめぇの燃えるような熱意は何となく伝わったわ」

「ありがとうごぜぇやす」

「航空兵になれんなら何でもするか？」

「何でもしやす」

「死体保管所の徳一を優しく抱きしめろと言われたらどうする？」

「抱きしめやす。そのまま接吻してもいいです」

「あの保管所の汚ぇ部屋で徳一と同居しろと言われたらどうする？」

「同居しやす。何なら徳一の養子になって毎日おとっつぁんと呼んでもいいです」

「そんなになりてぇか？」

「なりてぇです」

「将来本当に航空兵になれたらどうする？」

「嬉しさのあまりケツの穴から魚雷が飛び出すと思います」

「そんなに嬉しいか？」

「嬉しいです」

富蔵が真顔で言った。まさに筋金入りの軍国少年だった。将来、爬虫人には日本兵になる資格が無いと知った時の富蔵を思うと、少し心が痛んだ。

二人は廊下を進み、東病棟と西病棟を繋ぐ円柱部分の円形ホールに入った。五階以外のホールは全て壁で半分に仕切られ、南側だけの半円になっていた。その壁際には病院関係者が使う一般の昇降機が設置されていた。富蔵は国民服のポケットから鉄輪に付いた鍵の束を取り出した。そしてその中の一本を選び、仕切りの壁の中央にある鉄のドアを開けた。北側の半円にはいつも雪麻呂達が使用する月ノ森家専用の昇降機があった。富蔵は仕切りの壁のドアを閉めて施錠すると、昇降機のアコーディオン・ドアを開けた。

＊

五階に戻ると西側の自宅の玄関前に富士丸が立っていた。灰色の作業服を着た体は相変わらず巨大だった。

「何してんだ、おめぇ？」

不審に思った雪麻呂が訊いた。富士丸がここに来ることは滅多に無かった。

「突然のご無礼お許し下さい」富士丸は低い声で言い、一礼した。「実は華代様から言付けを頼まれまして」

「用があんなら電話しろよ。何でおめぇが来んだよ？」

「華代様が何度もお掛けしたんですが御不在だったため、私が来ました」

「重要なことか？」

「手紙の内容は存じません」

富士丸は歩いてくると白い封筒を差し出した。雪麻呂は無言で受け取った。

「では、失礼します」

富士丸はまた一礼すると昇降機に乗って帰っていった。

「華代様の言付けって一体何でしょうね？」富蔵が首を捻った。「かなりの急用のように感じやしたけど」

雪麻呂は封筒の中から便箋を取り出して読み上げた。

「突然こんなことしてごめんなさい。電話ではなく、実際会って話そうと決めました。とても大事なことです。今日の午後一時に月森堂の前に一人で来てください。絶対に一人で来てください。お願いします。華代」

「大事なことって何でしょう？」富蔵が腕組みをした。「あっしの勘だと、明日の対決に関することじゃねぇかと思いやすが」

「うん、俺もそんな気がする。でも絶対一人で来いと書いてあるのが少し引っ掛かるな。おい富蔵、おめぇも一緒に来い」

「でも華代様は絶対一人でって……」

「馬鹿、二人で堂々と行く訳ねぇだろ。おめぇは先回りしてどっかに隠れてんだよ。そっから華代の行動をじっくり監視して、何かまずそうなことになったらサッと出てくんだ。

向こうも一人で来るとは限らねぇからな。分かったか？」

「分かりやした」

「ところでおめぇ、腕っぷしのほうはどうなんだ？　ちゃんと俺を守れんのか？」

「お任せ下せぇ。あっし、今まで一回も喧嘩で負けたことがねぇんです」

「おめぇ一回も喧嘩したことねぇからな。まあ、嘘ではねぇな」

「だからぼっちゃん、大船に乗ったつもりで安心して下せぇ」

「大船？　おめぇがか？」

「へい、タイタニック号にでも乗ったつもりで安心して下せぇ」

「あの船沈んだじゃねぇかっ！」

雪麻呂が叫んだ。

「あっしのタイタニック号は沈みやせん。とっておきの必殺技がありやすから」

富蔵は不敵な笑みを浮かべた。

＊

指定された午後一時に月森堂に行くと、正面の観音開きのドアの前で華代が待っていた。セーラー服の上に白いカーディガンを着ていた。

「話って何だ？」

雪麻呂が華代の前に立った。しかし華代は無言だった。何か思いつめたような顔で、自分の足元をぼんやりと見つめていた。

「おい華代、なんで黙ってんだ？　体調でも悪ぃのか？」

訳の分からぬ雪麻呂が訊いた。華代は上目遣いで雪麻呂を一瞥すると、六角形の月森堂の右側の壁に沿って歩いていった。

「どこいくんだよ？」

雪麻呂がその後を追った。華代は無言のまま壁伝いに歩き続け、やがて月森堂の真後ろで止まった。そこは病院の建物から死角になっており、すぐ後ろには鬱蒼とした竹林が広がっていた。人目を避けるために移動したようだった。

不意に華代がこちら側に体を向けた。先ほどと同様に思いつめたような顔で、自分の足元を見つめていた。雪麻呂は何か声を掛けようとした。しかし今の華代の心が読めず、かけるべき言葉が見つからなかった。困惑した雪麻呂は、話しかけられるまで待つことにした。その華代の背後で人影が動いた。見ると先回りしていた富蔵だった。五メートルほどの距離を保ちながら、不測の事態に備えてこちらを監視していた。

「……ねぇ、お願いがあるんだけど」

足元を見つめながら華代が小さく呟いた。

「何だ？」

雪麻呂が訊いた。

「明日の決闘、辞退して」

「はっ？　何言ってんだおめぇ？　そんなこと絶対無理に決まってるじゃねぇか」

「明日の決闘辞退してっ！」

　華代が顔を上げて叫んだ。

「だから無理に決まってんじゃねぇかっ！」雪麻呂も叫んだ。「そんなことしたら清輔が魅和子の許婚になっちまうんだぞっ、俺はどうすんだっ」

「雪麻呂はあたしの許婚になってっ！」

　華代が雪麻呂の右手を両手で握った。雪麻呂は驚きのあまり声が出なかった。頭の中が激しく混乱して状況を把握できなかった。今まで華代がそんな素振りを見せたことは一度も無かった。常にからかわれたり冷やかされたりしてきたため到底信じられなかった。しかし華代の目は真剣だった。

「子供の頃から好きだったっ。ずっとずっと好きだったっ。あんたはいつも魅和子を見てたっ。あんたにとってあたしはいつもただの従姉だったっ。でも、それでもっ、それでもあたしは雪麻呂が好きっ」華代が雪麻呂の右手を両手でさらに強く握った。「あんたが魅和子を愛する以上にあたしは雪麻呂を愛してるっ。もうあんた無しの人生なんか考えられないっ！　もしこのままあんたと魅和子が結婚したら生きていけないっ！　お願いだからあたしの許婚になってっ！」

　華代は雪麻呂に抱きついた。髪から石鹸のいい匂いがし、密着した胸に見た目よりもずっと大きな乳房の感触を覚えた。しかし雪麻呂は動じなかった。逆に『そう言うことか』とやっと合点が行った。

「おめぇ、清輔に頼まれたな？」

雪麻呂が低い声で言った。

「えっ」

華代が声を上げた。

「清輔に頼まれて俺を誘惑しに来たんだろ？」

雪麻呂は笑みを浮かべた。華代は雪麻呂からゆっくりと体を離した。その顔は唖然としていた。

「そ、それ、本気で言ってんの？」華代の声が震えていた。「こんなに必死になってあたしの長年の想いを告白したのに、あたしがあんたの邪魔をしに来たっていうの？」

「それ以外何があんだよ、もう猿芝居はやめて帰ってくれ」

「ふざけんじゃないよっ！」華代は叫ぶと雪麻呂の顔を平手で打った。「今までどれだけ思い悩んできたと思ってんのよっ！　人を馬鹿にすんのもいい加減にしろっ！」

華代は左手で雪麻呂の胸倉を摑むと右の拳で顔を殴りつけてきた。十三歳の少女のパンチのため殆ど利かなかったが、それでもそれ相応の痛みがあり雪麻呂は両手で顔を防御した。

「お待ち下さいっ！」

突然声が上がった。見ると華代の後方にいた富蔵がこちらに向かって駆けてきた。

「華代様御乱心っ！　華代様御乱心っ！」

富蔵は叫びながらやって来ると華代の足元に土下座した。

「華代様、どうか富蔵の顔に免じてぼっちゃんを解放して下せぇっ、あっしはこう見えても昔から」

「うるせぇっ！」

華代は富蔵の顔を蹴り上げた。富蔵は鼻を押さえてうずくまった。

「いい加減にしろっ！」

雪麻呂は殴り続ける華代の胸を突き飛ばした。華代は大きくよろめいて地面に尻餅を突いた。

「おい、清輔に言っとけっ。明日の対決でもしそっちが汚ぇ手を使ったら、こっちも必ず汚ぇ手でやり返すからな。分かったかっ！」

雪麻呂は大声で怒鳴った。華代はへたり込んだまま怒気の籠った目でこちらを見上げていた。

「おい、帰るぞ。立て」

雪麻呂が富蔵の襟を摑んで引っ張った。

「へい」

富蔵は鼻を押さえたまま立ち上がった。

＊

「とっておきの必殺技が『土下座』ってどういうことだ？」

五階に向かう昇降機の中で雪麻呂が訊いた。

「すいやせん。日本人はあれに弱ぇから、いけるんじゃねぇかと思ったんです」

富蔵が恥ずかしそうに頭を掻いた。

「馬鹿かおめぇ、顔面蹴られて終わりじゃねぇか」

「『大船に乗ったつもりで』なんて、でけぇこと言った自分が恥ずかしいです。見事に沈没しやした」

「沈没って言うより転覆したって感じだな」

「面目ねぇです」

「それにしても清輔の野郎、汚ぇ手を使ってきやがったな」

「同感です」富蔵が何度も頷いた。「まさか妹の華代様が色仕掛けで来るとは思いやせんでした」

「でも華代の奴、迫真の演技だったぞ。あんまり感情込めてしゃべるから、一瞬本気で俺のこと好きなんじゃねぇかと思っちまった」

「ぼっちゃん、女はおっかねぇです。女なんて一皮剥けばみんな魔性のメス猫です。油断すると心を鷲摑みにされてメロメロにされやすよ。お気をつけ下せぇ」

「おめぇが女を語るんじゃねぇよ童貞蜥蜴」雪麻呂が富蔵を睨みつけた。「メスの爬虫人百匹とやることやってから能書きたれろよ馬鹿野郎」

「すいやせん、調子にのりやした。以後気をつけやす」

富蔵はぺこりと頭を下げた。

「とにかく清輔の野郎、明日の決闘も絶対汚ぇことしてくんな」

「こっちが正々堂々と闘ったらとんでもねぇことになりやすね」

「今夜は徹夜で対策を練るぞ。おめぇも脳味噌(のうみそ)ふり絞って考えろ」

「へいっ」

富蔵が威勢良く返事をした。

チン、という鐘の音が響き、昇降機が五階に到着した。

3　四月二十一日

月ノ森総合病院の屋上は長大だった。

幅約十メートル、長さ約百メートルのコンクリートの床が東西に延びていた。屋上の縁には高さ約一・五メートルの黒い鉄柵(さく)が巡らされ、照りつける春の暖かな日射しを受けて鈍く光っていた。

その空母の飛行甲板のような屋上の西側に、熊田一等兵と富士丸が二十メートルほどの距離を置いて対峙(たいじ)していた。熊田は灰色の柔道着を着て頭に黒い鉢巻をし、富士丸は上半身裸でカーキ色のズボンを穿(は)いていた。対峙する二人の、ちょうど中央から五メートルほど離れた北側の柵の前には立会人が待機していた。右から横一列に雪麻呂、清輔、華代、魅和子、富蔵の順で立っていた。いとこ達は学生服とセーラー服、雪麻呂は将軍服、富蔵はいつもの国民服を着ていた。

雪麻呂は昨夜遅くまで富蔵と協議を重ね、立案した三つの作戦を熊田に伝えていた。一つ目は富士丸が武器などを使って反則した場合、柔道着の帯を使って攻撃すること。二つ目は同じく富士丸が反則した場合、中に鉄板を仕込んだ鉢巻で頭突きをすること。三つ目は余りにも酷い反則をした場合、雪麻呂が銃で富士丸を脅して決闘を止めさせることだった。そのため雪麻呂は将軍服のズボンのバンドに自動拳銃の入った革嚢を吊るしていた。

「おめぇ、何でピストルなんて提げてんだ？」

隣の清輔が訝るような顔で訊いてきた。

「特に意味はねぇ。ただの飾りだ」

雪麻呂はさりげない口調で答えた。

「弾は入ってんのか？」

「ああ、八発全部入ってる」

「何で飾りなのに弾が入ってんだ？　おかしくねぇか？」

清輔がしつこく訊いてきた。その目には微かに怯えたような光が浮かんでいた。必死で隠そうとしていたが内心動揺しているのが分かった。

「別に弾が入ってたっていいじゃねぇか。元々弾倉の中に八発詰まってたんだ。抜くのが面倒臭ぇからそのままにしてるだけだ。他に意味はねぇ」

雪麻呂が口元を緩めた。

「そうか……」

清輔は雪麻呂の顔と腰の革嚢を交互に見ると視線を逸らした。雪麻呂は自分の判断が正しかったことを知った。清輔が動揺するのはこの銃に脅威を感じているからであり、それは銃より威力の落ちる凶器を隠し持っている証拠に思えた。

(やれるもんならやってみろよ便所コオロギ)

雪麻呂は胸中で呟いた。

不意に南の方向からサイレンの音が聞こえてきた。それは町の消防署が正午を知らせるため毎日鳴らしているものだった。老人の泣き声に似た耳障りなサイレンはいつも通り十秒で止まった。

「よし、時間だ。決闘を始めるぞっ」

雪麻呂が一歩前に出て叫んだ。

「用意はいいかっ？」

雪麻呂が熊田を見た。

「出撃準備完了っ！」

熊田は叫ぶと、自分の頬を両手で思い切り叩いた。

「そっちはどうだっ？」

雪麻呂は富士丸を見た。富士丸は無言で大きく頷いた。

「よし、始めっ！」

雪麻呂が右手を高く掲げた。

その途端富士丸が走り出して瞬く間に距離を詰めた。慌てた熊田が数歩後退した時富士丸の右の拳がその顔面を直撃した。熊田は低く呻いてよろめいた。富士丸は猛烈な速さで次々と顔面を殴打し、その度に熊田の口から血しぶきが飛び散った。

「富士丸は相撲だけじゃねぇっ、拳闘もできんだっ」

清輔が自慢げに言った。熊田は素早くしゃがむと地面を数回転がって退避し、また素早く立ち上がった。二人は五メートルほどの距離で再び対峙した。熊田の顔は赤く腫れ上がっていた。鼻孔と口角から血を流し、上の前歯が一本欠けていた。雪麻呂は富士丸を見た。両手を拳闘式に顔の前で構えたその右の拳に、熊田の前歯が突き刺さっていた。

また富士丸が突っ込んだ。上体を低くして顔面に拳を突き出した。その腕を熊田が受け止め一瞬で一本背負いを掛けた。富士丸の巨体は軽々と宙を舞い、コンクリートの床に叩きつけられた。その顔面を熊田が思い切り踏みつけた。林檎が潰れるような音とともに鼻骨が砕け大量の鼻血が噴き出した。魅和子が甲高い悲鳴を上げ後方に倒れた。隣の富蔵が慌ててその体を抱きとめた。富士丸は鼻を押さえて立ち上がると急いで後退した。

「ぼっちゃん、魅和子様が失神しやしたっ」

富蔵が叫んだ。

「魅和子には刺激が強すぎるっ、五階の部屋に連れてってくれっ」

雪麻呂も叫んだ。富蔵は頷き、魅和子を抱きかかえて走っていった。

富士丸は大量の鼻血を流しながら、今度はじりじりと距離を詰めていった。熊田は両手を上段に構え、左に円を描くように移動した。距離が二メートルを切った時富士丸が前に出た。熊田が反射的に両腕で顔を防御した。それを富士丸が右手の爪で引っ掻いた。熊田の左腕の皮膚に細い赤線が四本できた。次の瞬間それらはぱっくりと開いて血が溢れ出した。熊田は顔を顰めると数メートル後退した。雪麻呂は身を乗り出して富士丸の右手を見た。その五つの爪の全てが左右の丸みを切って鋭い三角形にしてあった。

「汚ぇぞっ、武器は禁止じゃねぇかっ」

雪麻呂が怒鳴った。

「あれは武器じゃねぇっ、体の一部だっ」

清輔が怒鳴り返した。その言葉に雪麻呂の脳内がカッと熱くなった。突き上げてきた怒りで体が震えた。

「熊田っ、帯だっ」

雪麻呂が叫んだ。熊田は一瞬で帯を外すと今度は自分から富士丸に突っ込んだ。不意を衝かれ思わず身を竦めた富士丸の首に帯を掛け、左右に引き絞って締め上げた。

「てめぇこそ武器じゃねぇかっ！」

清輔が雪麻呂に詰め寄った。

「あれは武器じゃねぇっ！、着衣の一部だボケッ！」

雪麻呂が大声で言い返した。瞬く間に富士丸の顔が紅潮した。脳への血流が止まったらしく崩れ落ちるように倒れた。

「熊田っ、鉢巻だっ」

雪麻呂が自分の額を指差した。熊田は帯から手を離すと馬乗りになり、その紅潮した顔面に頭突きをかました。鉄板の入った鉢巻が口元を直撃し、今度は富士丸の四本の前歯が派手に飛び散った。しかしその衝撃で富士丸が蘇生した。すぐに状況を把握したらしく右手で素早く熊田の左耳を掴んだ。尖った五本の爪が深く喰い込み血が流れ出した。熊田の顔が露骨に歪んだ。痛みに耐え切れなくなったのか、富士丸の右腕を両手で掴み強引に引き離した。

「があああっ」

同時に熊田が声を上げた。富士丸の右手には引きちぎられた左耳があった。華代が震えを帯びた悲鳴を上げた。熊田は耳の傷口を押さえると富士丸の上から下り、傍らに片膝をついた。出血が激しく灰色の柔道着がたちまち赤黒くなった。

「何してるっ、さっさとやっつけろっ」

清輔が声を上げた。

富士丸は耳を投げ捨て立ち上がった。そして爪を立てた右手を振り上げると熊田の頭部に打ち下ろした。同時に熊田が動いた。それを待っていたかのように左手で右手首を掴んだ。富士丸が驚いたように目を剝いた。熊田はその手指を右手で握り一気に手の甲に押し倒した。何本もの枝が折れるような音がして富士丸の顔が引き攣った。親指以外の四本の指が根元からへし折られていた。

「おおおおおおっ！」

富士丸が狂ったように叫んだ。叫びながら熊田の右目に左の人差し指を突き入れた。熊田が金属音のような悲鳴を上げた。

「目潰しは反則だっ！　止めさせろっ！」

雪麻呂が怒鳴り清輔の肩を突いた。

「うるせえっ、こうなったらなんでもありだっ！」

清輔も怒鳴り雪麻呂の肩を突き返した。

熊田は右手で富士丸の股間を鷲摑みにした。富士丸が大きな呻き声を上げて右目から指を引き抜いた。熊田の眼球は潰れたオタマジャクシのようになり、どろりとした透明の液体が頬に流れた。

「怨敵粉砕撃滅っ！」

熊田は絶叫すると立ち上がり富士丸の体に抱きついた。そして眼前にある富士丸の左頬に大口を開けて噛み付いた。富士丸が悲鳴を上げた。腹の底に響くような重苦しい悲鳴だった。

「噛み付きは反則じゃねぇかっ！」

清輔が雪麻呂の胸倉を摑んだ。

「今さら何ぬかしてんだ馬鹿野郎っ！」

雪麻呂は清輔の手を振り払った。

熊田が顔を離した。その口には桃色の肉塊が付いていた。富士丸の左頬は嚙みちぎられ歯列が剝き出しになっていた。熊田は肉塊を吐き出すと富士丸の右肩に顎を乗せた。そしてその背中に両腕を回し、全体重を掛けながらありったけの力を込めて締め上げた。相撲でいう『鯖折り』だった。富士丸はまた重苦しい悲鳴を上げた。その上半身は大きく仰け反り、そのまま後ろの床に勢い良く倒れた。熊田は仰向けになった富士丸の上に再び馬乗りになった。

「やったっ、やったぞ熊田っ！」雪麻呂が右腕を突き上げた。「今度こそ勝負はついたっ！　俺の勝ちだっ！」

「いや、まだ決まってねぇっ！」

清輔は学生服の内側に手を入れて中から何かを引き抜いた。

「富士丸っ！」

清輔は叫んで投げつけた。富士丸は傍らに落ちたそれを急いで左手で摑んだ。雪麻呂は息を飲んだ。清輔が投げたのは刃渡り三十センチほどの銃剣だった。

「やめろっ！」

雪麻呂が叫び腰の拳銃を抜いた。同時に富士丸は馬乗りになっている熊田の下顎に銃剣を突き刺した。

「あがぁっ！」

熊田がくぐもった声を上げた。顎の内側に刺さった刃先は舌を貫通し、上顎の口蓋にまで達していた。熊田はゆっくりと銃剣を引き抜いた。口内から大量の血が溢れ出し富士丸の顔に掛かった。

「熊田っ、大丈夫かっ？」

雪麻呂が大声で訊いた。熊田はこちらを向くと血を吐きながら大きく頷いた。

「我負傷するも、その士気は依然として極めて高しっ！」熊田が力強い声で叫んだ。「本日午後零時を期し、我熊田一等兵は月ノ森総合病院内を跋扈する敵密偵を正面より攻撃し、これを粉砕撃滅すべしっ！」

熊田は銃剣の柄を右手で握り高く振りかざした。富士丸が反射的に右の掌で顔を覆った。熊田は勢い良く銃剣を振り下ろした。刃先はその右手を貫き真下の顔面に突き刺さった。富士丸が悲鳴を上げた。今度は女のように甲高い悲鳴だった。

「やめてくれっ！」富士丸は怯えた子供のような顔で叫んだ。「助けてくれっ！　お願いだっ！　死にたくないっ！　勘弁してくれっ！」

「徹底粉砕っ！　徹底撃滅っ！　これ以外に道は無しっ！」

熊田は頭を横に振ると銃剣を引き抜いた。刀身が貫いた富士丸の右手も一緒に持ち上がった。熊田はまた勢い良く銃剣を突き刺した。富士丸は両足をばたつかせて絶叫した。

「謝るっ、謝るっ、謝るから待ってくれっ」富士丸は声を震わせて懇願した。「済まなかったっ、俺が悪かったっ、許して下さいっ、どうか許して下さいっ」

苦痛と恐怖で歪みきった顔は血にまみれ、目から涙が溢れた。

「雪麻呂閣下は絶対なりっ。閣下の命令もまた絶対なりっ」

熊田はそう言うと押し黙り、繰り返し繰り返し富士丸の顔面を刺し続けた。その度に貫かれた右手が銃剣と一緒に上下し、富士丸の悲痛な叫び声が上がった。血まみれの顔面は無数の切創で覆われ人相の判別ができなかった。

気づくと富士丸は動かなくなっていた。

「熊田、もういいぞ」

雪麻呂が声を掛けた。熊田が手の動きを止めた。いつの間にか刀身が左目の中に深々と突き刺さっていた。熊田は大きく息を吐いた。そして銃剣の柄から右手を離すと両手を高々と突き上げた。

「うおおおおおおおっ！」熊田が猛々しい咆哮を上げた。「我、怨敵を粉砕撃滅すっ！　繰り返すっ！　我怨敵を粉砕撃滅すっ！」

「俺の勝ちだ。魅和子は俺の許婚にする」

雪麻呂は静かに言い拳銃を腰の革嚢に戻した。清輔は無言だった。呆然とした顔で富士丸の死体を凝視していた。左側を見ると華代がうずくまり耳を両手で塞いでいた。あまりに凄惨な戦いを正視できなかったようだった。

「華代、もう大丈夫だぞ」

雪麻呂は微かに震えているその肩を叩いた。華代はゆっくりと顔を上げ、左右の耳から手を離した。

「終わったの?」

「終わった」

「どっちが勝ったの?」

「俺だ」

「そう……」

華代が視線を落とした。不意に清輔が近づいて来た。雪麻呂が振り向いた瞬間、清輔は雪麻呂の腰の革嚢から拳銃を引き抜いた。

「何してんだっ!」

雪麻呂が怒鳴った。

「動くなっ!」

清輔が雪麻呂に銃口を向けた。雪麻呂はそれ以上前に進めなかった。

「冗談じゃねぇぞ、魅和子は俺の女だ。誰がおめぇになんかやるかっ」

清輔は拳銃を熊田に向けると躊躇せずに引き金を引いた。凄まじい銃声が辺りの空気を震わせ、飛び出した薬莢が床に転がった。富士丸の上に馬乗りになっていた熊田が前のめりに倒れた。

「熊田っ」

雪麻呂が叫んだ。熊田は動かなかった。その代わりに額から赤黒い血が流れ出した。

「これで全てチャラだ」清輔はそう言うと拳銃を投げ捨てた。「これからおめぇと殴り合う。そこで勝った奴が魅和子の許婚だ。いいな？」

清輔は低い声で言うと学生服を脱いで足元に落とした。雪麻呂は無言で近づいていくと清輔の前で止まった。

「準備はいいか？」

清輔が睨みつけてきた。雪麻呂は無造作に清輔の股間を蹴り上げた。清輔の顔が歪んだ。一重の目が大きく見開かれ、半開きの唇が小刻みに震え出した。そして両手で股間を押さえると床に両膝をつき、大きな呻き声を上げながら前に倒れた。歪んだ顔は紅潮し、涙が次々とこぼれ落ちた。清輔は体を捩って悶絶した。大きな呻き声は搾り出すような泣き声に変わった。

「雪麻呂の勝ちだね」

後ろで声がした。振り向くと強張った顔の華代が鉄柵に寄りかかって立っていた。

＊

熊田と富士丸の死体は雪麻呂と富蔵で処理した。

方法は以前真樹夫が言っていたことをそのまま実践した。

二人の死体を車輪の付いた移動用寝台に乗せ白い敷布で覆った。それを月ノ森家専用の昇降機で一階に運び、長い廊下を押していった。地下への階段は短かったが下りる時は手間が掛かった。富蔵が後ろ向きになって前を持ち、雪麻呂が後ろから押してゆっくりと下ろしていった。寝台の重みが全て富蔵にかかるためかなり辛そうだった。

二台の寝台を地下に下ろすと富蔵は逃げるように階段を駆け上がっていった。徳一とは絶対に会いたくないという理由だった。仕方なく雪麻呂は一人で寝台を保管所に運び、徳一に命じて二体とも防腐液のプールに沈めた。後は大学の医学部が買い取っていき、解剖実習後は火葬にするため証拠は全く残らないはずだった。

雪麻呂は徳一に拳銃を突きつけて「このことを絶対に誰にも言うな」と厳命した。徳一は震えながら口外しないことを約束したが、雪麻呂は念のため顔面を二発殴り「誰かに言ったら殺す」と脅した。徳一は泣きながら土下座して死んでも口外しないことを誓った。

また清輔の下男と特別病棟の患者を決闘させ、死亡させた詳細を富蔵を介して父に報告した。父は黙って富蔵の話を聞いていたが怒ることも無く、「分かった。富士丸のことは私から平蔵に話しておく」と答え、熊田一等兵については一切触れなかった。また魅和子と雪麻呂が許婚になることも了承し「私から昭蔵にお願いしておく」と答えた。

雪麻呂は晴れて、魅和子の正式な許婚となった。

4　四月二十二日

黒い六輪自動車はゆっくりと航空基地の営門をくぐった。門の左側には衛所があり、短機関銃を肩から提げた衛兵が敬礼した。車は直進すると基地本部ビルの正面玄関前で停車した。唐草模様の風呂敷を背負った富蔵は、慣れた手付きで観音開きの後部ドアを開けて外に出た。

「さあ、みなさん着きやしたよ。足元にお気をつけて降りて下せえ」

富蔵が笑顔で言った。将軍服を着た雪麻呂は大儀そうに腰を上げるとゆっくりと車を降りた。続いて学生服を着た大吉と真樹夫、そして病院の白い浴衣を着た美樹夫が降りた。

眼前の本部ビルは大きかった。鉄筋コンクリートの二階建てで学校の校舎と同じぐらいの規模があった。

「凄ぇ、本当に基地の中に入っちまったぞっ」

後ろで大吉が弾んだ声を上げた。その傍らに立つ美樹夫と真樹夫も明るい笑みを浮かべてビルを見上げていた。

正面玄関の大きな硝子張りの扉が開き、カーキ色の軍服を着た将校と下士官が出てきた。

将校はこの航空基地の司令である三上少将だった。五十代半ばででっぷりと肥えており、口元には先がピンと上を向いた立派な髭を生やしていた。下士官は佐々木と言う整備准尉だった。二十代後半で背が低く、黒いロイド眼鏡を掛けていた。三上司令のお供で数回父の元を訪ねて来たことがあり、顔と名前を覚えていた。

「雪麻呂君、待っておったよ」

三上が近づいて来ると笑みを浮かべた。

「司令様直々に出迎えてくれて申し訳ねぇな」

雪麻呂も笑みを浮かべた。

「お父様の具合はどうかね？　良くなっとるかね？」

三上が遠慮がちに訊いた。

「うん、毎日少しずつ良くなってるから大丈夫だ。司令様が心配するほどじゃねぇよ」

雪麻呂は適当に答えると視線を逸らした。

「今日は雪麻呂君の学友だけと聞いていたが、彼は……」

三上は白い浴衣を着た美樹夫を見た。美樹夫は直立不動の姿勢をとると素早く敬礼した。

「堀川少尉であります。三上司令殿とお会いできて大変光栄ですっ」

美樹夫は張りのある大きな声で言った。

「貴様、負傷兵か？」

三上が訊いた。

「そうでありますっ、内地送還になり二日前から月ノ森病院に入院しておりますっ」

「どこでやられた？」

「ナムールの首都カノアから西へ五十キロの地点にあるチャラン村で、ゲリラの待ち伏せ攻撃を受けましたっ」

「どこをやられた？」

「左肩に一発喰らいましたっ」

「ゲリラは倒したのか？」

「はっ、手榴弾(しゅりゅうだん)で四人全員を殲滅(せんめつ)しましたっ」

「そうか、よくやった。実は儂(わし)も今月の二十四日に爆撃機でナムールに行く。色々と偵察せんとならん戦略上の拠点があるんでな」

「司令様、飛行機だとどれぐれぇでナムールに着くんだ？」

雪麻呂が訊いた。

「そうだな、天候が良ければ一日で着くな。いやいや、便利な時代になったもんだ」三上はそう言うと左手首に巻いた腕時計を見た。「さて、会議の時間だ。雪麻呂君、儂はちょっと用事があるんでこれで失礼させて貰(もら)うよ。後のことはこの佐々木に任せてあるから何でも頼みたまえ。では」

三上は踵(きびす)を返し、本部ビルの中に足早に入っていった。佐々木は三上の背中に一礼すると、素早くこちらを向いて美樹夫を見た。そして直立不動の姿勢をとり敬礼した。

「少尉殿、佐々木整備准尉であります。今日はよく来て下さいました」

「こんな格好ですまんな」美樹夫も笑顔で敬礼した。「ジャイロには乗ったことがないので色々教えてくれ」

「はっ、何なりとお聞き下さい」

佐々木が緊張した面持ちで一礼した。

「おい佐々木、おめぇ、俺んちに来たことあんだろ？」

雪麻呂が訊いた。

「はい、何度か伺いました。お父様にはいつも大変お世話になっております。今日は雪麻呂さんのお世話をすることになっておりますので、どうぞよろしくお願いします」

「おう、よろしくたのむわ。で、ジャイロはどこにあんだ？」

雪麻呂が辺りを見回した。

「では、さっそく格納庫の方にご案内いたします」

佐々木は本部ビルの左側に向かって歩き出した。雪麻呂がその左隣につき、その後に美樹夫たちが続いた。

「なあ、ここの基地の飛行機ってどのぐれぇあんだ？」

雪麻呂が将軍服のズボンのポケットに両手を入れて訊いた。

「はい、我が飛行戦隊は三個中隊で形成されております。一個中隊は通常十二機、操縦士は中隊長を長に十二名が配置されています。整備兵は整備将校を長に下士官、兵が七十名ほどおります」

佐々木が淀（よど）みなく答えた。

「ふーん、凄ぇじゃねぇか。ところでよ、毎週月曜日朝っぱらから爆撃機が町の上を飛ぶんだけど知ってるか？」

「勿論（もちろん）知っております。あれは新米の操縦士のための訓練です。都市部の爆撃を想定して町上空を旋回しております」

「訓練だか何だか知らねぇけどよ、物凄くうるせぇんだよあれ。死ぬほど迷惑だから来週から止めてくんねぇかな」

「いや、さすがにそれはちょっと……」

佐々木は困惑した顔で言い淀んだ。

「ちょっと何だよ?」

「無理です」

「何でそう言い切れんだよ?」

「我が国では国防に関することが最優先事項になりますので」

「国防は国防、騒音は騒音。俺に言わせれば全く関係ねぇな」

「そう言われましても、私にはどうすることもできませんので」

「馬鹿かおめぇ、行動を起す前から諦めんじゃねぇよ」

「こっ、行動と申しますと……」

「いいか、来週の月曜日の朝、爆撃機の離陸前に格納庫に忍び込んでな、発動機に手を加えて飛べねぇようにすんだよ」

「誰がですか?」

「おめぇだよ」

「ええっ、私がっ」佐々木が驚いたように目を見開いた。「なぜ私が?」

「おめぇ整備准尉じゃねぇか、おめぇなら発動機に手を加えられんだろ」

「手を加えるといいますと？」

「詳しいことは知らねぇけどよ、大事なネジを何個か外すとか、大事な線を何本か切るとかして発動機を壊すんだよ」

「む、無理に決まってるじゃないですか」

佐々木が弱々しい笑みを浮かべた。

「また始まった。何でやる前から諦めんだよ。大丈夫、おめぇなら絶対できるって、もっと自分を信じろよ」

雪麻呂は佐々木の肩を叩いた。

「でも、あの、それをやりますと私死刑になるんですけど」

「佐々木君、それは死刑ではなくて名誉の戦死というのだよ」

「無茶言わないで下さいよ、名誉どころか犬死じゃないですか」

「馬鹿野郎、おめぇの姿は一生俺の記憶に残んだぞ。俺は爆撃機を見るたびに『ああ、そういえば昔、佐々木という馬鹿がいたなぁ』って思い出すんだ。こんな名誉なこと滅多にねぇぞ。だから来週の月曜日宜しくな。もしやんなかったら司令様に言いつけて階級を三つ下げるからな」

「勘弁して下さいよ雪麻呂さん」

佐々木が困り果てたような顔で呟いた。

飛行場は本部ビルの真後ろにあった。

航空基地の周囲は二メートルのコンクリートの壁で囲まれているため実際に見るのは初めてだった。とにかく一直線に一キロ以上延びる二本の滑走路は圧倒的だった。ここまで長大な、どこまでもどこまでも続くようなアスファルトの地面を見たことが無かった。ここを戦闘機や爆撃機が轟音(ごうおん)を上げて滑走していく様を思うと体中の血が騒いだ。

滑走路から西に二百メートルほど離れた場所には七五(ななごう)式重爆撃機の掩体壕(えんたいごう)があり、その側に二機の同種の爆撃機が翼を光らせていた。そこから二十メートルほど左に佐々木の言う格納庫があった。学校の体育館の十倍はある巨大なもので、それが整然と横に四棟並んでいた。

佐々木は一番右側の格納庫の前で止まった。高さ五メートルはある鉄扉には赤いペンキで大きく『四』と書かれていた。

「ここが四番格納庫です。ジャイロコプターはいつもここに入ってます」

「凄(すげ)ぇじゃねぇか、早く出してくれ」

雪麻呂が胸を躍らせて言った。いつも空を飛んでいる、八〇(はちまる)式ジャイロコプターのカブトムシのような機体が頭に浮かんだ。

「いえ、今日搭乗していただく機はもう出してあります。こちらにどうぞ」

佐々木は格納庫の左側に歩いていった。そこは四番倉庫と三番倉庫の間にある幅二十メートルほどの平地だった。雑草がまばらに生えるその上に見たことのないジャイロコプターが置かれていた。

「何だこりゃ？」

雪麻呂は訳が分からず首を捻った。

その機体は葉巻のような形をしていた。カーキ色の塗装は至る所が剝げ落ち、銀色のジュラルミンが斑模様になって露出していた。座席は縦に三つあった。一番前が操縦席だった。座席と座席の間隔は五十センチほどで密閉風防は無かった。回転翼は操縦席の前にあった。高さ一・五メートルほどの金属の軸棒の上に、長さ十メートルほどの三枚の回転翼が付いていた。機体の前端の下には複葉機と同じく固定式の大きな車輪が二個あり、後尾にはその十分の一ほどの小さな車輪が一個あった。

「佐々木、このガラクタは一体何だ？」

雪麻呂が低い声で言った。

「いえ、あの、ガラクタではございません……カ号Ⅲ型という、れっきとしたジャイロコプターです」

佐々木が申し訳なさそうに言った。

「馬鹿かおめぇっ！　ジャイロっていったら八〇式だろうがっ！　こっちはあのカブトムシみてぇな機体に乗りたくてここまで来てんだよっ！」

「すいません、八〇式は最新型でして、機密保持のためどうしても許可が下りなかったんです。他の機種も今週の月曜から歩兵部隊との共同訓練に参加していまして、今日お貸しできるものはこれしかなかったんです」

佐々木が俯いて言った。

「だからってこれはねぇだろうがっ！　支那そば頼んだら売り切れで、代わりにミミズ出されたようなもんだぞっ、おめぇどこでもの考えてんだっ？　金玉とか足の裏で考えてんじゃねぇのかっ？　ちゃんと脳味噌使って考えろよボケッ！」

雪麻呂は佐々木の尻を思い切り蹴った。

「申し訳ございません」

佐々木は尻を押さえながら深々と頭を下げた。

「まあまあ雪麻呂君、落ち着いて」美樹夫が後ろから声を掛けた。「准尉だってわざとこの古い型式を選んだ訳じゃないんだし、もう許してやろうよ。それにこれだってちゃんと空を飛べるんだから目的は達成できるじゃないか」

「しょ、少尉殿のおっしゃる通りです」佐々木の顔がパッと明るくなった。「このカ号Ⅲ型は砲兵部隊が弾着観測用に開発したものです。見た目は悪いですが実に頑丈にできておりまして、空中での安定性も最新のものに負けません」

「俺も以前、演習中に何度か見たことがあるな」美樹夫がジャイロに近づいていき機体を手で触れた。「重さはどれ位あるんだ？」

「はっ、全備重量は千百七十キロです。ちなみに全幅三・三〇メートル、全長六・六八メートル、全高三・二〇メートルで、発動機はドイツのアルグスＡＳ空冷倒立Ｖ型八汽筒です」

　佐々木は生き生きとした顔で答えた。

「けっ、しょうがねぇな。じゃあこれで空を飛ぶとするか」

　雪麻呂はそう言うと小さく舌打ちをした。確かに美樹夫の言う通り、空さえ飛べれば乗り物の形などどうでも良い気がした。

「おい、みんな乗ろうぜ」

　雪麻呂はジャイロに向かって歩き出した。その後に大吉と真樹夫と富蔵が続いた。

「あ、あの、ちょっとお待ち下さい」

　佐々木が慌てたように言った。

「何だ？」

　雪麻呂が振り返った。

「あの、これ、三人乗りなんですけど」

「何言ってんのお前？　見りゃ分かんだろう、俺ら富蔵以外の四人が乗るんだぞ」

「はあ、あの、そうは言いましても、航空機にはちゃんと乗員数が決められているんです。しかも三人といいましても一人は操縦士なもので、実質二人しかお乗せできないんです」

　佐々木が引き攣った笑みを浮かべた。

「そんなの知ったこっちゃねぇよ、俺ら真樹夫の兄様以外全員子供だから何とかなんだろ」

「いや、あの、上の方にばれますとちょっとまずいことに」

「ばれなきゃいいじゃねぇか、そこはおめぇが何とかしろ」

「でも、決まりごとなので……」

「いつまでもぐだぐだ言ってんじゃねぇよっ！」雪麻呂は佐々木の胸倉を摑んだ。「おめぇ軍人だろうっ！　軍人だったら軍人らしく軍人精神でなんとかしろっ！　今こそ日頃の鍛錬の成果を見せる時だろうがっ！　乗員数なんて知るかっ！　精神力でジャイロを飛ばすんだよ馬鹿野郎っ！」

雪麻呂は佐々木の頬をぶん殴った。佐々木は目を見開いて絶句した。

「准尉、雪麻呂君のいう通り三人は子供だから大丈夫だと思うぞ。今日は何とか大目に見てくれないか？」

美樹夫が笑顔でその肩を叩いた。

「は、はい、分かりました。では、あの、何卒御内密にお願いします」

佐々木が掠れたような声で言った。

「勿論だ」

美樹夫は大きく頷いた。

「よし、乗るぞっ」

雪麻呂がジャイロに飛びついた。

結局一番前の操縦席は除き、二番目に美樹夫と真樹夫、三番目に雪麻呂と大吉が乗った。

思ったより座席は広く雪麻呂と大吉は楽に座れたが、それでも美樹夫と真樹夫は少し窮屈そうだった。また座席には体を腰の部分で固定する安全ベルトが一つしかなかった。雪麻呂は大吉に装着するよう勧めたが、「そんな窮屈なもんしたくねぇ」と拒否したため自分の腰を固定した。前の席では真樹夫が安全ベルトを装着した。

「みなさん、ちゃんと乗りましたか？」

ジャイロの傍らに立つ佐々木が言った。

「乗ったけど操縦士がまだ来てねぇぞ」

雪麻呂が辺りを見回した。

「私が操縦します」

佐々木が恥ずかしそうに言った。

「おめぇ整備兵じゃねぇかっ、何で操縦できんだよっ」

雪麻呂が叫んだ。

「いや、このカ号Ⅲ型は操縦が非常に簡単でして、整備兵はみんな操縦できます」

「大丈夫かおめぇ？　墜落したらぶっ殺すぞ」

「いや、落ちた場合は全員死亡するのでそれは無理だと思います」

佐々木は冗談か本気が分からないような口調で言うと、操縦席に乗り込んだ。

「ぼっちゃん、これを」

富蔵が背負っていた唐草模様の風呂敷を外して差し出した。

「おっと、忘れる所だった」

雪麻呂は大きく丸みを帯びたそれを両手で受け取った。

「それは何だい？」

右隣に座る大吉が不思議そうな顔をした。

「凄ぇいいもんだ。楽しみにしてろ」

雪麻呂は風呂敷を膝の上に置いた。

発動機の重々しい音が聞こえてきた。六輪自動車と比べ物にならないほど大きな音だった。機体が小刻みに震え出し、ガソリンの臭いが辺りに漂った。操縦席の前に直立する軸棒の上の巨大な三枚の回転翼がゆっくりと回り始めた。

「わわわわわっ、雪麻呂君、飛ぶのか？　ジャイロが飛ぶのか？」

大吉が声を震わせて言った。

「飛ぶに決まってんじゃねぇか、分かりきったこと訊くな」

雪麻呂が低い声で言った。

「俺、緊張して小便したくなった」

大吉が股間を両手で押さえた。

回転翼の回転が急に速くなった。やや垂れ気味だった三枚の羽がピンと水平になった。

さらに回転が速まり甲高い金属音がし始めた途端ヵ号Ⅲ型が浮き上がった。

「浮いたっ、浮いたよ雪麻呂君っ、浮いてるよっ、浮いてるってっ」

大吉が雪麻呂の腕を摑んだ。

「やかましいっ、ぎゃあぎゃあ喚くなっ」

雪麻呂は大吉の頭を叩いた。

不意に機体が垂直に上昇を始めた。昇降機で上っていく感覚に似ていた。

「ぼっちゃん、お気をつけてーっ」

地上の富蔵が手を振りながら叫んだ。

回転翼の立てる金属音がさらに大きくなり上昇速度が急速に速まった。機体の振動が激しさを増し体が上下に揺れた。雪麻呂は外を見た。いつの間にか四棟の格納庫や長大な二本の滑走路が眼下にあり、それがたちまち小さくなっていった。凄ぇっ、と雪麻呂は胸中で叫んだ。激しい興奮と緊張が湧き起こり全身に鳥肌が立った。それはもう理屈では無かった。『飛行する』という夢のような行為が地べたを這いずる人間の本能を直撃し、刺し貫いていた。雪麻呂はたとえようの無い快感に襲われた。それは看護婦達との性交よりも遥かに強かった。このままどこまでもどこまでも上昇し続けたいという衝動に駆られた。

町全体を見渡せる高度でヵ号Ⅲ型は停止した。

同時に機体の激しい振動が止まった。

高度三百メートルほどに思われた。地上と違い風が強く、気温も低く感じられた。空に浮かぶ幾つもの積雲が手を伸ばせば触れる位近く見えた。雪麻呂は町の北方に顔を向けた。なだらかな丘の上に建つ月ノ森総合病院がはっきりと視認できた。その煉瓦塀で四角に囲まれた、野球場一つがすっぽり収まる広大な敷地を見て雪麻呂は改めて誇らしい気分になった。

「おい、おめぇの家はどこだ?」

雪麻呂は右隣の大吉を見た。大吉は口を半開きにし、鼻孔から鼻を垂らして呆然としていた。

「おい、しっかりしろ」

雪麻呂が大吉の頬を平手で叩いた。大吉はハッと目を見開いてこちらを見た。

「大丈夫かおめぇ。何ボケッとしてんだ?」

「ジャ、ジャイロがどんどん上がっていくうちに、これが現実なんだか夢なんだか分からなくなっちまって、そしたらボーッとしてきて頭ん中が真っ白になっちまったんだ」

大吉がたどたどしい口調で言った。

「これは現実だ。おめぇが死ぬほど乗りたがってたジャイロに今おめぇが乗ってんだ。目ん玉ひん剝いて空中からの景色をちゃんと見とけ」

雪麻呂はまた大吉の頬を平手で叩いた。

「分かった、分かったよ、これは現実だ。雪麻呂君のビンタで我に返れたよ。ああ、俺は今本当にジャイロに乗ってんだなぁ、信じられねぇ、信じられねぇよ。もしこのまま死んじまっても何の悔いも残らねぇ気がするなぁ」

大吉が眼下の町を見下ろしながら言った。

カ号Ⅲ型が水平飛行に移った。機体を少し右に傾け、ゆっくりと大きく時計回りに旋回していた。町の隅々までよく見えるよう佐々木が配慮しているようだった。

「雪麻呂君、さっき富蔵さんから渡された風呂敷に何が入ってんの？」

前の座席に座る真樹夫が振り向いて訊いた。

「ああ、これか」

雪麻呂は膝の上の風呂敷を開いた。中には大きな紙袋が三つ入っていた。

「これは弁当だ」雪麻呂は一つ目の紙袋から経木に包まれた二個の握り飯を取り出した。

「ちゃんと四人分あるぞ」

「う、うまそうじゃねぇか、空中でメシを喰えるなんて最高だ。早くくれっ」

大吉が右手を差し出した。

「そう慌てんなって。昼になるまで待て。それよりももっといいもんがある」

雪麻呂は二つ目の紙袋から細長い瓶を取り出した。

「これ、何だか分かるか？」

雪麻呂は大吉に訊いた。

「何だいこれ？」大吉が瓶に顔を寄せた。「中に黒い液体が入ってるぞ。瓶にはローマ字が書いてあるけど、俺読めねぇしなぁ」大吉が首を捻った。「よく分かんねぇけど西洋の飲み物かい？」

「これはコウカ・コウラだ」

その雪麻呂の言葉に大吉が目を剝いた。

「本当だっ、言われてみると確かに雪麻呂君ちで飲んだコウカ・コウラだっ、す、凄ぇ、凄ぇじゃねぇかっ」

大吉が興奮して叫んだ。雪麻呂はほくそ笑んだ。大吉の予想通りの驚きぶりが実に楽しかった。雪麻呂は袋の中から栓抜きを取り出して王冠を取った。炭酸の噴き出す心地好い音がした。

「ほれ、飲めっ」

雪麻呂が瓶を差し出した。

「いいのかいっ？」

大吉は目を輝かせると素早く瓶を取り、そのままラッパ飲みした。まだ喉仏の出てない喉がゴキュゴキュと大きく鳴った。大吉は瞬く間にコウカ・コウラを飲み干した。

「うめぇっ、コウカ・コウラはうめぇっ、空の上で飲むといつもより百倍うめぇっ」

大吉は頰を紅潮させて叫んだ。

「真樹夫と兄様も飲むか？」

雪麻呂が前を見て言った。

「お、俺は苦手だから遠慮するよ」

真樹夫が首を横に振った。

「俺は食事の時に飲むよ」

美樹夫が振り向いて言った。

「じゃあ一本余るな。おめぇもう一本飲むか？」

雪麻呂が大吉を見た。

「い、いいのかいっ？　飲むっ、飲むよっ、飲む飲むっ」

大吉がさらに頬を紅潮させて叫んだ。雪麻呂は紙袋から二本目の瓶を出し、栓を抜いて大吉に渡した。

「一気に飲むともったいねぇから、今度は少しずつ飲め」

「分かった、ちびちび飲むよ」大吉は瓶を受け取り一口啜った。「ところで雪麻呂君、残りの紙袋には何が入ってるんだい？」

「コウカ・コウラよりもっと刺激の強ぇ奴だ」

雪麻呂はにやけながら言うと前を見た。美樹夫も真樹夫も前方を向いて座っていた。

「これは真樹夫の兄様に見つかるとちょっとやべぇもんだから大声を出すなよ」

雪麻呂が大吉の耳元で囁いた。大吉は無言で頷いた。雪麻呂は三つ目の紙袋からゆっくりと銀色の自動拳銃を取り出した。

「す、凄ぇ。これ本物かい？」

大吉が声を潜めて言った。

「本物に決まってるだろ。去年の誕生日に父様にねだって買ってもらったんだ。陸軍の兵隊が使ってるのと同じだぞ」

雪麻呂は自慢げに笑ったが、勿論この銃で真樹夫を撃ったことは言わなかった。

「ちょっ、ちょっと触っていいかい？」

大吉が遠慮がちに訊いた。

「いいけど絶対落っことすなよ」

雪麻呂は拳銃を差し出した。

「す、凄ぇ、凄すぎる」大吉は瓶を床に置くと、拳銃を受け取って銃把を握った。「思ってたよりずっと重てぇんだな、初めて知ったぞ」

大吉は興奮のためか鼻の穴を大きく膨らませた。

「うちの病院の裏にでっかい竹林があんだろ？　あそこで時々撃ってんだ」

「撃つとどんな気持ちになるんだい？」

「頭ん中がスカッとするな。鬱憤晴らしには最高だ」

「いいなぁ、俺も撃ってみてぇなぁ」

大吉は座席の右側から腕を外に突き出して拳銃を構え、人差し指を引き金に掛けた。そして左目をつぶって銃の照門と照星を覗き込むと「バン」と口で言った。それを聞いた途端、雪麻呂は拳銃の安全装置を掛けた覚えが無いことに気づいた。普段外出先に銃を携行する場合は必ず掛けることにしていた。しかし今日はジャイロに乗れるため浮かれており
その記憶が欠落していた。

雪麻呂の心臓がどくりと鳴った。

思わず「やめろ」と叫ぼうとした時、不意に右側から突風が吹いた。機体が大きく左に揺れ、同時に大吉の体も左に揺れて右側に突き出した腕が前を向いた。次の瞬間耳をつんざく銃声が響いた。前方で悲鳴が上がった。

「どうしたんだっ！」

振り向いた美樹夫が叫んだ。顔が露骨に強張っていた。雪麻呂は一番前に座る佐々木を見た。佐々木は操縦席の中でぐったりと俯いていた。

「銃が暴発して佐々木に当たったっ」

雪麻呂が声を上擦らせて言った。

「何っ！」

美樹夫は大吉の持つ拳銃を見ると、振り返って操縦席を見た。すぐに状況を理解したらしく座席から体を乗り出して佐々木の肩を叩いた。

「おいっ、准尉っ、大丈夫かっ、返事をしろっ」

しかしその声に反応は無かった。美樹夫はぐったりした佐々木の体を引き起こした。

「准尉っ、聞こえるかっ、准尉っ」

美樹夫は佐々木の耳元で叫ぶと首に指を当てて脈を取った。

「どうだ兄様っ、佐々木は大丈夫なのかっ」

雪麻呂が大声で訊いた。

「弾が右胸を貫通してるっ、生きてるが意識が無く出血も酷いっ」

美樹夫が大声で答えた。

「兄ちゃんっ、このままだとジャイロが墜落するよっ」

真樹夫が泣きそうな顔で叫んだ。

「よし、俺が操縦するっ」

美樹夫は座席から出ると機体の上を這って前進した。そして俯く佐々木の体を左側に寄せて強引に操縦席に入った。ただでさえ狭い空間に大人二人がいるため、美樹夫の体は右側に大きく傾いていた。

「兄ちゃん、操縦できそうかっ」

真樹夫が震える声で訊いた。

「そうだな、准尉が言っていた通り操作が簡単そうだから何とかなりそうだ」

美樹夫が振り向いて答えた。

その時また突風が吹いた。今度は左側からだった。機体がさっきよりも大きく揺れ、均衡を崩したヵ号Ⅲ型が右側に大きく傾いた。その途端安全ベルトをしていない大吉の体が、何かに吸い込まれるように機体の外に飛び出した。大吉が甲高い悲鳴を上げた。雪麻呂は反射的に手を伸ばしてその右足を摑んだ。

「助けてっ！　助けてくれっ！　死にたくねぇっ！　死にたくねぇっ！」

大吉が泣き出しそうな顔で叫んだ。右の足首以外全て空中にあった。雪麻呂は中腰になると左手でも足首を摑んだ。小太りの大吉は重かった。五十キロ以上あった。それを両手だけで支えていた。雪麻呂は歯を食い縛り、両足にありったけの力を込めて踏ん張った。少しでも力を抜けば一瞬で大吉は吹き飛ぶはずだった。

「真樹夫っ！　こっちに来て一緒に足を押さえろっ！　早くしねぇと大吉が死ぬぞっ！」

雪麻呂が怒鳴った。

「無理だよっ、ジャイロが横向きになってるから行けねぇよっ」

真樹夫が真っ青な顔で叫んだ。

「だったら早く機体を元に戻せと兄様に言えっ！」

雪麻呂がまた怒鳴った。真樹夫は頷くと美樹夫に向かって何かを叫んだ。十秒ほど会話をして真樹夫が振り向いた。

「今必死でやってるから何とか我慢してくれって」

「こんな状態で我慢も糞もあるかボケッ！。おい大吉っ！　俺が力尽きたらおめぇは死ぬけど勘弁してくれっ！」

雪麻呂はやけくそになって叫んだ。

「何言ってんだっ！　勘弁できる訳ねぇじゃねぇかっ！」

大吉が甲高い声で叫んだ。その途端機体が大きく上下に揺れて下降を始めた。大吉の体がさらに機体から離れ、高速回転する回転翼に触れそうになった。

「ぎゃあああああっ」

大吉が絶叫した。雪麻呂の体も上半身が外に出ていた。座席の安全ベルトが腹部に喰い込み激痛が走った。足首を掴む両手の力も限界に来ていた。このままだと自分の胴体が半分にちぎれそうだった。雪麻呂は目をつぶった。そして下唇を強く嚙むと（大吉、勘弁してくれ）と胸中で呟いた。雪麻呂が足首を離そうとした時、また右側から突風が吹いた。今までで一番強い風だった。それは殆ど横倒しだった機体を一気に押し上げた。その勢いで大吉の体も雪麻呂の方に引き寄せられ、機体が水平になった途端座席の中に飛び込んできた。同時に雪麻呂の上半身に生温かい液体が噴きつけられた。雪麻呂は訳が分からず顔を両手で覆った。液体の噴射は五秒ほどで終わった。雪麻呂は目を開けた。座席の中が真っ赤に染まっていた。すぐに血だと分かった。雪麻呂は自分に倒れかかっている大吉の両肩を掴んで引き離した。首が無かった。鋭利なものできれいに切断されていた。首の切断面には脊髄と咽頭の穴がはっきりと見えた。咽頭の穴からは黒い液体が溢れ出ていた。それは先ほど飲んだコウカ・コウラだった。コウラは白く泡立ちながら音を立てて座席に流れ落ちていた。雪麻呂は大吉が回転翼に触れそうだと思ったが、実際あの後触れたようだった。

不意に幼女のような悲鳴が上がった。上半身血まみれの雪麻呂が顔を上げた。真樹夫が顔を引き攣らせて大吉の死体を見ていた。その体は気の毒な位ガタガタと震えていた。

5　四月二十三日

「分かりやした。では、失礼しやす」

富蔵は日の丸の鉢巻を締めた頭を深く下げると受話器を置いた。

「どうだった？」

居間のソファーに腰掛けていた雪麻呂が体を起こした。

「軍の方で内密に処理するとのことです。午前十時から始まった幹部会議で協議され、先程決定しやした」富蔵が笑みを浮かべた。「あのジャイロは今年で現役を引退する予定だったようで、多少破損しても基地の業務に影響は出ねぇそうです。それに佐々木さんも重傷ですが命に別状は無く、このまま穏便に……とのことでした」

雪麻呂は小さくため息を吐いた。こうなることは大体分かっていたが、それでも自分の耳で実際に確認するまでは多少の不安があった。温かい安堵感が胸中に広がるのと同時に、改めて父の絶大な権力を思い知った。

「佐々木が流れ弾に当たったことはどうしたんだ？」

「佐々木さんが携行していた拳銃が暴発して負傷したことになったようです」

「大吉のことはどうだ？」

「突発的な事故による不慮の死、となるそうです」

「そうか」

雪麻呂は視線を落とした。確かにあれは『突発的な事故』以外の何物でも無かった。雪麻呂の小さなミスと大吉の不運、そして突風という予測不能の出来事が重なって起きた悲劇だった。結局美樹夫が航空基地までヵ号Ⅲ型を飛ばし、滑走路上に何とか着陸させていた。しかしその時の衝撃で真樹夫が右足首を折り、再び月ノ森病院に入院していた。病室は勿論美樹夫と同じ三〇一号室だった。美樹夫と雪麻呂に怪我は無かった。

「なぁ、やっぱり父様には報告した方がいいんじゃねぇのか？」雪麻呂は富蔵を見た。

「見舞金っていう形で大吉の家族にそれなりの金をやりてぇんだ」

「へぇ、でもやっぱり今日は止めたほうがいいような気がしやす」

富蔵が少し怯えたような顔で言った。

「そんなに変なのか？」

「朝の食事を運んだ時も、原稿用紙に何かを書きながらにやにや笑っておりやして、声を掛けても返事もしねぇんです。あっしが部屋を出ようとすると、何が可笑しいのか大声を上げて笑われやした。あっしはここで十年以上働かせていただいておりやすが、あんな旦那様を見たのは初めてです。こんなことぼっちゃんに言うのはどうかと思いやすが、もしかして旦那様は……」

富蔵が言い淀んだ。

「気がふれたか？」

雪麻呂が低い声で言った。

「へい、もしかしたら……ですが」

富蔵が目を伏せた。

雪麻呂は虚空を見ながら下唇を噛んだ。あの食事会の日に聞いた父の声が甦った。やはりそうなのか、と雪麻呂は胸中で呟いた。自分の精神的苦痛を逆手に取り、それを題材に小説を書くことで父が回復するという希望は打ち砕かれたようだった。大傑作を書き上げ、父が職業作家になるのではとさえ思った自分が惨めだった。

「母様が今の父様のことを知ったら悲しむだろうな」

雪麻呂が独り言のように言った。

「悲しむと思いやす。死ぬほど悲しんで涙が涸れるまで泣くと思いやす」

富蔵がしんみりと答えた。

「じゃあ何で母様は帰ってこねぇんだ？　自分が消えたことで父様がどんな精神状態になるか、母様が一番良く知ってるじゃねぇか。母様が帰って来さえすれば父様は正気に戻るんだぞ」

「分からねぇです。あっしには、あっしには奥様のお考えが全く分からねぇです」

富蔵が頭を横に何度も振った。

雪麻呂はソファーから立ち上がると南側の窓に歩いていき外を見た。丘陵地帯に建つ五階建てのビルの最上階からは町が一望できた。南北に走る太い国道を中心に、左右に団扇の形に広がる無数の家並みがあった。雪麻呂はその一軒一軒に目を凝らした。この中のどこかに母が潜んでいるのかと思うと強い焦燥感が込み上げてきた。町中に火を放ち、その煙で母をいぶり出したい衝動に駆られた。

「畜生、何で母様は帰ってこねぇんだ」

雪麻呂はぽつりと呟いた。

＊

昼食後、居間で煙草を吸っているとサイドボードの上の電話が鳴った。

富蔵が出て、二言三言話すと「ぼっちゃん、華代様からお電話です」と言った。雪麻呂はソファーから立ち上がると受話器を受け取った。

「俺だ」

「これから家に来て欲しいんだけど」

華代の妙に明るい声がした。

「家って西の屋敷か？」

「そう。今、魅和子も来てるんだ」

「魅和子がっ？　何で魅和子がおめぇんちにいんだよっ？」

雪麻呂は驚いて叫んだ。

「事情は後で話すから、とにかく来てくんない？」

「また何か悪ぃこと企んでんじゃねぇだろうな？」

「企んでないよ。だからすぐ来て」

そこで電話が切れた。

「何だこりゃ？」

雪麻呂が受話器を置いた。

「西の屋敷に魅和子様がいるんですか？」

富蔵が目を見開いて言った。

「ああ、全くあの女のやることは訳が分からねぇ」

「行くんですか？」

「魅和子がいるから行く」

「あっしも行きやしょうか？」

「いや、一人で大丈夫だ。おめぇは留守番してろ」

雪麻呂は居間から出ていった。

＊

西の屋敷はその名の通り、病院の西側にあった。距離にして五十メートルほど離れており、父・大蔵の次弟である平蔵とその妻、そして清輔と華代が住んでいた。屋敷の四方を高さ二メートル近い躑躅（つつじ）の垣根で覆い、門は両開きの鉄の格子扉だった。

雪麻呂はほんの数分で西の屋敷に着いた。門の右側が開いており、四十過ぎの太った女が立っていた。目が細く顔が丸々としており、魅和子の下女と同じように紺色の粗末な着物を着ていた。

「雪麻呂様、わざわざ御苦労様です」

女は深々と頭を下げた。

「誰だおめぇ？」

雪麻呂が眉を顰めて訊いた。

「はい、この度西の屋敷で働かせていただくことになったシズミという者でございます。どうぞ宜しくお願いいたします」

シズミはまた深々と頭を下げた。富士丸の代わりに雇われた新しい下女のようだった。

「で、華代はどこだ？」

雪麻呂が声高に訊いた。

「こちらでございます」

シズミは右手で後方を指し示すと中に入っていった。

屋敷は二階建ての明治風の洋館だった。壁はクリーム色で柱は全て紅色に塗られていた。玄関は天井の高いクラシック様式で、窓は旧式のダブルハングだった。屋根は茶色い銅葺きになっており、その四隅には緑色をした三角形の大きな尖塔が直立していた。叔父の平蔵は「ゴシック様式を基調にした荘重な意匠だ」といつも自慢していたが、雪麻呂には趣味の悪いお化け屋敷にしか見えなかった。

しかしシズミは屋敷には入らず、その東側にある庭園に雪麻呂を案内した。一面に芝生が広がる庭園は広かった。校庭の半分ほどの面積があった。その中央に白いテーブルクロスの掛かった円卓が置かれ、傍らにセーラー服を着た華代と魅和子が立っていた。雪麻呂は無言で近づいていくと二人の前で止まった。円卓の上には青いラベルの貼られた葡萄酒の瓶と、小さなグラスが三つ乗っていた。

「何の用だ？」

雪麻呂が華代に訊いた。

「パーティーよ」

華代が当たり前のように答えた。

「何のパーティーだ？」

「あたしの失恋パーティー」

華代は意味ありげな笑みを浮かべた。

雪麻呂はハッとした。三日前華代に呼び出され、決闘を辞退して自分の許婚（いいなずけ）になってくれと懇願されていた。あの時は絶対に清輔の妨害工作だと信じて疑わなかった。しかし今思うと、あの時の華代の告白が真実だったような気がした。真剣な眼差しで長年の恋心を吐露し、我慢できなくなり思わず雪麻呂に抱きつき、清輔の妨害だと疑われると烈火の如く怒りだして殴りかかってきた。その過激な反応が雪麻呂を心から愛している何よりの証拠に思えた。

「失恋て、俺にふられたってことか？」

雪麻呂が低い声で訊いた。

「正解」

華代が頷（うなず）いた。

「おめぇ、本気で俺のことを好きだったのか？」

「だから決闘の前日にちゃんと告白したろ？　あんたには全然伝わんなかったけど全部あの通りだよ」

華代は葡萄酒の瓶を指で軽く弾いた。

雪麻呂は何と言っていいか分からず魅和子を見た。

「あたしもさっき初めて知ったの。今までそんな素振り見せたことなかったから、凄くびっくりした」

魅和子が困惑したような表情で言った。

「あんたが気にすることないよ」華代は魅和子の肩に手を乗せた。「もういいの、ちゃんと吹っ切れたから。あたしのことは気にしないで二人で仲良くやって」

「おめぇ、これからどうすんだ」

雪麻呂が訊いた。なぜか強い罪悪感を覚え釈然としなかった。

「どうするって、別になにもしないよ。これまで通り普通に生きていくだけ。ふられたからって別に死ぬ訳じゃないし、また夢中になれる男が現れるまで気長に待つよ」

華代は魅和子の肩から手を下ろすと、葡萄酒の瓶のコルクを抜いた。そして三つの色付きのグラスになみなみと注ぎ、それぞれの前に置いた。雪麻呂は青いグラスで、魅和子は赤、華代は黄色だった。

「何だよこれ？」

雪麻呂が訊いた。

「あたしの失恋を記念して乾杯する。それで完全に雪麻呂のことを忘れる。どう？　それ位してくれてもいいでしょ？」

華代は雪麻呂と魅和子を交互に見るとグラスを取った。

「ああ、別に構わねぇよ」

雪麻呂もグラスを取った。魅和子も頬を緩めると無言でグラスを取った。

「じゃあ、私の大失恋を記念して乾杯っ！」

華代が叫んだ。三人はグラスを高く掲げると葡萄酒を一気に飲み干した。

＊

西の屋敷を後にした雪麻呂は魅和子と並んで帰路についた。

魅和子と会うのは正式な許婚になってから今日が初めてだった。

「華代の奴、大丈夫なのか？　何か変だったな」

雪麻呂が呟くように言った。

「うん、私もそう思った」魅和子が頷いた。「吹っ切れたとか完全に忘れるとか言ってたけど、何か自棄になってる感じでちょっと心配」

「でもあの華代が俺に惚れてたなんて未だに信じられねぇ。何で今まで黙ってやがったんだ？」

「だってそれは……」

魅和子はそこで言い淀んだ。

「それは何だよ」

雪麻呂が前を見たまま訊いた。

「それは、雪麻呂がずっと私のこと好きだって言ってたから」

魅和子が小声で言った。雪麻呂はどきりとして魅和子を見た。そこで二人は目が合い、互いに慌てて視線を逸らした。

「た、確かにそうだな」

雪麻呂は平静を装って答えた。自分の頬が薄らと紅潮するのが分かった。魅和子も照れているらしく無言で髪をかき上げた。微かに肩が触れあい、香水の甘い香りがした。雪麻呂は横目でそっと魅和子を盗み見た。艶やかな長い黒髪越しに見えるその横顔は、やはりため息が漏れるほど愛くるしかった。自分が将来この美女と結婚できると思うと鼓動が高まり軽い眩暈がした。

「……なあ、本当に俺の許婚になってくれんのか？」

雪麻呂が搾り出すような声で訊いた。

「うん、……なる」

魅和子が前を見たまま答えた。声が僅かに震えていた。

「本当に俺でいいのか？」

「うん……」

魅和子がこくりと頷いた。胸の鼓動がさらに高まり膝が微かに震え出した。雪麻呂は魅和子の手を握りたい衝動に駆られた。我慢できずにそっと右手を動かした。指先がほんの数センチ、魅和子の方に動いた。二人の距離は十センチも無かった。しかしどうしてもそれ以上手を差し伸べることができなかった。

不意に魅和子が立ち止まった。雪麻呂も慌てて立ち止まった。

「じゃあ、またね」

魅和子が俯いて言った。気づくとそこは月ノ森病院の北側の入り口の前だった。

「お、おう、またな」

雪麻呂は軽く右手を挙げた。魅和子は上目遣いで雪麻呂を一瞥すると、無言のまま東の屋敷に向かい歩いていった。雪麻呂は激しい胸の鼓動を感じながらその後ろ姿を見つめた。しかし屋敷の門を開けて邸内に入るまで魅和子は一度も振り返らなかった。

*

雪麻呂は昇降機の中でぼんやりしていた。魅和子の顔が脳裡に焼きつき消えなかった。交わした会話を頭の中で何度も反芻しては魅和子の声にうっとりした。時折魅和子の香水の匂いが甦り、その度に胸が高鳴った。

チン、と鐘の音がして昇降機が五階に到着した。

雪麻呂は円形ホールを進み、自宅の玄関のドアを開けた。その途端富蔵が居間から飛び出して走ってきた。

「ぼっちゃんっ！　ぼっちゃんっ！　ぼっちゃんっ！」

富蔵が大声で叫んだ。

「何だよ、うるせぇな」

雪麻呂は顔を顰めた。今は魅和子の甘い余韻に浸っていたかった。

「来やしたっ！　奥様から手紙が来やしたっ！」

富蔵が白い封筒を差し出した。

「何っ！」雪麻呂は慌てて靴を脱ぐと廊下に駆け上がり封筒を引ったくった。「いつ来たっ？」

「さっき一階の郵便受けを見にいったら入ってやしたっ」

富蔵も興奮して叫んだ。雪麻呂は切手の消印を見た。それはこの町の郵便局のものだった。

「まただっ、何で母様はこの町から出ねぇんだっ？」

雪麻呂は急いで封を切り便箋を取り出した。

『雪坊、お元気ですか？　今日は嬉しいことがあったのでお便りします。

それは私とともに生活している人達のこと、つまり私が属している集団のことです。私達の集団はとても仲が良く、みんな強い絆で結ばれており決して争い事は起きません。しかし私達の集団には敵がいるのです。その敵も集団を作って活動しています。私達の集団がどんなものか、そして敵の集団がどんなものか、今は詳しく説明することはできませんが、いずれきちんと説明します。

その敵の集団とは長い間対立してきましたが、最近になってお互いに相手のことを少しずつ理解するようになりました。そして今日、初めて敵の代表者と私達の代表者が会談を行なったのです。二時間に及ぶ会談では双方が過去の過ちを認めて謝罪し合い、これからは対立ではなく共存していこうということで一致しました。

これを読んでいる雪坊は訳が分からず頭の中が混乱していると思います。本当に詳しく書けないのはもどかしく苦しいのですが、とにかく何が嬉しいかというと、敵がいなくなることで私はこの場所から解放され、自由に行動できるようになるかもしれないのです。つまり今年中に家に帰ることができるかもしれないのです。もしそうなったら一番最初に雪坊を抱きしめさせて下さい。感激の余り泣きじゃくると思いますがどうか許して下さい。今のうちに謝ります。

やはり神様はいるのです。神様は神様を信じるものを必ずや救済して下さるのです。私は今回の騒動で改めてその真実を知りました。雪坊、あなたは神様を信じていませんよね。でもせめて形だけでもいいので両手を組んで神様に祈って欲しいのです。そうすれば私達はさらに早く再会できるはずです。騙(だま)されたと思って一度やってみて下さい。お願いいたします。

追伸　毎回のことですみませんがこの手紙は決してお父様には見せないで下さい。お願いします。では魅和子ちゃんと末永くお幸せに。

母より』

最後の一文を読んで雪麻呂は息を飲んだ。『魅和子ちゃん』という文字が頭蓋を貫いて脳に突き刺さった。魅和子が雪麻呂の許婚になったのはたった二日前だった。それは失踪している母が絶対に知り得ない情報だった。なのに知っているということは誰かが報告したとしか考えられなかった。そしてその誰かとはたった一人しかいなかった。

「……おめぇ」雪麻呂は富蔵を睨んだ。「おめぇ、母様と連絡取ってるな」

「えっ」

富蔵が驚きの声を上げて絶句した。顔がさっと青ざめるのが分かった。

「何で母様が俺と魅和子のこと知ってんだ？　絶対に知ってるはずがねぇ母様が何で知ってんだ？」

「いえ、あの、あっしは、何も、その」

富蔵はしどろもどろになって俯いた。

「おめぇ母様がどこにいるか知ってんだろうっ！」

雪麻呂は怒鳴り富蔵の胸倉を掴んだ。富蔵の顔が露骨に引き攣った。

「どこだっ！　どこにいるっ！　この町にいるのかっ！　この町のどこだっ！　言えっ！

今すぐ言えっ！　言わねぇとぶっ殺すぞっ！」

雪麻呂は富蔵を壁に押し付けた。

「す、すいやせんぼっちゃん……実は、奥様とは……連絡を取っていやした」

富蔵が声を震わせて言った。

「いつだっ？　いつ、どこで、どうやって連絡を取ってたっ？」

雪麻呂が顔を鼻先に近づけた。

「電話です。奥様から不定期に電話が来るんです。奥様はぼっちゃんのことをとても心配していて、あっしがぼっちゃんの近況をお伝えしてやした」

「母様はこの町にいるのかっ？」

「そう言っておりやした。でも住所までは知りやせん」

「嘘吐くんじゃねぇよっ！　正直に言えっ！」

雪麻呂は富蔵をさらに強く壁に押し付けた。

「本当です。信じて下せぇ。奥様は居場所がバレることをとても恐れていやして、あっしにも絶対に言わねぇんです。その理由を尋ねると、もしぼっちゃんに電話でのやり取りを知られた時、怒鳴りつけられたあっしが居場所を吐いちまうからだと言っておりやした。奥様はあっしが坊ちゃんに逆らえねぇことをよく知っておるんです」

富蔵の目に涙が浮かんだ。雪麻呂はしばらく富蔵を睨んでいたが、やがて胸倉から右手を離した。長年の付き合いからその言葉が真実だと言うことが分かった。確かに富蔵は自分に対し、今まで一度たりとも逆らったり嘘を吐いたことが無かった。

「母様は今誰といるんだ？」

雪麻呂が低い声で訊いた。富蔵は視線を逸らすとまた俯いた。

「あの訳の分からねぇ集団にいて、敵がどうとか共存がどうとか、どうも嘘臭くてかなわねぇ。それにこの町にそんな奴らがいて対立してるなんて、今まで一度も聞いたことがねぇ。おい富蔵、正直に答えろ。母様は一体誰といるんだ？」

雪麻呂は富蔵の顔を覗き込んだ。

「……今、奥様は……ある男性とおりやす」

富蔵が俯いたまま呟いた。雪麻呂は驚きのあまり声が出なかった。あの母が、あの敬虔なクリスチャンの母が父を裏切るなど考えたことも無かった。父を愛したように、今別の男を母が愛しているのかと思うと背中に冷たいものが走った。

「……誰だ？　相手は誰だ？」

雪麻呂はやっとのことで声を搾り出した。聞きたくなかった。しかし聞かねばならなかった。

「へい、……ふ、藤原でございやす」

富蔵が申し訳なさそうに言った。一瞬雪麻呂は分からなかった。全く知らない人物かと思った。しかし二呼吸分ほどの間をおいて、脳裡に一人の男の姿が浮かび上がった。背が高く骨太の体格で、浅黒い肌をした野性的な青年。いつも白いコック帽を被り、笑顔でオムライスを作っていた厨房の料理人だった。今年の一月、大陸で仕事を始めると言う理由で辞職していた。

「あの、あの藤原か」

雪麻呂は呻くように言った。それは痩せ気味で色が白く、研究一辺倒の父とはまるで正反対の男だった。

「だけど、二人はどうやって不倫の切っ掛けを作ったんだ？　母様にその隙は無かったはずだぞ」

雪麻呂は富蔵を見た。

「それは週に一度の、食料の買出しの時です」

富蔵が足元を見つめて言った。雪麻呂は愕然とした。確かに買出しの時、必ず厨房の料理人が同行していた。いい食材を選ぶ目利きとして母に助言するためだった。

「切っ掛けを作ったのはどっちからだ？」

「奥様です。初めは毎回違う料理人が来てたんですが、奥様が藤原を気に入って指名するようになりやした」

「おめぇ、買出しの時は必ず一緒に行ってたよな。二人が男と女の仲になったのに気づかなかったのか？」

「気づいてやした。でも奥様に口止めされて、どうすることもできやせんでした」

富蔵が抑揚の無い声で言った。雪麻呂は目を閉じると大きく息を吐いた。いつの間にか脇の下にじっとりと汗をかいていた。確かに下男である富蔵に二人を止める力などあるはずもなかった。しかし口止めされていたとはいえ、自分にだけは正直に打ち明けて欲しかった。そうすればまた違った結果になっていたかもしれず、母の命令を頑なに守っていた富蔵に強い苛立ちを覚えた。

「父様はそのことを知っているのか？」

雪麻呂が目を開けた。

「奥様が家を出た日と藤原が厨房を辞めた日が同じなんで、薄々感づいているかも知れやせんがはっきりとは分かりやせん」

富蔵が上目遣いで雪麻呂を見た。

「今日来た手紙、おめぇが母様に頼んだのか？」

「へい、そうです。たまたま昨日お電話が来たのでお願いしやした。大吉さんが亡くなってぼっちゃんが悲しんでいるので、励みになると思ったんです」

「いつ電話が来た？」

「真夜中です。ぼっちゃんが御休みの時に掛かってきやした」

「いつも夜中なのか？」

「いえ、決まってはおりやせん。昼間の時もありやす」

「そうか……」

雪麻呂は小さく頷くと、赤いカーペットが敷かれた廊下を歩き出した。浴室と便所の前を通り、居間を通り抜けて書庫の前を過ぎると母の個室の前で止まった。雪麻呂はノブを回してドアを開けた。室内は母が家を出た時のままになっていた。右側の壁際には白い桐の箪笥が三つ並んでいた。母の着物や洋服が入っていた。左側の壁際には白い本棚が二つ並んでいた。母の好きな小説や西洋の絵本、花の図鑑や料理の本が詰まっていた。そして正面の壁際には大きな鏡台が置かれていた。雪麻呂は中に入ると真っ直ぐ進み、鏡台の前で立ち止まった。一・五メートルほどある縦長の鏡には白い絹の覆いが掛けられたままだった。あの日母はトランクの中に入るだけの着物や洋服を詰め込むと、化粧も直さずに慌ただしく出ていった。そこまでして藤原にのめり込んでしまった母が別人のように思えて仕方なかった。

　雪麻呂は鏡台の引き出しの上に置かれた写真立てを手に取った。そこには一枚の家族写真が入っていた。椅子に座る父の後ろに母と雪麻呂が、その右側に富蔵が立っていた。富蔵は日の丸の鉢巻に国民服という いつもの出立ちではなかった。雪麻呂から借りた紺のブレザーに半ズボン姿で、頭に鉢巻はしていなかった。雪麻呂は母が家族三人で撮りたいと言うのに対し、父が富蔵も家族だと言って四人で撮ったことを思い出した。この撮影をした一ヶ月後に母は出奔していた。雪麻呂は目を凝らして写真を見た。白いドレスを着て幸せそうに微笑む母に、その兆候は全く見られなかった。

　後ろで微かに物音がした。振り向くと富蔵が立っていた。目を伏せて、済まなそうな顔をしていた。

「富蔵、おめぇに一つ頼みがある」

　雪麻呂が言った。

「何でやすか？」

　富蔵がこちらに目を向けた。

「今度母様から電話が来たら俺を呼べ。一度でいい。一度でいいから直接母様から話を聞きてぇんだ。分かったか？」

「分かりやした。お約束しやす。今度奥様から電話が来たら必ずぼっちゃんをお呼びしやす」

　富蔵がぺこりと頭を下げた。

＊

　その夜は満月だった。

　巨大な丸い月球が星のまばらな夜空にひっそりと浮かんでいた。

　白い絹のパジャマを着た雪麻呂は南側の窓前に立ち、月光に照らされて青白く光る眼下の町並みをぼんやりと見ていた。眠れなかった。夜が深まれば深まるほど目が冴えて仕方無かった。勿論原因は母だった。雪麻呂は初め、母の不倫という現実を受け入れられなかった。しかし時間の経過とともにその現実は心に浸透していき、やがて受け入れられるようになると今度は怒りが湧いてきた。妻であり母である自分の立場を差し置いて情夫の元へ走り、父の精神を破壊してしまったことがどうしても許せなかった。脳裡に母の顔が浮かぶ度、脳内がジリジリと焼け焦げるような怒りを覚えた。

雪麻呂は月に視線を向けた。母も今、眼下の町のどこかでこの月をみているかもしれなかった。そしてその隣には間違いなく藤原が寄り添っているはずだった。雪麻呂は母を罵りたい思いに駆られた。気のふれた父の前に連れて行き、気が済むまで罵詈雑言の限りを浴びせてやりたかった。そして父の前に土下座をさせ、気が済むまで何度も何度も謝罪させたかった。

「……馬鹿野郎っ」

雪麻呂は吐き捨てるように言った。

不意に廊下から足音が聞こえドアが勢い良く開いた。雪麻呂は振り返った。

「ぼっちゃん大変ですっ！」

富蔵が青ざめた顔で叫んだ。

「うるせぇな、魅和子でも死んだのか？」

雪麻呂が面倒臭そうに言った。

「へいっ、魅和子様がお亡くなりになりやしたっ」

「嘘だっ！」

雪麻呂は反射的に叫んだ。

「本当です、今、東の屋敷から電話が入りやした」富蔵が震える声で言った。「午後三時位から急に苦しみ出されまして、病院の方に搬送されやしたが先ほど息を引き取ったそうです。原因は心不全だそうですが詳しい原因は分からねぇそうです。お父上の昭蔵様が直接診断を下したそうで……」

「嘘だ、嘘だ嘘だ嘘だ」

雪麻呂は呟くように言うと両手で頭を抱えた。背中一面が冷たくなり軽い吐き気がした。衝撃の余り立っていることができず、傍らのベッドに座り込んだ。昼間に見た魅和子の顔が鮮明に甦った。艶やかな長い黒髪とともに、その目も、鼻も、唇も眩しい位の光に満ち溢れていた。それはまさに全身から無限の生命力を放射しているようであり、死の影など微塵も感じられなかった。

「ありえねぇっ、絶対にありえねぇっ」雪麻呂は富蔵を見て叫んだ。「俺は今日魅和子に会ったんだっ、会って話もしたんだっ、おめぇも見りゃ分かるっ、あの魅和子が、あの魅和子が病気で死ぬ訳がねぇっ、もし本当に死んだとしたら、自分で毒でも飲む以外考えられねぇっ」

その雪麻呂の言葉に富蔵の顔がさっと強張った。

「ど、どうしたっ」

雪麻呂が驚いて訊いた。

「あ、あの、今朝特別病棟に食事を届けた時なんですけど、あっしが扉を開けようとしたら、ちょうど中から華代さんが出てきたんです。どうしたんですかと訊くと、暇だから見学に来てたと笑ったんです。ちょっと変だなぁとは思ったんですが、まあ月ノ森家の方々はみんな知ってることですし、特にぼっちゃんには言わなかったんですが……」

富蔵が言葉を切った瞬間、雪麻呂の脳裡を若本軍医の顔が過った。華代は『失恋を記念して乾杯する』と言って自ら葡萄酒を注ぎ、そのグラスを各自に配っていた。初めから一つのグラスに毒を仕込み、それを魅和子に渡せば確実に殺すことができた。雪麻呂はグラスの色が三つとも違っていたことを思い出した。そしてその毒を製造できるのは病院内で若本だけだった。

頭の芯が一瞬で熱くなり、体中の血が熱湯のように沸き立つのを覚えた。

「あの野郎っ！」

雪麻呂は立ち上がると机の引き出しから自動拳銃を取り出した。驚いた富蔵が慌てて数歩後退った。

「ぶっ殺すっ！」

雪麻呂は部屋を飛び出し走り出した。居間を抜けて廊下を駆け抜け裸足のまま玄関からホールに出た。昇降機に飛び乗り一階に着くと廊下を疾走し、地下に続く階段を駆け下りて特別病棟の鍵を開けた。

「若本っ！」

病室のドアを蹴破った雪麻呂は絶句した。部屋の中央に机が置かれ、セーラー服姿の華代と白衣を着た若本が椅子に座って向かい合っていた。それぞれ大きめのグラスを持ち、火照ったように顔が紅潮していた。机上には昼間華代が用意した、あの青いラベルの貼られた葡萄酒の瓶が置かれていた。二人とも驚きのあまり目を見開き、凍りついたように動かなかった。

「この野郎っ！」

雪麻呂は拳銃を突き出すと若本の右足を狙い引き金を引いた。耳をつんざく銃声とともに若本が椅子から転がり落ちた。同時に机が倒れ葡萄酒の瓶が音を立てて割れた。華代が甲高い悲鳴を上げて立ち上がった。雪麻呂は中に飛び込み仰向けに倒れた若本に馬乗りになった。

「おめぇ、華代に毒を渡したなっ！」

雪麻呂は若本の額に銃口を突きつけた。若本の顔が一瞬で青ざめた。

「は、はい、確かに、華代閣下には毒物兵器を、お渡ししましたが」

訳の分からぬ若本が震えながら答えた。

「何で華代に毒を渡したっ！」

「いえ、あの、敵の密偵を暗殺するから、造れと命ぜられまして、それで、造りました」

「どんな毒だっ？」

「リ、リシンと言いまして、ヒマシ油の原料の、ヒマの種の中に含まれる猛毒蛋白質です」

「何で昼に毒を飲んで夜に死ぬっ？」

「あの、華代閣下に、かなり時間が経ってから死ぬ毒が欲しいと言われましたので、大きめの米粒の中をくりぬきまして、その中にリシンを充填して穴を蠟で塞ぎました。そうすると体内に入った時は何も起きず、一時間ほど経ってから、蠟が溶けてリシンが外に出ます。そうなると高熱が出て、十時間前後で死亡します」

「米粒に入るぐれぇの量で人が死ぬのか？」

「し、死にます」

若本がか細い声で言い、頷いた。雪麻呂は「畜生っ」と叫びその額から銃口を離した。若本に罪は無かった。この病棟の住人にとって月ノ森家の人間は絶対であり、決して逆らうことはできなかった。若本も敵の密偵を暗殺するという話を信じて毒物を製造しただけであり、責任を追及する対象ではなかった。

「……何で華代と酒を飲んでた？」

雪麻呂が低い声で訊いた。

「華代閣下が、敵の密偵を暗殺できたので、お、お祝いをしようと申されまして、それで葡萄酒をご馳走になってました」

『お祝い』という言葉が耳の奥で大きく鳴り響いた。雪麻呂は脳が燃え盛るように熱くなるのを覚えた。こめかみが音を立てて脈打ち拳銃を持つ右手がわなわなと震えだした。

「おめぇ、魅和子殺しといてお祝いしてたのか？」

雪麻呂はゆっくりと立ち上がり、傍らに立つ華代を睨みつけた。華代は雪麻呂の怒気に圧倒されたのか顔を強張らせたまま後退りし、壁にぴたりと背中を付けた。

「おめぇ、魅和子殺しといてお祝いしてたのか？　なぁっ、どうなんだっ？　二人でお祝いしてたのかっ？　何黙ってんだよっ！　何とか言えよ馬鹿野郎っ！」

雪麻呂は素早く詰め寄るとその顔を思い切り殴りつけた。華代がくぐもった呻き声を上げてよろめいた。雪麻呂は髪の毛を鷲摑みにすると強引に顔を引き上げた。

「よくもやりやがったな腐れアバズレッ！　魅和子は俺の命だったんだぞっ！　魅和子は俺の全てだったんだぞっ！　それを虫ケラみてぇに殺しやがってっ！　返せっ！　今すぐ魅和子を返せっ！」

雪麻呂は拳銃を振り上げ銃把の底で華代の額を殴った。華代はまたくぐもった呻き声を上げた。額の皮膚が一センチほど切れ、鮮血がたらりと顔を伝って落ちた。

「……もう魅和子はいないんだよ」

華代が目を伏せたまま囁いた。雪麻呂は咄嗟のことに言い淀んだ。

「もう魅和子はいないんだよ」

華代が再び目を伏せたまま囁いた。低い声だが突き刺さってくるような語感を持っていた。華代はゆっくりと雪麻呂を見た。その目には妙に冷ややかな、そして冷淡な光が浮かんでいた。

「魅和子は死んだ。もう絶対に帰ってこない。魅和子の体だって葬式が終わったら焼かれて灰になる。雪麻呂、もっとしっかりと現実を見なよ。あたしは生きてるよ、あたしはちゃんと生きてるんだよ、あたしの体だったらちゃんと触れるし、雪麻呂が望めばいつだって抱けるんだよ」華代は右手を雪麻呂の頬に当てた。「雪麻呂、あたしの許婚になって。

あたし尽くすから、一生雪麻呂に尽くし続けるから、だからあたしの許婚になって」

「うるせぇっ！」雪麻呂は頬に当てられた手を張り払った。「人殺しが調子に乗ってんじゃねぇっ！　誰がおめぇみてぇなイカれた女と結婚するかっ！」

雪麻呂はまた拳銃を振り上げると銃把の底で華代の顔や頭を滅多打ちにした。華代は全く抵抗せず、目をつぶり顔を歪めたままじっと暴行に耐えた。雪麻呂は二十回ほど殴りつけてやっと拳銃を下ろした。華代は額や頭部や鼻孔から出血し顔が血だらけになっていた。

「おめぇに明るい未来なんかあるかっ！　人殺しは刑務所にぶちこまれて銃殺されんだよっ！　ざまあみろドブスッ！」

「だったらあんたがあたしを殺せっ！」不意に華代が叫ぶと雪麻呂の持つ拳銃を摑み、銃口を自分の左胸に押し当てた。「あんたにとって魅和子が全てだったように、あたしにとっては雪麻呂が全てだったんだよっ！　あんたと一緒になれないなら生きてる意味なんて何にもないっ！　殺せっ！　今すぐ殺せっ！　お前男だろっ！　今すぐ殺せって言ってんだよ！　さっさと撃ち殺せ腰抜けっ！」

雪麻呂は華代を睨みつけると引き金に指を掛けた。頭蓋内の燃え盛る炎はさらに勢いを増していた。本当にこのまま射殺してあの世に送ってやりたかった。しかしまだほんの僅かに残っている理性が、極限の所で雪麻呂を押し止めていた。

「何やってんだよ雪麻呂、ここまで来て何迷ってんの？」華代が詰るように言った。「あたしが憎いんだろ？　魅和子を殺したあたしが憎いんだろ？　さっさと殺してくれないと夜が明けちゃうよ。そうだ、いいこと教えてあげる。若本が造ったリシンて毒ね、かなり強力なの。あれが体内に入ると苦しみのあまり七転八倒して死ぬから、死に顔が物凄く怖いんだって。だから明日のお通夜の時ちゃーんと見とけよ、愛しの魅和子ちゃんの死に顔」

華代は血だらけの顔で笑みを浮かべた。『愛しの魅和子ちゃん』と言う言葉が鋭い槍のように雪麻呂の胸を突き刺した。その瞬間僅かに残っていた理性が音を立てて砕けた。頭の中で「殺れ」と声がした。雪麻呂は素早く引き金を引いた。凄まじい銃声とともに華代の体はびくりと震え、そのまま壁に凭れかかるようにしてへなへなと床にしゃがみ込んだ。そしてお辞儀をするようにゆっくりと上半身が前に倒れ、動かなくなった。後ろの壁には左胸を貫通した銃弾が一センチほどの穴を作り、周囲に赤黒い血が飛び散っていた。

雪麻呂は大きく息を吐いた。

罪悪感は全く無かった。しかし魅和子の仇を討ったという達成感も無かった。ただ四肢が痺れるような強い疲労感が全身を覆っているだけだった。雪麻呂は華代の座っていた椅子に腰を下ろした。

「ゆ、雪麻呂閣下」後ろで小さな声がした。振り向くと右足を撃たれて倒れていた若本が上体を起こしていた。「華代閣下は、死んだのですか？」

「ああ、死んだ。俺が殺した」

雪麻呂が呟くように言った。

「この後、どうなるんですか？」

「さあ、どうなるんだろうな。全くもって見当がつかねぇ」

雪麻呂は自動拳銃を床に置くと、右の掌のべっとりとした汗をパジャマのズボンで拭いた。

「閣下、失礼致しますっ」

廊下で声がした。雪麻呂は顔を向けた。いつの間にか部屋の入り口に隣室の笹谷兵長が立っており、直立不動の姿勢で敬礼した。

「何だ?」

雪麻呂が訊いた。

「先ほど大日本軍神様から連絡がありましたっ。御報告させていただきたいのですがよろしいでしょうかっ?」

笹谷が快活に叫び、ちらりと華代の死体を見た。しかし全く気にとめる気配は無く顔色も変わらなかった。元通信兵である笹谷の唯一の使命は、壊れた通信機で『大日本軍神様』と交信することだった。彼の世界では交信に関すること以外は全て無意味であり存在しないも同然だった。それは射殺された十三歳の少女の死体であっても変わらなかった。

「ああ、いいぞ。報告してくれ」

雪麻呂が低い声で答えた。笹谷は左手に持つ紙を掲げた。

「では御報告します。ワラベガコンラントゼツボウノウミニオチル、シカシツウシンヘイノコトバニヒカリヲミイダシ、ナンゴクミツリンイッチョクセン、ロウジントカゲノオカゲデネガイハカナウガ、ハハトサイカイシテミツリンニノコル、以上であります」

笹谷は再び直立不動の姿勢をとり敬礼した。そこで雪麻呂の心臓がどくりと鳴った。相変わらず意味不明の文章だったが、ある一言が胸に引っ掛かった。それは『ロウジントカゲ』という言葉だった。雪麻呂は分からなかった。それが一体何を意味し、何の記憶に反応しているのか思い出せなかった。しかし絶対に間違い無かった。確かに『ロウジントカゲ』は、今直面しているこの逆境に関わりのある言葉だった。雪麻呂は俯くと目を閉じ、ここ一週間の内に起きた出来事を必死で思い起こした。様々な映像や声がぐにゃぐにゃと混じり合いながら素早く脳裡を過っていった。やがて真樹夫の顔がふと出現した途端、ある記憶が呼び起こされた。それは三日前、美樹夫の病室に行った時のことだった。部屋に二人きりになった時、真樹夫は美樹夫から聞いたナムールの話をした。それは美樹夫が爬虫人の村に行き、年老いた長老に頼んで念力で大吉を生き返らせてもらったという不思議な話だった。

「これだっ」

雪麻呂が目を開けて叫んだ。最後だった。これが今の雪麻呂に唯一残された最後の切り札だった。この爬虫人の念力を使えば魅和子も必ず生き返らせることができるはずだった。

雪麻呂は激しく興奮した。心臓が力強く脈打ち出し、全身の皮膚がじわっと熱を帯びた。暗く澱んでいた眼前の風景が不意に明るく鮮明になった気がした。また魅和子に会える、また魅和子と話せると思うと嬉しさのあまり軽い眩暈を覚えた。雪麻呂は完全な無神論者だったが、生まれて初めて神の存在を意識し、感謝の祈りを捧げたくなった。

「ナムールに行くぞっ！」

雪麻呂は大声で叫んだ。

＊

地下からの階段を駆け上がり一階の廊下に出ると、富蔵が立っていた。青ざめた顔をしており目には怯えるような光が浮かんでいた。

「おめぇ、何してんだ？」

雪麻呂が訊いた。

「ぼ、ぼっちゃんの帰りが遅ぇんで、心配になって様子を見に来やした」

富蔵が低い声で言った。

「何でこんなとこに立ってんだ？」

「さっき階段を下りようとしたら、下から銃声が聞こえてきたんです。それでおっかなくなって、ここで待ってやした」

「そうか、聞こえたか」

雪麻呂は右手に持った自動拳銃を見た。

「あの、ぼっちゃん、もしかしてあの音は……」

富蔵が搾り出すような声で言った。語尾が微かに震えていた。

「そうだ。華代を殺した」

雪麻呂がそう言った途端、富蔵は押し殺した悲鳴を上げた。全身が小刻みに震え出し、巨大な目には薄らと涙が滲んだ。

「ぼ、ぼっちゃん、ほ、ほ、本当ですか？　本当に華代様を殺したんですか？」

「本当だ。拳銃で撃ち殺した」

「なんで、なんで、殺しちまったんですか？　他に幾らでも方法があったはずなのに、何でそんなことを……何でそんなことを……」

富蔵の目から涙がこぼれ落ちた。

「華代は毒で魅和子を殺したんだ。俺の全てだった魅和子を殺したんだぞ。だからその仇を討ったんだ、他に方法なんてねぇ。全て華代の自業自得だ」

雪麻呂は廊下に唾を吐いた。

「……華代様の遺体は、どうしたんですか？」

富蔵が手で涙を拭きながら言った。

「死体保管所に運んで防腐液のプールに沈めた。富士丸や熊田の死体を処分した時と同じだ。また徳一をぶん殴って絶対口外しねぇよう誓わせた」

「そうですか……」富蔵は鼻水を啜り上げると目を伏せた。「それでぼっちゃん、これからどうするんです？」

「ナムールに行く」

雪麻呂は即答した。驚いた富蔵が目を見開いて雪麻呂を見た。雪麻呂は以前熊田が大吉を殺害したこと、そして同じ日に美樹夫がナムールで不思議な体験をしたことを手短に分かりやすく説明し、爬虫人の長老に頼んで魅和子を生き返らせると言った。

「魅和子様が生き返るなんてまるで夢のようだっ」

話を聞き終えた富蔵がまた目を見開いて叫んだ。

「ただし条件がある。死んでから二日以内に長老に頼まねぇと生き返らねぇ」

雪麻呂は声高に言った。

「ふ、二日っ？　何で二日以内なんですか？」

「理由は知らんが真樹夫の兄様が言ってたそうだ。死んでから二日以内なら生き返らせることができるって」

「でも、どうやって二日以内にナムールへ行くんですか？」

富蔵が不安に満ちたような顔をした。

「この前ジャイロに乗るため航空基地に行っただろ？　あの時挨拶に来た司令様が今月の二十四日に爆撃機でナムールに行くって言ってたんだ。だからそれに乗せてもらう」

「そうかっ、確かに司令様は言ってやしたねっ、あっしも思い出しやしたっ。確かに飛行機なら一日でナムールに行けやすっ。凄ぇっ、こりゃ凄ぇっ。でもぼっちゃん、と言うことは華代様も生き返るってことじゃねぇですかっ」

その言葉に雪麻呂は口ごもった。言われてみれば確かにそうだった。

「ぼっちゃん、是非華代様も生き返らせてもらいやしょうっ、そうすればぼっちゃんは人殺しじゃなくなるんですよっ、ねっ？　絶対そうしやしょうよっ」

富蔵は目を輝かせた。雪麻呂は胸中で「畜生」と呟きながら下唇を噛んだ。華代は魅和子殺しの代償として命を奪われていた。雪麻呂も華代を殺したことで怒りが完全に消えていた。ちゃんと仇を討ち、魅和子も生き返ると分かった今、華代に対して何の不満も無かった。

「しょうがねぇ、華代も生き返らせるか」

雪麻呂が呟いた。

「ぼっちゃん、ありがとうごぜぇやすっ。これでぼっちゃんは人殺しじゃなくなるんですねっ、いや良かった良かったっ、一時はどうなることかと思いやした」

富蔵は満面の笑みを浮かべた。

「ところで今何時だ？」

雪麻呂が早口で訊いた。

「もうすぐ午前五時です」

富蔵が腕時計を見ながら言った。

「やべぇ、もう二十四日になっちまった。おい、今すぐ航空基地に電話して爆撃機に便乗できるよう手配しろ」

「へぇ、分かりやした。で、ぼっちゃんはどうされるんです？」

「まず華代の死体を防腐液のプールから引っぱり上げて若本の病室に移す。その後、真樹夫の兄様のとこに行く」

　雪麻呂は踵を返すと足早に地下への階段を下りていった。

＊

　三〇一号室のドアを開けると中は真っ暗だった。低い鼾とスウスウという小さな寝息が交じり合って聞こえてきた。雪麻呂は壁の点滅器を押した。天井の電球が灯り、黄色い光が室内を照らした。六畳ほどの病室には横向きに二台のベッドが置かれていた。手前のベッドには真樹夫が、奥のベッドには美樹夫が寝ていた。雪麻呂は中に入ると美樹夫のベッドに行き、肩を摑んで揺り動かした。毛布を掛けて仰向けに寝ていた美樹夫は驚いたように目を開けた。

「兄様、起きてくれ。ちょっと話があんだ」

　雪麻呂が呟くように言った。

「どうしたんだ、こんな時間に」

　白い浴衣を着た美樹夫はベッドの上に上体を起こした。

「突然で悪ぃんだけど、今日これから俺とナムールに行ってくれ」

　雪麻呂の言葉に美樹夫は絶句した。目を見開き、口を半開きにすると唇を五、六回動かした。何かを言おうとしたが声が出ないようだった。

「勿論冗談じゃねぇ。本気だ。今日町の航空基地からナムール行きの爆撃機が飛ぶ。それに一緒に乗ってくれ」

「……で、でもどうして俺が行くんだ？」

美樹夫が呻くように言った。雪麻呂は自分の許婚の魅和子が殺されたこと、その仇を討つため殺した華代という従姉を殺したこと、そしてその二人を生き返らせるためにナムールの爬虫人の村に行くことを簡潔に説明した。

「兄様には村までの道案内と、長老との交渉役になってもらう。死んでから二日以内に頼めば生き返るんだろ？　それにはどうしても今日出発する爆撃機に乗らなきゃ間に合わねぇんだ。頼む、どうか一緒にナムールに行ってくれ」

雪麻呂は胸の前で両手を合わせて懇願した。

「……すまないが、ナムールへは行けない」

美樹夫が目を伏せて言った。

「何でだっ？　何でだめなんだっ？」

雪麻呂が叫んだ。

「君は戦地がどんな場所なのか知っているのか？　常に死と隣り合わせのまさに地獄そのものなんだぞ。俺はこの目でその地獄を何度も見てきたんだ。あんな所に戻る気は無い」

「三日もありゃ済む話じゃねぇかっ、何でたった三日がだめなんだっ？　こっちは人の命が懸かってんだぞっ」

「俺の命はどうなるっ？　俺だって生きているんだっ、守らなきゃならん弟だっているっ。君が深刻な状況に陥っていることには同情するが、そのために自分の身を危険にさらしたくはない」

「でも一回ナムールに行ったじゃねぇかっ。何でもう一回行けねぇんだっ？」

「あれは軍の命令だからだっ。俺は職業軍人だから正式な命令だったら地獄の果てまで行ってやる。でもそれ以外のことであの地獄に戻る気は全く無いっ。悪いが諦めてくれっ」

美樹夫は視線を上げて雪麻呂を見た。その目には鋭い光が浮かんでいた。帝国軍人としての強い信念と矜持を感じさせる光だった。このままでは一年掛けて説得しても絶対にナムールには行かないと雪麻呂は判断した。

「雪麻呂君、ごめんな」不意に声がした。見ると隣で寝ていた真樹夫がベッドの上に起きていた。「俺も兄ちゃんをナムールに行かせたくねぇよ。実際ゲリラに撃たれたんだぞ、こんど行ったら死んじまうかもしれねぇ。頼むから諦めてくれよ」

雪麻呂はため息を吐くと数回大きく頷いた。

「分かった、出直してくる」

雪麻呂は足早に病室を出ると廊下を歩いていき、中央の円形ホールの傍らにある看護婦詰め所に入った。中には当直の三人の看護婦が椅子に座っていたが、雪麻呂を見ると驚いて立ち上がりお辞儀をした。

「ちょっと電話を借りるぞ」

雪麻呂は黒電話の受話器を取りダイヤルを廻した。それは航空基地の司令である三上少将の自宅の番号だった。すぐに電話は繋がり、下男の若い男の声がした。

「月ノ森雪麻呂だけど、ちょっと司令様を頼むわ」

雪麻呂は抑揚の無い声で言った。


五分後、雪麻呂は三〇一号室に戻った。

「まだ諦めないのか？」

ベッドに横になっていた美樹夫が露骨に眉を顰めた。

「ああ、諦めねぇ。魅和子の命が懸かってるからな」

雪麻呂は真顔で言うと腕組みして壁に寄りかかった。

「何回頼まれても答えは一緒だぞ」

「それは分かってる。だから俺はもう頼まねぇよ」

「じゃあ何でここにいる？」

「見物するためだ」

「見物？　何を見物するんだ？」

「兄様を見物するんだ」

「どういうことだ？」

美樹夫が首を傾げた。その時ドアが開き当直の看護婦が顔を出した。

「失礼します。堀川美樹夫さんにお電話が入っております」

「俺に？　こんな時間にか」美樹夫はベッドの上に上体を起こした。「誰からだ？」

「航空基地の方からです。詳しくは直接お話しするそうです」

看護婦の言葉に美樹夫は怪訝な顔をした。

雪麻呂は微かに口元を緩めた。

美樹夫は看護婦とともに廊下を歩いていった。その後を雪麻呂と真樹夫が付いていった。

看護婦詰め所に入った美樹夫は机上に置かれた受話器を取り「堀川少尉だ」と名乗った。しかし二言三言話した途端、直立不動の姿勢をとり「失礼しましたっ」と叫んだ。会話は三分ほど続いたが美樹夫はただ「はいっ」「はいっ」と大声で答え、頷くだけだった。そして最後に深々と頭を下げると「了解しましたっ、失礼いたしますっ」と言って受話器を置いた。次の瞬間美樹夫は鋭い目付きで雪麻呂を睨みつけた。

「貴様、一体何をしたっ」

美樹夫は怒気のこもった声で言った。

「司令様に電話してな、ナムールでの俺の護衛役を兄様にするよう頼んだだけだ。そう言われなかったか？」

「ああ、航空基地の大佐殿に言われたよ、正式な命令としてな」

「軍の命令なら地獄の果てまで行くんだろ？」

雪麻呂は静かに言った。

「雪麻呂君ひでぇじゃねぇかっ」傍らに立つ真樹夫が大声で叫んだ。目が涙で潤んでいた。

「何で兄ちゃんをナムールに行かすんだっ、またゲリラに撃たれたらどうすんだよっ」

「真樹夫、すまねぇが堪えてくれ。魅和子の命が懸かってんだ、こうする以外方法はねぇ」

雪麻呂は真樹夫の肩に右手を置いた。真樹夫はその手を振り払った。

「俺らたった二人の兄弟なんだぞっ、兄ちゃんが死んだら天涯孤独になっちまうっ、それに肩の傷だってまだ」

「やめろっ！」

美樹夫が怒鳴った。真樹夫が潤んだ目で美樹夫を見た。

「俺はナムールに行く」美樹夫が低い声で言った。その顔から怒りは消え、能面のような無表情になっていた。「俺は職業軍人だ。俺にとって上からの命令は絶対だ。命令は必ずや遂行せねばならん。誰のためでもない。御国のために俺はナムールに行く」美樹夫はそこで言葉を切ると雪麻呂を見た。

「すぐに出発の準備にかかってくれ」

6　四月二十五日

二十四日の正午に出発した七五式重爆撃機は翌二十五日の午後一時過ぎ、ナムールの首都カノア南部にある陸軍航空基地に着陸した。そこで三上司令と別れた雪麻呂と富蔵、そして美樹夫は軍が用意してくれた八〇式ジャイロコプターに乗り換え、カノアから西へ五十キロの地点にあるチャラン村に向かった。四月から配備された最新式のジャイロは速かった。眼下に広がる広大な叢林や山々を瞬く間に飛び越え、三十分たらずで目的地上空に到着した。一ヶ月前、徒歩で五時間以上掛けて村に行ったのは何だったのかと美樹夫が嘆いた。

ジャイロはチャラン村北部を流れるウラージ河の河原に着陸した。

カブトムシに似た機体の側部にあるドアを開け、三人は地上に降り立った。熱を帯びた辺りの空気には、南国特有の熟れた果実のような匂いが混じっていた。新しい迷彩服を着た美樹夫はジャイロの操縦士に「二時間ほどで戻る」と言い残し、石ころだらけの河原を歩き出した。その後に白い開襟シャツを着た雪麻呂と、茶色い国民服を着て日の丸の鉢巻を締めた富蔵が続いた。三人ともアルミ製の大きな水筒を肩から提げていた。

上流に向かって河原を十分近く歩いていくと河が右側に大きく蛇行している地点に来た。

「ここだ」美樹夫は河の左側に広がる叢林を指差した。「この辺りから爬虫人の縄張りになっている。棲家から出て餌を集めるのはメスだけだから危険は無いと思うが、もし奴らに出会ったら俺の言う通りに行動しろ、絶対に勝手な真似はするな。いいな？」

美樹夫は鋭い眼差しで雪麻呂と富蔵を交互に見た。二人は無言で頷いた。

叢林の中は湿度が高くて空気が澱んでいた。一面に落ち葉が広がる地面は柔らかく、掛け布団の上を歩いているような感触だった。辺りはしんと静まり返っていた。聞こえてくるのは微かな葉擦れの音と、時折響く名も知らぬ鳥のコホッコホッと言う声だけだった。

額の汗を手で拭いながら七、八分前進すると、不意に前方の木々が途切れて広い平地に出た。土が剝き出しの平地には藁でできた円錐形の小屋が見えた。高さが二メートルほどあるそれは至る所に乱雑に立ち並んでいた。

「ここが爬虫人の村か？」

辺りを見回しながら雪麻呂が訊いた。

「そうだ。俺が吹き矢で眠らされ、連れてこられた奴らの棲家だ」

美樹夫が忌ま忌ましそうに答えた。余程嫌な経験をしたようだったが雪麻呂は敢えて何も訊かなかった。

「おい、富蔵。おめぇの生まれ故郷にやって来た感想はどうだ？」

雪麻呂が富蔵を見た。

「へい、とっても薄気味悪ぃです。なんかこれからお化け屋敷にでも入るみてぇな気分です」

富蔵は青ざめた顔で答えた。

「おめぇの実家がお化け屋敷か、そりゃ傑作だ」

雪麻呂は笑みを浮かべて富蔵の肩を叩いた。

「おい、来たぞ」

美樹夫が小声で言い前方を指差した。見るといつの間にか一番手前にある小屋の前に爬虫人の子供が立っていた。三歳ぐらいのオスだった。全裸で、富蔵と同じ褐色の肌をしていた。距離は五メートルもなかった。

「どうすんだ？」

雪麻呂が訊いた。

「何もするな、大人が来るまで待つんだ」

美樹夫がまた小声で言った。

「きゅぴちゃ、ちゃきょる」

子供が奇妙な言葉を発した。初めて聞く爬虫人の言語だった。すると隣の小屋から二匹の爬虫人の子供が出てきた。どちらも七、八歳のメスだった。二匹は雪麻呂達を見ると驚いたように顔を見合わせ、同時に「ちゃきょるっ！　ぴゅきっ！」と大声で叫んだ。するとあちこちの小屋の中から次々と爬虫人の子供が現れ、三十秒も経たぬうちに二十四近くが眼前に集まった。下は三歳ぐらいから上は十歳ぐらいだった。雪麻呂にはそれらが全て同じ顔に見え、股間を見ないと男女の区別もつかなかった。しかし富蔵との顔の違いだけは分かった。子供達はみな楽しそうに笑みを浮かべ、好奇に満ちた巨大な目で三人を凝視していた。

「ぴょるきょん、きゅりろぴ」

奥の方から野太い声がし、大人の爬虫人が四匹歩いてきた。みな三十代前半くらいのオスで、前にいる子供の親のように見えた。大人の爬虫人達は子供達の真後ろで立ち止まり、雪麻呂達を探るように見た。その視線に敵意は感じられなかったが、みな来訪の意図を訝るような表情をしていた。やがて一番背の高い大人のオスが、隣の太った大人のオスに何か耳打ちをした。太ったオスは数回頷くとすぐに後方に走り去っていった。

「兄様、本当に大丈夫なのか？　いきなり槍や弓矢が飛んでくるようなことはねぇのか？」

雪麻呂が不安になって訊いた。

「大丈夫だ。こいつら怒ると怖いが、普段は温厚な種族だから危害を加えられることは無いはずだ」

美樹夫が落ち着いた声で言った。

「だったらいいんですけどねぇ、でもやっぱりこいつらおっかねぇですよ」

富蔵が弱々しい声を上げた。以前自分でも言っていた通り、心の中は完全な日本人になっているようだった。

やがてさっきの太ったオスが戻ってきた。なぜか初老のオスと連れ立っていた。彼は他の爬虫人と違い、左右の上腕に紫色の布を腕章のように巻いていた。

「来たっ、執行人だっ」

美樹夫が待ちかねたように言った。

「シッコウニン？　誰だ、あいつ？」

雪麻呂が目を凝らして初老のオスを見た。

「この村で二番目に偉い奴だ。絶対に俺のことを覚えているはずだ」

美樹夫が早口で答えた。そう言われると確かに顔つきや歩き方に威厳のようなものが感じられた。

太ったオスと執行人は子供達の前で立ち止まった。太ったオスはこちらを指差して何かを言った。執行人は大きく二回頷くと、子供達を掻き分けて足早に歩いてきた。

「ちゅきろぴ、きゅり」

執行人は低く呟きながら美樹夫の前に立ち止まった。

「久しぶりだな、俺のことは覚えているだろう？」美樹夫は笑みを浮かべながら日本語で言った。「実はお願いがある。長老に二人の少女を生き返らせてもらいたい。魂をまた体内に戻して欲しいんだ」美樹夫は左手で左胸を数回叩いた。「どうか長老に会わせてくれ。頼む」

美樹夫は深々と頭を下げた。

「きゅぴょりみん、ちゃいちゃぴ」

執行人はまた低く呟くと大きく一回頷いた。そして数回手招きすると棲家の中に向かって歩き出した。

「通じたようだ」

美樹夫が笑顔で言った。三人はその後についていった。

「執行人って日本語が分かんのか？」

雪麻呂が歩きながら訊いた。

「いや、分からん。しかし奴らは人間の発する『気』のようなものを感知する能力があるんだ。それで何とか俺の思いが通じたんだろう」

「執行人も念力が使えんのか？」

「いや、使えん。使えるのは長老だけだ」

「そうか、どんなに凄ぇか今から楽しみだな」

雪麻呂の胸が期待に高鳴った。

執行人は力強い足取りで棲家の中を歩いていった。周囲には円錐形の藁小屋が乱雑に立ち並んでいた。小屋と小屋の間隔は一メートルほどしかなく、場所によっては三十センチにも満たないことがあった。四人はそれらの狭い隙間を縫うようにして歩いた。やがて二百メートル近く進んだところで執行人は立ち止まった。そこは爬虫人の棲家の中で一番奥まった場所だった。背後に叢林が迫るその一角に半球形をした大きな建物があった。竹で骨組みを造り、その一面を赤い布で覆っていた。よく見るとそれは無数の麻袋であり、それらを張り合わせて赤く着色していた。

「ぺりぴゅーちゃ」

執行人はそう言うと、入り口に垂れ下がる赤い布をめくった。

「すまんな」

美樹夫は礼を言い、中に入った。雪麻呂と富蔵も後に続いた。

室内は薄暗く、なぜかひんやりとしていた。正面の壁際に赤い布で覆われた大きな祭壇のようなものがあった。その前に赤いマントを着、赤い頭巾を被った一匹の爬虫人が座っていた。傍らの床には灯りの灯った石油ランプが置かれており、橙色の光で周囲を照らしていた。三、四メートル離れていたが、かなりの高齢であることが分かった。これが死人を甦らせる長老だな、と雪麻呂は思った。

長老がゆっくりと顔を上げこちらを見た。不意に美樹夫が歩き出し、長老の一メートルほど前の床に座り胡坐をかいた。二人は顔を見つめ合ったまましばらく動かなかったが、やがて美樹夫が無言で大きく頷くと拳で左胸を数回叩いて上方を指差した。

「み、美樹夫さんは何してるんですか？」

富蔵が声を潜めて訊いてきた。

「年寄りの爬虫人はな、言葉じゃなくて念力で会話すんだ。だから長老は今兄様の頭に念力を送って、脳味噌同士で話し合ってんだ」

雪麻呂も声を潜めて言った。

「そうですか。念力のことは今までただの噂だと思ってたんですけど、本当だったんですねぇ」

富蔵が感心したように呟いた。

美樹夫は五分近く無言の『会話』をしていたが、やがて立ち上がりこちらに来た。

「一応魅和子と華代のことは話しておいた。生き返らせるかどうかは君と直接話して決めるそうだ」

美樹夫は長老の方を右手で指し示した。

「どうやって念力で会話すんだ？」

雪麻呂が訊いた。

「長老の前に座るだけだ。後は勝手に声が聞こえてくるからその通りにすればいい」

「そうか、分かった」

雪麻呂は歩いてゆくと美樹夫と同じく長老の一メートルほど前の床に座り、胡坐をかいた。赤い頭巾を被り、少し俯いたその顔は皺だらけだった。皮膚も黒ずんでかさついており、左右の巨大な目は垂れ下がった目蓋で殆ど見えなかった。

（私の声が聞こえるかい？）

不意に頭の中に老婆の声がして雪麻呂は驚いた。誰かの声の記憶を思い出した時と同じだった。

（私の声が聞こえたら頷きなさい）

長老が言った。雪麻呂は頷いた。

（これからお前に質問をする。答える時は声を出さずに頭の中で言葉を思い浮かべなさい。いいですね？）

長老の、物静かだが強い意志の力を感じさせる声がした。雪麻呂はまた頷いた。

（魅和子という少女はなぜ死んだんだい？）

（俺と魅和子が許婚になったことに腹を立てた華代が、魅和子に毒を飲ませて殺した）

（なぜ華代は腹を立てたんだい？）

（華代は昔から俺に惚れてたから嫉妬したんだ）

（華代という少女はなぜ死んだんだい？）

（それは、その、俺のすべてだった魅和子を華代が殺したから、頭にきて、華代に拳銃を向けたんだ）

雪麻呂は途切れ途切れに答えた。どこまで正直に言えばいいのか、その見極めがつかなかった。

（拳銃を向けて、お前は華代を撃ち殺したんだね？）

長老の落ち着いた声がした。

（いや、違う。撃つ気は無かった。撃つ気は無かったんだが、ちょっとした弾みで拳銃が暴発して弾が出ちまったんだ）

雪麻呂は咄嗟に嘘を吐いた。長老に悪い印象を与えるのは得策では無いと判断したからだった。長老はゆっくりと顔を上げ、雪麻呂を見た。

（それは、本当のことなのかい？）

その静かな声に雪麻呂の心臓がどくりと鳴った。心の中を見透かされているような気がした。

（本当だ。拳銃が暴発したんだ）

（そうかい……）

長老はゆっくりと顔を下げた。

（あの、魅和子と華代を生き返らせてくれんのか？）

雪麻呂は我慢できずに訊いた。

(そうだね、幾つかの問題があるね)

(問題？　問題って何だ？)

(……あの爬虫人はお前とどんな関係にあるんだい？)

長老は雪麻呂の質問には答えず、後ろに立つ富蔵を指差した。

(え？　ああ、あれは俺の下男だ)

突然話が変わったため雪麻呂は戸惑いながら答えた。

(何と言う名前だい？)

(富蔵だ)

(富蔵は心からお前のことを思っているね。そして心からお前の行く末を心配しているね)

(それは分かってる。あいつは俺に忠誠を誓っているからな)

(でも富蔵は爬虫人であって爬虫人では無いね)

雪麻呂は突然のことに言葉に詰まった。言っている意味が分からなかった。

(それはどういうことだ？)

(……少しの間、外に出ていて欲しい)

長老はまた雪麻呂の質問には答えずに言った。

(何でだ？　何で俺だけ出すんだ？)

訳の分からぬ雪麻呂が訊いた。

（美樹夫と富蔵に話があるからだよ。すぐに終わるから外に出ていて欲しい）

長老の声は物静かなままだったが、その中に有無を言わせぬ迫力のようなものがあった。雪麻呂はゆっくりと立ち上がると、首を傾げながら踵を返した。後ろに立つ美樹夫と富蔵が不思議そうにこちらを見たが、無言のまま入り口まで歩いていき外に出た。

長老の家の前には執行人が腕組みをして立っていた。長老の身に危険が無いよう監視しているように見えた。執行人は家から出てきた雪麻呂を鋭い目付きで一瞥したが、またすぐに視線を前方に戻した。

雪麻呂は地面に腰を下ろすと大きなため息を吐いた。なぜ長老が自分の質問に二回とも答えなかったのか謎だった。分かったのは魅和子達を生き返らせるには、『幾つかの問題』があるということだけだった。雪麻呂はその『問題』が一体何なのか必死で考えてみたが、思い当たることは何も無かった。

「畜生、全然分かんねぇ……」

雪麻呂は呟き、地面に唾を吐いた。

長老はすぐ済むと言っていたが、美樹夫と富蔵が家から出てきたのは十五分後だった。

「遅かったじゃねぇか、何話してたんだ」

雪麻呂は立ち上がると二人の前に立った。

「いや、俺の個人的なことだ。君には関係無い」

美樹夫は低い声で言うとわざとらしく口元を緩めた。すぐに作り笑いだと分かった。

「兄様、俺に何か隠してねぇか？　様子が変だぞ」

当惑した雪麻呂が訊いた。嫌な予感がした。

「隠してなんかない。本当に俺の個人的なことを相談してただけだ。信じてくれ」

美樹夫は作り笑いを浮かべたまま言うと、藁小屋が密集する方に向かって歩き出した。

「おい、どこに行くんだ？」

雪麻呂が慌てて言った。

「ちょっと用事があってな、河原で待機しているジャイロで待つことにした。帰り道は分かるだろ？　長老との話が終わったら来てくれ」

「魅和子と華代は生き返んのか？」

「それは長老が直接君に話すそうだ」

美樹夫は右手を軽く上げると慌ただしく立ち去っていった。

「おい富蔵、一体どうなってんだ？　本当に兄様の言う通りなのか？」

雪麻呂は富蔵を見た。

「念力での会話は一対一ですから、美樹夫さんと長老が何を話していたかは分かりやせん」

「じゃあおめぇは長老と何を話したんだ？」

「あっしの個人的なことです」

富蔵はそう言って目を伏せた。明らかに嘘を吐いているのが分かった。雪麻呂は自分一人だけ除け者になっていることに強い怒りと不安を覚えた。

「おめぇもそうかこの野郎っ！」雪麻呂は富蔵の胸倉を摑んだ。「何でおめぇらは俺に嘘を吐くんだっ！　俺が一体何したって言うんだっ！　長老と何を話したっ！　会話の内容を今すぐ言えっ！」

「ぼっちゃん、あっしの口からは言えやせん。でも大丈夫です。長老が全部教えてくれます」

富蔵が静かな声で言った。妙に落ち着いているその態度が薄気味悪かった。

「そうか、じゃあ長老に会ってくるわ」

雪麻呂がそう言って足を踏み出した途端、富蔵がその左腕を摑んだ。

「今はだめです。長老は念力で長話をすると酷く疲れるので今は休憩しておりやす。もう少し待ってくだせぇ」

「そんなの関係あるかっ、俺は今すぐ聞きてぇんだっ」

雪麻呂は富蔵の手をふりほどいて入り口の赤い布に手をかけた。同時に富蔵とは比べ物にならぬ凄い力でまた左腕を摑まれた。振り向くと真後ろに執行人が立っていた。

「ぴちゅきゅる」

執行人は低い声で言うと、左腕を摑む手にさらに力を込めた。メリッという骨が軋む音とともに激痛が走った。雪麻呂は堪らず呻き声を上げた。痛さで立っていることができず地面に両膝をついた。執行人は鋭い目付きで雪麻呂を睨み、頭を左右に二回振った。

「分かったよっ、中には入らねぇよっ、長老が回復するまで待つからっ、だからやめてくれっ」

雪麻呂は顔を歪(ゆが)めて叫んだ。執行人は雪麻呂の発する『気』を感知したらしく、ゆっくりと手を離した。

「畜生っ、骨が折れるかと思ったじゃねぇかっ。このクソボケの馬鹿蜥蜴(とかげ)がっ」

雪麻呂は左腕を押さえながら吐き捨てるように言った。執行人は雪麻呂を一瞥したがそれ以上は何もしなかった。そして無言で元の場所に戻ると腕組みをして前方に視線を据えた。まさに長老の『番犬』だった。

雪麻呂は立ち上がると半球形の家から五メートルほど離れた地面に腰を下ろした。自分の知らない間に何かが起こり、それが密(ひそ)かに進行していた。突然ジャイロに戻っていった美樹夫も不可解だった。あからさまな嘘を吐きながら妙に落ち着いている富蔵も不可解だった。具体的にどんなことが起きたのかは分からなかったが、自分にとって悪いことだと言うことは分かった。雪麻呂は地面に唾を吐いた。先ほど感じた嫌な予感がさらに強まっていた。

「ぼっちゃん」

不意に声がした。見上げるといつの間にか富蔵が傍らに立っていた。

「ぼっちゃん、これを」

富蔵が一通の封筒を差し出した。雪麻呂は受け取り宛名を見た。そこには母の筆跡で

『月ノ森雪麻呂様』と書かれていた。

「母様からの手紙じゃねぇかっ！」雪麻呂は叫んだ。「いつ来たっ？」

「昨日の朝来やした。ちょうどナムールへの出発準備で忙しかったのでお渡しできやせんでした」

富蔵が抑揚の無い声で言った。雪麻呂はどこの郵便局の消印かを確認しようとした。しかしその封筒に切手は貼られていなかった。

「これ、切手がねぇぞっ、てことは母様が直接病院の郵便受けに入れたってことかっ？」

「多分そうだと思いやす」富蔵が頷いた。「そしてこれは奥様からの最後の手紙です」

「最後？　どういうことだっ？　おめぇ手紙を読んだのか？」雪麻呂は封筒の入れ口の蓋を見た。糊付けされておらず開いていた。「まさか母様は死んだのか？　藤原と心中でもしたのか？」

「読めば分かりやす。だから今すぐ読んで下さい。あっしは喉が渇いたので井戸の水を飲んできやす。では」

富蔵はぺこりと一礼すると足早に歩いていった。

雪麻呂は慌てて封筒の中から便箋を取り出した。いつもは一枚だったが今回は十枚近くあった。雪麻呂は胸の高鳴りを覚えながら母の書いた文字を読んだ。

『雪坊、これが私からの最後の手紙となります。もうあなたに私から手紙が届くことはありません。心して読んで下さい。

　ではこれから私の秘密をお教えします。かなり衝撃的な内容なので初めは取り乱すと思いますが、事実は事実なのでどうか受け入れて下さい。

　雪坊も御承知の通り、私は病院の料理人である藤原という男と恋に落ち、ただならぬ関係になってしまいました。人妻であり一児の母でもある私がとったこの行動は絶対に許されるべきものではありません。それは重々承知しております。でも雪坊、子供のあなたには理解できないと思いますが、この世に生きとし生きる全ての男女には運命の人がいるのです。私は今までそれがお父様、月ノ森大蔵だと信じていました。しかし違いました。私の真の運命の人は藤原正一だったのです。それは初めて目が合った瞬間に分かりました。彼も後日同じことを言っていましたが、本当にその時全身に電流が走ったのです。それは生まれて初めての経験でした。二人とも見つめあったまま動けなくなったほどです。まさにこれは奇跡としか言いようのない出会いでした。

　私達は瞬く間に惹かれ合い、愛し合い、求め合うようになりました。人目を避けながら病棟の空いた病室で逢瀬を重ねました。私達に言葉はいりませんでした。互いに見つめ合うだけで相手の心が分かりました。私は彼の全てを愛し、彼は私の全てを愛しました。彼に触れられるだけで私は陶酔し、私が触れるだけで彼は陶酔しました。時折大蔵さんの顔が浮かぶこともありましたが、不思議なことに罪悪感はありませんでした。運命の人と巡り合ったのだから、愛し合うのは当然のことだと思っていたからです。ただ、雪坊の顔が浮かぶと心が痛みました。心の中で何度「ごめんなさい」と謝ったか分かりません。しかしそれでも、私は彼との逢瀬をやめるつもりは全くありませんでした。たとえどんな結末が待っていようとも、この命がある限り彼を愛し続けようと決めていたからです。

しかし至福の日々も二ヶ月で終わりました。ある日空いた病室で彼と抱き合っている姿を清掃中の看護婦に見られてしまったのです。私達のことはすぐに病院中の噂になり、三日後には大蔵さんも知ることとなりました。そしてその日の夜、つまり私が失踪した前日の一月十日の深夜に、彼と二人で五階の研究室に呼び出されました。大蔵さんは激怒しており罵詈雑言を浴びせられると思っていました。しかし彼は冷静でした。私達を書斎のソファーに座らせると、なぜこんな関係になったのか尋ねました。私は正直に全てを話しました。藤原が私の真の運命の人であり、私達がどんなに愛し合っているかを、涙を流しながら切々と訴えました。大蔵さんは黙って聞いていましたが、やがて「君達はこれからどうしたいのだ？」と言いました。私は正直に「彼と再婚したいので離婚してください」と頼みました。大蔵さんは無言でした。私達は土下座をし、何度も額を床に擦りつけて懇願しました。それでようやく理解してもらいました。大蔵さんは「お前達の愛には負けた。分かった、離婚する」と言ってくれたのです。私達は天にも昇る気持ちで抱き合いました。

大蔵さんは「良かったな」と言うと、突然机の中から防毒面を取り出し被りました。私達は訳が分からずぽかんとしていると、茶筒ほどの大きさの銀色の缶を手に持ちました。そして「これは再婚祝いだ」と言うと缶の上部に付いた紐を引っ張りました。同時に中から大量の白い煙が勢い良く噴き出しました。私が覚えているのはそこまでです。

気づいた時、私は手術台の上に寝ていました。側には手術着を着た大蔵さんが立っていました。彼は手製の睡眠ガスで私達を眠らせ、その間に私にある手術を施したのです。ここで雪坊のために説明します。あなたは私が失踪したショックで大蔵さんが脳移植の研究をやめ、書斎に閉じ籠っていると思っていますね。でもそれは違います。大蔵さんは脳移植の研究をやめたのではなく、完成させたのです。だから用済みになった猿達を処分して研究所を閉じたのです。そう、大蔵さんが私に施した手術とは脳移植だったのです。大蔵さんは目覚めた私に「左側を見ろ」と言いました。私が顔をそちらに向けると、全裸の私が手術台に寝ていました。帽子を脱いだように頭蓋骨が水平に切断されており、中に脳はありませんでした。私は声が出ませんでした。これが夢なのか現実なのか分からなかったからです。呆然とする私に大蔵さんは手鏡を渡しました。私が震える手で手鏡を見ると、そこには下男の富蔵の顔が映りました。そうです。大蔵さんは私の頭を開頭して脳を摘出し、富蔵の頭蓋内に移植したのです。私は悲鳴を上げて気絶しました。

二十分後、私は目覚めました。しかしこの悪夢は夢では無く現実でした。絶望に打ちひしがれる私に大蔵さんは言いました。

「お前は俺を裏切った。長年連れ添った俺を裏切り若い料理人に走った。俺は今までこれほどの怒りと屈辱を覚えたことは無い。初めは二人ともこの研究室で殺すつもりだった。しかし俺は考えた。殺すのは一瞬だが、死ぬよりも遥かにつらい苦しみを与えられないだろうかと。そこで思いついたのが脳移植だ。お前は昔から爬虫人の富蔵を嫌っていた。理由は顔が醜いからだ。お前は昔から醜いものが大嫌いだった。だからお前の脳を富蔵の体に移植して蜥蜴人間にしてやった。お前の死体は死体保管所の徳一にやる。お前の肉体は毎日あの薄汚い変態ジジイに弄ばれるんだ。考えただけで気分がいい。藤原と言う料理人は薬物を注射して殺した。死体は保管所のプールに入れて大学に売る。

お前はこれから一週間、ここで入院生活を送ることになる。その間に今後どうするか考えろ。自殺したかったらすればいいし、富蔵として生きて雪麻呂の世話をしたいならすればいい。全てお前次第だ。雪麻呂にはお前が突然家出したと伝えておく」

大蔵さんはそう言って笑いました。私は一週間悩みました。初めは自殺しようとしましたが、やはりできませんでした。理由は二つあります。一つは私がクリスチャンだからです。クリスチャンは自殺することを厳禁されているのです。もう一つは雪坊です。あなたのことを考えるとどうしても本気で死ぬ気にはなれないのです。愛する我が子がこれからどう成長し、どんな大人になっていくのか、それを思うと期待と不安で胸が熱くなるのです。私は一週間考え続け、結論を出しました。それは月ノ森雪麻呂の下男、富蔵となって生きるということでした。私はそれを大蔵さんに伝えました。大蔵さんは「好きにしろ」とだけ言いました。そしてあれから私は富蔵の演技をして生きてきたのです。

雪坊、驚かせてごめんなさい。でもいつかは告白しなければならぬと思っていました。私は後悔していません。雪坊、どうかこの現実を受け入れて下さい。お願いします。

母より』

た。

（何なんだこれは？）

手紙を読み終えた雪麻呂は胸中で呟いた。便箋を持つ手がじっとりと汗ばみ、こめかみがどくどくと脈打っていた。話を最初から整理しようとしたが、頭の中が混乱の極みにあってできなかった。富蔵の頭蓋の中に母の脳が入っているなど絶対にありえないことだった。

しかし絶対にありえないにもかかわらず心が激しく揺れていた。そしてその揺れは徐々にではあるが『嘘』から『真実』の方に傾いていた。

（何なんだ？　一体これは何なんだ？）

胸中で呟き続ける雪麻呂の脳裡に突然徳一の顔が浮かんだ。同時に一つの記憶が甦った。

先月真樹夫と大吉を保管所に案内した時、徳一は女のライへを隠し持っていた。雪麻呂が脅して鉄の箱を開けさせた時、徳一は「これは旦那様の許可を頂いたもの」と言い、蓋を開ける時「ぼっちゃん、すいませんっ」と叫んでいた。「旦那様の許可」とは父が徳一に母の遺体を与えたことを指すのではないのか？　そして「ぼっちゃん、すいませんっ」と叫んだのは、ライへを見た雪麻呂が自分の母親だと気づくことを想定したからではないのか？　そうするとあの時見た、長い髪が顔に絡みついていた細身のライへが母だったというのか？

「嘘だ嘘だ嘘だ嘘だ」

雪麻呂は低く呟いた。しかしこめかみの激しい律動に呼応するように、心臓も大きな音を立てて収縮し始めた。また一つの記憶が甦った。手紙には「移植手術を受けた後研究室に一週間入院した」と書かれていた。母が失踪したその日から一週間、確かに富蔵は『母を捜索する』という名目で家を空けていた。しかもその情報は本人からではなく父から聞かされたものだった。父の顔が頭に浮かんだ途端、今度は一週間前の記憶が甦った。今月の十九日、食事会に行く前に父とドア越しに短い会話をしていた。その時父が小説を書いているといい、その内容を教えてくれた。それは『三十代の美しい女性』が主人公で、旦那である『四十代の外科医』と『二十代の腕のいい料理人』が、ある事件をきっかけにとんでもない事態に巻き込まれると語っていた。その時はただぼんやりと聞いていたが、その人物設定はまさに手紙の内容に酷似していた。しかも父は『主人公の女は千恵子をモデルにしている』とさえ言っていた。

雪麻呂は強い眩暈(めまい)を感じて目を閉じた。手紙の内容と自分の記憶が次々と符合していた。心の揺れは大きく『真実』に傾いていた。最早(もはや)『信じられない』という感情は消え、『信じたくない』という感情に変わっていた。背中一面に冷たいものが広がり、便箋(びんせん)を持つ手が小刻みに震えだした。

「ぼっちゃん」

不意に富蔵の声がした。雪麻呂は慌てて目を開けた。いつの間にか傍らに富蔵が立っていた。

「手紙、読みやしたか？」

富蔵が静かな声で言った。

「こ、これは本当なのか？　ここに書かれているのは本当のことなのか？」

雪麻呂が喘ぐような声で訊いた。

「へい、本当です」

富蔵が小さく頷いた。

「おめぇは一体誰なんだ？」

「外見は富蔵で、頭の中は月ノ森千恵子です」

「嘘吐くんじゃねぇっ」雪麻呂は便箋を捨てると立ち上がった。「その声も話し方も全部富蔵のままじゃねぇか？　どこが母様なんだ？」

「手紙にも書いた通り演技していやす」

「中身が母様なら何で母様のように話さねぇんだ？」

「それはぼっちゃんにショックを与えねぇようにしてるからです。あっしがいきなり千恵子の話し方になったら、ぼっちゃんが耐えられねぇと思いやしたんで、いつもの話し方にしておりやす。時期が来れば千恵子となって話します」

「じゃあ、今まで来てたあの手紙も全部おめぇが書いてたのか？」

「そうです」

「でも筆跡は完全に母様のもんじゃねぇか」

「あっしの頭には千恵子の脳が入ってるんで、自然と筆跡も千恵子のものになりやす」

その言葉に雪麻呂は虚を衝かれた。確かに言われて見ればその通りだった。

「と、富蔵っ、証拠だっ、証拠を見せろっ、おめぇの脳味噌が母様だと言う確実な証拠を見せろっ」

雪麻呂は叫びながら富蔵に詰め寄った。富蔵は「へい」と言うと、いつも頭に巻いている日の丸の鉢巻を外した。その額には横一線に長い傷跡があった。傷跡は頭を一周するように後頭部に向けてぐるりと伸びていた。『開頭』という手紙の文字が甦った。同時に母の部屋にあった家族写真が脳裡に浮かんだ。母が失踪する一ヶ月前、富蔵は鉢巻をしていなかった。富蔵が鉢巻をしだしたのは、『一週間の母の捜索』から戻ったその日からだった。

膝が激しく震え出し、雪麻呂は地面にへたり込んだ。腹の奥がひやりと冷たくなり、強い息苦しさを覚えた。心臓の収縮する大きな音が耳の奥でドッ、ドッ、ドッ、と鳴り響いていた。

「ぼっちゃん、驚かしてすいやせん。でもこれが現実なんです」富蔵は地面に片膝をつくと雪麻呂の背中を優しくさすった。「どうか現実を受け入れてくだせぇ」

「……だからおめぇ、徳一のことをあんなに嫌がってたのか」

雪麻呂が呟くように言った。

「そうです。怖かったんじゃなくて嫌だったんです。自分の死体を弄ぶ奴の顔なんか見たくもなかったんです」

「と、父様は本当に頭がおかしくなっちまったのか？」

「いいえ、いたって正常です。でも小説を書いているというのは嘘です」

「じゃあ、何やってんだ？」

「脳移植の研究結果を元に論文を書いておりやす。完成して発表すれば世界中が驚くと言っていやした」

「そうか……」雪麻呂は大きく息を吐いた。「長老がおめぇのことを『爬虫人であって爬虫人ではない』って言ってたけど、やっとその意味が分かった。確かにその通りだ。でもおめぇ、あの手紙をいつ書いたんだ？」

「あれは富蔵として生きると決めた日に書いた手紙で、ずっと隠し持ってやした」

「何でナムールまで持ってきて、今日俺に見せたんだ？」

「予感がしたんです」

「予感？」

「へい、ナムールで何か大きな変化がぼっちゃんに起こるという、根拠の無い、でもとても強い予感がしたんです。そして実際にその大きな変化が起きたので手紙を渡しやした」

「大きな変化？　一体何のことだ？」

「それはこれから長老が話してくれやす」そう言うと富蔵は雪麻呂の肩に手を置いた。

「さあ、行きやしょう、長老が呼んでやす」

　再び半球形の赤い家に入ると、長老は先ほどと同じ場所に同じ格好で座っていた。雪麻呂は富蔵に促されて長老の一メートルほど前の床に座り、胡坐をかいた。

（待たせて悪かったね）頭の中であの老婆の声がした。（私は年寄りだから、休み休みやらないと体が保たないんだよ）

（それで、あの、魅和子は生き返らせてもらえんのか？）

　雪麻呂は遠慮がちに訊いた。

（ああ、大丈夫だよ。生き返らせてあげる）

「本当かっ？　魅和子が生き返んのかっ、まるで夢みてぇだっ」

　雪麻呂は嬉しさのあまり声を出して叫んだ。

（でも、華代は生き返らせられないよ）

　その声に雪麻呂は長老を見た。

（な、何でだ？　何で華代はだめなんだっ？）

（普段魂は心臓の一番深いところに潜っていて、肉体の死とともに解き放たれる。でも二日間は魂の尻尾が心臓と繋がっているから、その間なら死人を生き返らせる。でも華代は心臓を撃たれて死んだ。心臓が壊れると魂の尻尾が切れてしまって、魅和子のように戻すことはできないんだよ）

雪麻呂は絶句した。確かに華代の左胸を拳銃で撃ち抜いていた。「愛しの魅和子ちゃん」という挑発の言葉が耳の奥で響いた。あの一言さえなければ殺さずに済んだかもしれなかった。雪麻呂の中で、消えていた華代への怒りがまた燃え上がった。

(華代を生き返らせないことで、二つの問題が生じるんだよ)長老の声がした。語気が僅かに鋭くなっていた。(まず一つ目の問題は、華代が生き返らないとお前は人殺しになるということだ)

(違う、あれは偶然銃が暴発したんだ、俺は殺してねぇっ)

(そして二つ目の問題は、お前が嘘を吐いたということだ)長老がゆっくりと皺だらけの顔を上げて雪麻呂を見た。雪麻呂の心臓がまた激しく収縮しだした。長老に悪い印象を与えるのは得策ではないと思い、咄嗟に嘘を吐いたがそれが裏目に出ていた。長老は完全にこちらの心中を見透かしていた。

(お前は人殺しの上に嘘吐きだ。私はね、同種を殺す者も嘘を吐く者も大嫌いなんだよ。しかもお前は華代の冥福を祈る気持ちが全くない。華代を殺したことを小さな失敗としか考えていない)

(で、でも、華代は魅和子を殺したんだぞっ)

(だから華代は報いを受けてお前に殺された。そして華代を殺したお前も同じように報いを受けなければならない)

長老の声が雪麻呂の脳内に響いた。『報い』と言う言葉が妙に禍々しく聞こえた。

（ここは我々爬虫人の世界だ。だからお前を我々の法で裁く。お前には『闇と不動の刑』を与える。存分に苦しんで罪を償うのだ）

長老の声が止まった。その垂れた目蓋の奥から、刺し貫くような鋭い視線が放たれているのが分かった。

「冗談じゃねぇっ、何で俺が蜥蜴に裁かれなきゃなんねんだっ」雪麻呂が上擦った声で叫んだ。「おい富蔵っ、おめぇこのことを知ってたのかっ？」

「へい、知ってやした。先ほど美樹夫さんと一緒に説明を受けやした」

「すぐに真樹夫の兄様を呼んでくれっ、ジャイロに乗って助けに来るよう言ってくれっ」

「美樹夫さんはジャイロで基地に帰りやした。長老の話を聞いて納得したので、もう来ることはありやせん」

「ふ、ふざけんじゃねぇぞっ、あんな訳の分からねぇ罰なんぞ誰が受けるかっ。俺は日本に帰るっ」

雪麻呂は立ち上がろうとした。しかし足が動かなかった。麻酔を打たれたように全く感覚が無かった。

「何だこれはっ、足が動かねぇっ、足が全然動かねぇぞっ」

雪麻呂は両足を拳で叩いた。しかし痛みどころか手が触れた感触さえ無かった。雪麻呂は悲鳴を上げると床にうつ伏せになり、富蔵の足元に這いずっていった。

「富蔵、助けてくれっ、長老に許してくれるよう頼んでくれっ、嫌だっ、こんなこと絶対に嫌だっ」

雪麻呂は富蔵の足にしがみついた。

「ぼっちゃん、人を殺すということはこの世で一番罪が重いんです」富蔵が静かな声で言った。「確かに華代様は魅和子様を殺しました。でもだからといってぼっちゃんが華代様を殺していいとはならねぇんです。ぼっちゃんはこの世で一番重い罪を犯しちまったんです。だからそれに見合う罰を受けなきゃなんねぇんです。長老の言うことはもっともだと思いやす。

あっしは今回のこのナムールでの出来事は、ある意味運命だと思っておりやす。ぼっちゃんがあのまま日本で成長したら、きっととんでもねぇ大人になっちまったでしょう。でも爬虫人の村で罪を償いながら慎ましく生きることで、ぼっちゃんは必ず立派な人間になりやす」

「嫌だ嫌だ嫌だっ！　帰るっ！　俺は帰るっ！　日本に帰るっ！　ナムールなんて二度と来るかっ！　このクソ馬鹿蜥蜴っ！　さっさと足を元に戻せっ！」

雪麻呂は大声でわめき散らし床を拳で叩いた。次の瞬間眼前の視界が真っ暗になった。

雪麻呂の喚(わめ)き声が止まり、床を叩く拳も止まった。一瞬長老の傍らに置かれた石油ランプが消えたのだと思った。雪麻呂は周囲を見回した。しかしどこを見ても真っ暗だった。入り口に垂れた、布の隙間から入ってくる日射しも見えなかった。何がどうなったのか全く分からなかった。

「と、富蔵、どうなってんだ？　何で真っ暗になっちまったんだ？」

　雪麻呂が右手を差し出した。それを富蔵が両手で握るのが分かった。

「ぼっちゃん、長老はぼっちゃんの足の能力と目の能力を奪ったのです」

「足の次は目なのか、これじゃあまともに暮らせねぇじゃねぇか、何で長老はこんな酷ぇことをすんだ？　どれだけ俺をいたぶれば気が済むんだ？」

　雪麻呂は震える声で言った。目に涙が込み上げてきた。

「それはぼっちゃんが罪を償うためです。罪を償うにはそれ相応の苦しみが必要なんです」

　富蔵が雪麻呂の右手を両手で優しく擦った。

「目の次は何だ？　耳か？　腕か？　もう気がおかしくなりそうだっ」

　雪麻呂の目から大粒の涙がぼろぼろとこぼれ落ちた。

「ぼっちゃん、大丈夫です。『闇と不動の刑』ですから目と足だけです」

「目と足は元に戻んのか？」

「残念ながら戻りやせん。でも安心してくだせぇ。あっしがぼっちゃんの目となり足となりやす。だからこの爬虫人の村に住んで、一生を掛けて罪を償いやしょう」

　富蔵は腹這いになった雪麻呂を仰向けにすると、背中を押して上半身を起こした。そして涙で濡れた雪麻呂の頬をハンカチで丁寧に拭った。

「富蔵、おめぇは俺と一緒にいてくれんのか？」

　眼前の闇を見つめながら、雪麻呂はすがるような声で訊いた。

「雪坊、大丈夫よ。私達はずっと一緒」
耳元で母の優しい声がした。

本書は書き下ろしです。

解説

杉江松恋

『粘膜蜥蜴』こそ二十一世紀の新エンターテインメントだ！

いや、書き間違いではないです。私は飴村行が、次代のエンターテインメント界を背負って立つ、日本の宝だと信じるものだ。だって、こんなに心を支配される小説の書き手は、他にいないではありませんか。痒(かゆ)いところに手が届く文章の作家、というのは他にもいるが、飴村行は、読者が触れられると嫌な場所にまで手を伸ばしてくる。こういう話になると嫌だな絶対気持ち悪いな、と思いながら読んでいると、絶対にそっちの方向に展開する。肌が粟立(あわだ)つ。虫唾(むしず)が走る。なのに、ページを繰る手を止めることはできないのだ。最初に覚えた嫌悪は、いつの間にか快感に転じてしまっている。身に覚えはないけれど、マゾヒストとして目覚める瞬間ってこういう感じなのかも。なんだか新しい自分に生まれ変わった気持ちにさえさせられる。それほどまでに心を揺さぶられるのが、飴村行の作品世界というものなのであります。

第十五回日本ホラー小説大賞長編賞を受賞した飴村行のデビュー作、『粘膜人間』は衝撃的な作品であった。一言で表せば、行き場を失ったリビドーの暴走の話である。身長百九十五センチ、体重百五キロの弟・雷太（でも十一歳）の横暴に脅える利一と祐二の兄弟は、腕力で勝る河童のモモ太に彼の殺害を依頼しようと村はずれの家を訪ねる。ところが河童はあくまで河童、人間の思惑を超えた化け物だった。殺人の報酬として、モモ太は村の女を一人紹介しろと言い張る。その女とグッチャネしたいのだ（グッチャネが何かは各自調査！）。返答に窮した祐二は、咄嗟に清美という同い年の女を差し出すことを思いついてしまう。彼女は非国民の家の娘なのだ。清美の兄・幸彦は兵役を忌避して失踪してしまっていた。そうなのだ、非国民の家の娘だから清美は何をされても文句が言えないのだ……と、ここまでで冒頭からわずか三十ページ強なのにおそるべき密度である。しかも要約の都合上祐二たちがベカやんという中年男にモモ太の家を教えてもらう代償として、「ある事」をする衝撃の場面をばっさり割愛している。まあ、読んで確かめてください。

このテンションをまったく落さずに物語は疾走を続けるのだ。「粘膜人間の見る夢」として応募された元の原稿では、舞台設定は並行世界になっていたという。まだ昭和が続いている未来日本の話だったのだが、大賞選考委員の荒俣宏氏から「ここまで逸脱するのであれば、作品をわざと未来のことにする『手加減』は必要なかった」との教育的指導が入り、戦前の昭和の話に改められた（結末のエピソードも大幅に加筆されたそうである）。おかげで現実世界と地続きの話になり、妙なリアリティが作品に加わった。おそろしいことに物語はこの後どんどん加速していき、読者の想像力の斜め上を飛び越える嫌展開が続出するのである。その極みといえるのが第二部で出てくる、憲兵によって執行される拷問「髑髏」の場面だ。「髑髏」こそは日本拷問小説史上の頂点に立つものである（その着想の元ネタらしき場面が、朝日選書刊の石牟礼道子『西南役伝説』に出てくる。本をお持ちの方は読み比べてみていただきたい）。詳しく説明することは遠慮しておくが、人によってはしばらく食欲を失う可能性があるほどの、破壊力を秘めた名場面である。

こんな調子。林真理子が選評で「まるで悪夢のような拷問シーンが実に不愉快で、作者はかなり危険なところに近づいている気がする。パソコンを打ちながら、このシーンに酔っているのではないか。といっても、ストーリーづくりのうまさ、文章力は認めざるを得ない」と述べたのは、実にもっともな話なのである。『粘膜人間』は危険な小説だ。なぜならばこれは、飴村行が自身の「夢」を文章化した作品だからである。

飴村行は一九六九年、福島県生まれだ。東京歯科大学に進学したが、漫画家を志望して中退。その作風は吉田戦車のような不条理ギャグで、愛読誌だった「ガロ」などに持ち込みを行うも、残念ながら芽は出なかった。ちなみに好きな漫画家は丸尾末広とねこぢるで、十代でもっとも影響を受けた作家は西村寿行だったという。西村寿行の情け容赦のない破壊、絶望の世界に感銘を受けた少年が、二十年後に『粘膜人間』を書いてしまったわけだ。

漫画家を断念した後は脚本を書いていたが、これも不発。そうこうするうちに父が他界し、実家の兄と相談した飴村は四年間の限定つきで小説家デビューに挑戦することを決意する。狙うのは大好きなホラーの道一本、応募は日本ホラー小説大賞のみ。四年頑張って駄目ならきっぱり創作の夢は諦める。文字通り背水の陣を敷いて応募に臨んだのだが、最初の三回は一次選考落ちという惨憺たる結果に終わった。それもそのはず。落選作には飴村行の個性がまったく無かったのである。自身が認めるところによれば「どこにでもありそうなホラー」だった。それゆえに最後となる四回目の挑戦では完全に開き直り、自身が本当に読みたかったものを書くことに徹したのだ。他人のことなどどうでもいい、飴村行の見る夢はこれなんだ！――という心の叫びこそ、つまり『粘膜人間』なのであります。『粘膜人間』が読者の常識の限界を上回る傑作になったのは、作者が潔かったからだと言える。書評サイト「ブックジャパン」に掲載したインタビューのためにお会いした際、失礼を承知で「中学生が興奮して描いたエロ漫画みたいです！」と、率直な意見をぶつけてみたのだが、そうした声が上がることを飴村は初めから覚悟していたはずである。他人はどうあれ自分（作者）はこれが読みたいのだ。世の中には正の小説だけが多すぎる。人間には本来影の部分があり、世間知では悪と見なされることをこっそり楽しみたいという願望がある。そうした負の要素から目を背けた、ご清潔な小説だけが幅を利かせる世の中なのだ。そうした風潮に逆行する、負の小説を自分は読みたいし、書きたい。飴村行は『粘膜人間』によって、自身の覚悟を表明したのだ。潔いし、美しいともいえる。この態度に惹かれる読者は、作品から新たな可能性を感じるはずだ。

というわけで第二作『粘膜蜥蜴』である。前作で〈粘膜〉中毒になった方、お待たせしました。

作品世界は前作を踏襲している。つまり戦前の物語、軍国主義が支配する日本が舞台なのだ。今回の中心人物は月ノ森雪麻呂という少年である。彼の父は付近に一つしかない病院の院長であり、軍部に対しても影響力があるほどの町の名士であった。ある日、雪麻呂は国民学校初等科六年の同級生である堀川真樹夫と中沢大吉を自宅に招待する。自己の権力を級友に見せつけるためだ。ところがその思惑が仇となり、とんでもない事件が起きる。大吉が死んでしまったのである。困惑した雪麻呂は、真樹夫を部屋に監禁し、死体を解体するよう命じる。言うことを聞かなければ真樹夫も銃殺だ。あまりのことに打ちひしがれつつも真樹夫は、命令通り解体に挑むが、なかなかうまくいかない(当たり前だ)。絶望の中で彼は、思わぬビジョンを幻視するのである。

死体損壊の場面が迫力ある文章で綴られ、のっけから読者はいやーな気持ちに突き落とされる。飴村はまた、こういう人間を「壊す」文章が巧いのですね。活劇場面も上手だ(相手が死のうがぶっ壊れてようが構わないのだから、どんな無茶な活劇だって描けるのである。思い切りがいいや)。雪麻呂という少年の肥大したエゴもすさまじく、第一部でちょろっとだけ出てくる「姫幻視」なる秘薬の使い道を聞いたら、おそらく女性読者の九割は引くはずだ。男性読者の九割は逆にずずっと前に出てくるかも。つまりはそういう秘薬を使うような、何かをしているわけです。

だが、本書の白眉たる部分はまた別にある。東南アジアに侵攻した帝国軍はナムールという国を支配したが、その密林には〈ヘルビノ〉がいた。人間によく似た形態を持つ爬虫人である。高い知能を備えているためヘルビノは、労働力として日本国内にも輸入されていた。雪麻呂も、富蔵という名前のヘルビノを下男として従えているのである。日本で生まれ育った富蔵は、爬虫人ながら愛国心を持っており、いつかは兵隊さんとして出征することを夢見ている。ここらへんの設定は、過去の帝国主義思想と同時に、アジア諸国に対する日本人の傲岸な姿勢を皮肉ったものなのだろう。パロディという冷静な手法を用いて飴村は批判を行っている。

『粘膜蜥蜴』が真価を発揮し始めるのは第二部からだ。真樹夫の兄、美樹夫は陸軍の少尉としてナムールに出征していた。そこで彼は、間宮という民間人の護衛を命じられる。間宮は軍のためにある事業を行っている重要人物なのだ。二人の部下とともにチャラン村への護衛行に旅立った美樹夫だったが、反日ゲリラ〈ルミン・シルタ〉による攻撃と、密林の自然によって圧倒され、生死の境を彷徨うことになるのである。この第二部は秘境小説としても出色であり、肉食ミミズや巨大蜚蠊など、想像を絶する生物が次々に襲いかかってくる。冒険小説ファンのみなさんへの目配せもばっちりだ。動物好きの読者だってたまらないですよね。

読者にページを繰らせる展開の妙と卓越した発想力（特にネーミングセンスが抜群）により、前作を上回るエンターテインメント作品に『粘膜蜥蜴』は仕上がっている。どんな嫌な話でも、思い切りエンターテインさせる小説に飴村は仕上げてしまう能力の持ち主なのである。未読の方の興を削がないようにするためこれ以上の記述は避けるが、実は本書は純愛の小説でもある。とんでもないエゴイストと爬虫人と死にかけの人間しか出てこないのに、展開されるのは純愛物語なのだ。美男美女が清らかな交際をする話だけが純愛小説ではないだろう。地獄のどぶどろの中にいる人間だって、虫けらのような心しか持っていない者だって人を愛してもいいじゃないか。そうした作者の声が聞こえてくるようだ。物語が悲惨であるだけに、登場人物たちの切羽詰った感情が胸に迫る。第三部から本格的にその顚末が綴られていくのでご期待あれ。あ、軍国少年の話から秘境の物語、そしてまた別の場面へと、意表をついだ場面転換が行われるのも、飴村行の特徴です。とにかく予想を裏切るのが大好きな作者なのだ。

ちなみに、前作でもっとも人気があったキャラクターは、河童のモモ太だったらしい。化け物なのに可愛い、という評判だったとか。そうした読者は、今回はヘルビノの富蔵に注目だ。爬虫人なのに心は軍国少年でホカホカの白いご飯と豆腐の味噌汁が大好きというとぼけたキャラクターと、主人である雪麻呂ぼっちゃんに心から忠誠を尽くす健気な性格がいい味を出しているのである。何があってもぼっちゃんが一番。それだけに頓珍漢な言動が多く、第三部で彼が歌う雪麻呂ぼっちゃん応援歌などは、抱腹絶倒ものである。いいな富蔵。一家に一人富蔵が欲しい。彼がぼっちゃんに示す無私の忠誠は、本書におけるもう一つの「純愛」である。影の主人公は、彼であるといってもいい。ぜひ、富蔵に萌えてみてください。爬虫人だけどね。

秘境冒険あり活劇あり純愛物語ありの申し分ない娯楽大作、それが『粘膜蜥蜴』である（ただし、漏れなく人体破壊のおまけつきだ）。作者によれば〈粘膜〉とは人間が持つグロテスクさ、卑猥な部分の象徴であるという。言い換えれば、目を背けることなく人間の負性までも描いた、完璧な小説ということだ。グッチャネ感は前作同様、しかも今回は笑える上にちょっとホロリとさせる部分さえある。『粘膜人間』を上回るおもしろさ。さあ、みんなで読もう！（瑳川哲朗の声で）

ねんまくとかげ
粘膜蜥蜴
あめむら　こう
飴村　行

角川ホラー文庫　15850

平成21年8月25日　初版発行
令和7年7月30日　19版発行

発行者――山下直久
発　行――株式会社KADOKAWA
〒102-8177　東京都千代田区富士見2-13-3
電話 0570-002-301（ナビダイヤル）
印刷所――株式会社KADOKAWA
製本所――株式会社KADOKAWA
装幀者――田島照久

●お問い合わせ
https://www.kadokawa.co.jp/（「お問い合わせ」へお進みください）
※内容によっては、お答えできない場合があります。
※サポートは日本国内のみとさせていただきます。
※Japanese text only

ISBN978-4-04-391302-2　C0193